La tentation du rabbin Fix

La tentation du rabbin Fix

Jacquot
Grunewald

ROMAN

ALBIN MICHEL
CARRÉ JAUNE

Gloria

Je te rends grâce, Maître,
pour le Dibour du jour
le Kalâm de la nuit
le Verbe qui se fait chair.

Maître !
Toi seul es Toi,
Toi seul es grand.
Je méprise qui tu méprises,
Je hais qui tu hais

Par l'esprit présent
de notre père Balaam
soit honni qui je dis
maudit qui tu maudis.

Que ne trébuche ma langue,
ni la bouche à feu,
ni le glaive aux deux flammes
au Logos unis.

Extrait du *Manuel*

1

« Cette manie de bêtifier, avait-il pesté. David devient Doudou, Abraham – Avi, Benjamin – Bibi ! » Mais comme ceux de la chambrée et le personnel de garde, ainsi que les médecins et les infirmières, entérinés par le service du nettoyage unanime, disaient : « *Chalom Doudou* », interrogeaient : « *Hacol be-séder Doudou ?* », il avait fini lui aussi par dire Doudou.
– Je t'aime tellement, mon Doudou...
Pâle, la tête soutenue par une minerve, si petit dans le lit d'hôpital, l'enfant fixait son grand-père de ses beaux yeux noirs. Le regard restait sérieux – bien trop sérieux, soupirait Fix, pour un bambin de six ans. Il avait les traits délicats de sa mère, son nez, ses lèvres, qu'on aurait dit ciselées par un ancien maître.

Aucun son ne sortait de sa bouche. Mais quand Fix lui prenait la main, il sentait les petits doigts qui répondaient. Alors, il se tournait vers la fenêtre, faisait semblant de regarder les vallons chauves à perte de vue et, du revers de sa manche, essuyait une larme.

Deux jours plus tôt, ce premier lundi de septembre, le rabbin Théodore Fix et sa femme revenaient de Sestrières, ivres de matins clairs et des silences des nuits. Ils avaient fait le plein d'infinitudes, de pics et de profondeurs, de prés colorés que le vent excite, là où les vaches alpines sages et pesantes apprennent aux porteurs de portables à ralentir le temps. Elisabeth s'y exerçait en réintégrant leur appartement de la rue de Rennes. Elle parlait de leur dernière randonnée, de la montée sur Courchevel, d'autres étés, de « nos vertes années, quand c'est nous qui courions la montagne »...

– Tu exagères ! Tu grimpes comme un bouquetin, pardon, s'était-il repris parce qu'elle faisait la moue, tu grimpes comme une gazelle. Il faut nous discipliner pendant l'année, aller courir au moins les dimanches... ne serait-ce qu'au Luxembourg.

Il sortait son gros pull du sac à dos, quand le téléphone avait sonné.

– Déjà ! Ils pourraient nous accorder le quart d'heure de grâce.

Il avait maugréé, décroché, sûr que l'administration consistoriale le dérangeait inutilement.

C'était Louis :

– Vous avez entendu la radio ?

Quand son fils avait ajouté : « Ne vous inquiétez pas... », Fix avait senti ses genoux se dérober sous lui. Il avait demandé :

– Qui ?

Sa voix devait trembler, car Elisabeth portait la main à sa bouche, comme pour retenir un cri. L'écouteur plaqué sur l'oreille, il s'était entendu lui dire :

– Ce n'est rien... Légèrement blessés... Laisse-moi écouter...

– David est atteint à la gorge, disait son fils. On va l'opérer dans quelques instants. Ils l'ont mis à Hadassa, au mont Scopus. C'est de là que je vous appelle. Heureusement, Bébé-Ju n'était pas avec eux. Rivka a perdu beaucoup de sang. Elle est surtout commotionnée...

« C'est la première Yéménite au monde à porter le nom de Fix », aimait dire Théodore Fix de Rivka, belle, hâlée, altière comme la Choulamite dont le cou, dit le Cantique, arborait mille boucliers. Louis l'avait aimée au premier jour, dans un kibboutz de la plaine, à la cueillette des oranges. Ils s'étaient mariés deux mois plus tard et avaient emménagé dans le quartier de Guilo, à l'extrême sud de Jérusalem, juste en face de Bethléem la Palestinienne, dont les séparaient seulement un jardinet, un champ d'oliviers et la nouvelle route qui mène aux tunnels. C'est là, quatre années après « Oslo », dans un climat de paix espérée, qu'était né David. En ces temps-là, les bergers arabes faisaient paître les chèvres sous leurs fenêtres. La petite Judith, elle, connut les tirs dès la troisième semaine de sa jeune vie. En témoignaient deux impacts dans le mur du salon. Et l'épaisse vitre blindée que la municipalité mit en place plus tard gardait en ses anneaux concentriques – pareils à ceux que le caillou de l'enfant trace en touchant l'eau –, figée dans la masse et à hauteur d'homme, la balle de cuivre tirée d'en face par un fusil à lunette. Depuis, à la place du berger et de ses chèvres, un tank de Tsahal faisait le guet.

En juillet, Elisabeth était partie embrasser la couvée. Elle était revenue rassurée, ou avait fait semblant, et Fix s'était laissé tranquilliser. Et voilà que le fragile écran de la routine et de ses illusions tombait...

– Non, corrigeait Louis, ce n'était pas à Guilo. Un autobus... Quatre stations plus loin... Un type qui s'est fait sauter. Avec des clous et des boulons. Un vrai carnage. Au moins dix morts. Dis à maman que tout ira bien. Je raccroche... Je vous rappelle tout à l'heure.

Fix avait perçu le sanglot. Le soir même, il prenait l'avion. Malgré la proximité de Roch Hachana, le nouvel an juif, dont la célébration dans sa communauté réclamait mille soins.

Elisabeth resterait à Paris, où elle devait assurer un

remplacement dans une classe d'anglais. Elle saurait, aussi, assurer un minimum d'intérim rabbinique.

Les minutes qui suivent une explosion sont cruciales. Au cours d'un demi-siècle d'attentats de tous calibres et de toutes origines, de Choukeiri à Barghouti en passant par le Djihad, le FPLP, le Fatah, le Hamas..., Israël a acquis dans ce domaine une expérience iné-galée. Les premiers soins sont donnés sur place, puis les blessés sont transportés vers les centres hospita-liers selon la gravité de leur état, les équipements des hôpitaux et leurs disponibilités immédiates en place et en personnel. C'est ainsi que Rivka avait été admise à Bikour Holim, en plein centre de Jérusalem, alors que David était transporté à l'hôpital Hadassa du mont Scopus, à l'autre bout de la ville, à l'est, là où le désert trace sa frontière.

Fix, dès son arrivée et à grand renfort de taxis, avait couru, via Guilo, de Rivka à David, de Doudou à Rivka. Dans l'après-midi seulement, il avait pu embrasser son fils, alors qu'ils se retrouvaient l'un et l'autre au chevet de Rivka, si belle – visage bruni d'Orient et pâle reposant sur l'oreiller blanc. Sa voix était faible mais ferme, que le feu de ses yeux soute-nait. Elle s'inquiétait pour son garçon, exigeait des deux hommes qu'ils restent auprès de lui. « Je n'ai pas besoin de vous. J'aurai des visites, beaucoup trop ! J'ai si peur pour David... »

Louis et son père convinrent de se relayer auprès du « petit ». C'est qu'à la différence des hôpitaux parisiens qui limitent le temps des visites et la présence des familles, ceux d'Israël comptent sur elles pour veiller le malade. Louis irait pendant la journée, s'absentant quand l'enfant s'endormirait, de manière à ne pas abandonner entièrement l'agence d'architecture où il travaillait.

L'après-midi était avancée. Alors Fix père, plus exactement Fix grand-père, était retourné sur-le-champ à l'hôpital du mont Scopus et Louis avait filé sur Guilo coucher Bébé-Ju. Il appartenait à l'espèce nouvelle des pères cuisinant et pouponnant ; l'enfant, que son père maternait pareillement les jours ordinaires, ne pensa pas à pleurer.

Sous l'effet des calmants, Doudou dormait. Fix se penchait, l'écoutait respirer. Son regard allait du lit à la fenêtre, vers le paysage mamelonné, qui passait de l'ocre au rouge, sombrait dans la nuit. Pour mieux voir, il aurait dû se lever, se placer au chevet du lit du petit Mohamed, déranger la jeune femme qu'il avait prise pour sa maman et qui s'avérait être sa grande sœur. Comme à Méa Chearim ou à Bné Brak, la prolifique, les aînées dans les familles arabes oublient vite les jeux d'enfants pour seconder leurs mères. Il aurait pu aller un peu plus loin, à l'autre fenêtre, mais en cette première veille, alors que le sommeil quittait David par intermittence, il aurait eu l'impression d'un abandon de poste. Il avait apporté de quoi lire, mais reposa le journal parce que, en le dépliant dans la chambre silencieuse, il faisait un bruit épouvantable ; et quand, aux premières lignes d'un article intitulé « L'ontogénèse dans le Midrach Rabba », la torpeur menaça, qu'il hésitait pourtant à le refermer, l'infirmière le libéra de son incertitude en éteignant le plafonnier. Doucement, tout doucement alors, dans la pénombre, Fix effleura de sa main l'épaule de David, l'aîné de Louis, le premier de ses petits-enfants né sur la terre des ancêtres ! Il demeura ainsi de longues minutes, savourant cet étrange sentiment d'intimité qui le surprenait.

Sans doute, pendant la longue nuit, sa fatigue avait-elle dû l'emporter un instant, ou un peu plus. Ce qui est sûr, c'est qu'il était lucide à l'heure funeste où, dans tous les hôpitaux du monde, la distribution des thermomètres chasse les rêves des malades. Il passa un gant de toilette sur le visage de Doudou, dit à mi-voix les quelques mots de remerciement à Dieu que l'enfant avait l'habitude de prononcer au réveil, ébaucha une grimace pour le faire sourire.

Une infirmière dit : « *Boker tov, Doudou* », rejeta le drap et Fix murmura : « C'est moi, maintenant, qui vais dormir... » Il baisa la main de l'enfant – celle que la perfusion laissait libre – de peur qu'en touchant son visage il n'éveille la blessure de son cou. Il souffla : « Je t'aime tellement, mon Doudou... Papa va venir bientôt », et sortit. À reculons. Ainsi faisait-il en quittant la synagogue. Ne pas tourner le dos à l'enfant. Comme on ne tourne pas le dos au rouleau de la Tora. Par respect de la Tora. Par respect de l'enfant blessé. L'enfant et la Tora qui, dit le Talmud, s'ouvrent l'un à l'autre.

N'étaient les circonstances qui l'avaient amené là, il aurait pleinement aimé ces instants où le soleil qui ne perçait pas encore les fenêtres se levait dans le désert. Il s'arrêta au bas du grand escalier, dans l'entrée, où le kiosque répandait le parfum du café. Son premier café ! Qu'importe le flacon... même un gobelet plastique. Il s'attarda dans la cour, devant le parapet que bordaient des bougainvilliers, pour regarder, par-delà les minarets des villages arabes, le désert encore gris se marier aux brouillards qui, sur la ligne vallonnée de l'horizon, s'estompaient. Une route goudronnée qui serpentait au loin donnait, sous les premiers éclats du soleil, l'illusion d'un cours d'eau abreuvant le désert. Les Ponts et Chaussées relayant les prophètes ! C'est ce tracé-là, et bien avant Macadam, que suivaient les voyageurs depuis la vallée du Jourdain et la mer Morte, montant à Jérusalem pour les fêtes de pèlerinage. Éreintés par leur longue marche dans le désert trop chaud ou trop froid, ils découvraient avec émerveillement, sur cette hauteur qu'on se mit à appeler le mont Scopus, Jérusalem et son Temple. Et c'est là, toujours sur cette montagne, à l'endroit même où Titus le destructeur du Temple avait établi ses campements, que dix-huit siècles plus tard, allait être construite la première université juive, avec un hôpital et une faculté de médecine. Une université et un hôpital sur la terre des hommes, pour un Temple que Dieu ne visitait plus ! Le symbole ne déplaisait pas à Fix.

– Vous aimez le désert, monsieur Fix ?

Il se retourna, surpris. Il n'était pas sûr de reconnaître dans sa chemisette bleue et son jean délavé le médecin qu'il avait vu la veille au chevet de son petit-fils. Peut-être parce que son bonnet de chirurgien cachait la couronne de cheveux d'argent qui, à hauteur des tempes, s'ébouriffaient.

– Je pensais à l'histoire de ce lieu. J'étais déjà venu, bien sûr, mais à l'heure du touriste, quand les troupeaux parlent fort et sont partout. C'est tellement différent quand le jour se lève. Vous êtes le docteur Maïmon, n'est-ce pas ?

– Comment va le jeune homme ?

– La nuit a été calme. Je ne pense pas qu'il ait souffert. Mais...

Fix n'acheva pas. Il ne se sentait pas autorisé à profiter de ces instants où le médecin n'avait pas rejoint son service pour lui arracher un pronostic, qu'il savait de toute manière prématuré. David avait échappé au pire, c'était l'essentiel. Retrouverait-il un jour l'usage de la parole ?

Le médecin avait dû comprendre son souci :

– Je ne voudrais pas m'engager et encore moins vous

donner de faux espoirs. Il faut attendre. Néanmoins, je crois que nous arriverons à lui... réparer ses cordes vocales. « Réparer » est le mot qui convient, ajouta-t-il en souriant. Vous qui êtes rabbin, vous réparez bien les âmes ! Le *tikoun*, n'est-ce pas ? Les prophètes ne faisaient pas autre chose...

En d'autres circonstances, Fix n'aurait pas laissé passer. L'anachronisme était énorme. Certes, ces géants de l'absolu que furent les prophètes de la Bible appelaient à s'amender. Reste que l'exigence du *tikoun* qui allait se répandre dans des communautés de la Renaissance, ses introspections et ses rituels étaient issus de la Kabbale et des « piétistes » du Moyen Âge. Non, il ne contredirait pas le médecin. Ce n'était pas le moment. En tout cas, il ne le ferait pas de façon catégorique. Surtout, il était fatigué. La nuit dernière, déjà, il avait peu dormi. Une fois de plus, il était tombé sur un commandant de bord babillard, qui éprouvait le besoin d'informer sans cesse les passagers sur leur itinéraire, la température qu'il ferait au sol, à l'arrivée, avant de confier le haut-parleur aux vendeurs d'articles hors taxes, puis d'annoncer aux voyageurs, musique à l'appui, qu'ils débarqueraient dans une demi-heure. Ce qu'ils avaient fait avant que l'aurore n'éveille le matin. Il n'avait qu'une hâte maintenant : se coucher. N'empêche que cet anachronisme le perturbait.

– Sans doute..., répondit-il poliment. Encore que le rabbin que je suis ne saurait se comparer ni aux pro-

phètes ni aux grands maîtres du *tikoun* qui, vous le savez comme moi...
– Je sais... Le brevet appartient aux premiers kabbalistes et le copyright à ceux de Galilée ! Encore que ceux-là n'avaient pas le désert pour seul horizon. Je ne vous retiens pas, monsieur Fix (ce diable de médecin avait une fois de plus deviné son désir), vous devez être fatigué et moi, je dois voir mes malades.
Fix était étonné. Dans le taxi, il se mit à penser que Maïmon était moins ignorant des choses juives qu'il ne l'avait imaginé. Plus subtil, aussi. Avait-il cherché à le tester ? Et qu'est-ce que les kabbalistes de Safed avaient à voir avec le désert ?
Le désert qu'il retrouvait à Guilo où il arrivait maintenant. Il ne voyait que lui, noyé de soleil, qui montait en une succession de montagnes basses, au-delà du Hérodion, sur la gauche de Bethléem.
Louis lui posa mille questions, voulait l'entendre répéter que la nuit avait été bonne, que David ne souffrait pas. Rivka, dit-il, allait plutôt mieux. La veille, tard dans la nuit, il était retourné à l'hôpital. La voisine avait gardé Judith.
– Ah, où est Bébé-Ju ? demanda-t-il.
Il l'avait à peine entrevue, la veille, petite boule aux cheveux charbon, qui lui témoignait une totale indifférence. Pour gagner ses grâces, il avait acheté un éléphant chez un marchand ambulant – à moins qu'il ne soit sédentaire – dans la rue Jaffo où, sous la huée des klaxons, il avait fait arrêter le taxi en double file.

Un éléphant rose en peluche, parce qu'il n'était pas plus gros qu'un moineau qu'il pouvait nicher dans sa poche, sans craindre d'oublier le paquet à l'hôpital, dans une voiture ou n'importe où.

Bébé-Ju était au bain. Il regretta de n'avoir pas acheté le poisson rouge en cellulo-quelque chose. L'art d'être grand-père... L'avait-il jamais maîtrisé ?

Louis s'était dépêché de partir. Fix décida que la fatigue l'autorisait à raccourcir la prière du matin. Il s'installa sur la terrasse, liant sur son front et sur son bras le boîtier des *tephiline*. Il aimait prier dehors, parce que « les cieux disent la gloire de l'Éternel, et le firmament raconte l'œuvre de ses mains ». La dernière fois qu'il avait prononcé ce verset des Psaumes, c'était sur le balcon à Sestrières. Il y avait une semaine, à peine ! Qui, parmi les œuvres de l'Éternel, raconte plus justement sa gloire ? Les pics indifférents des Alpes enneigées ou les collines de Judée de sang abreuvées ? Devant lui, Bethléem – « Bethléem en Judée », comme l'appelle la Bible, pour ne pas la confondre avec Bethléem en Galilée. Le champ de Boaz, c'était là. Ici venaient les glaneuses. Et Ruth la Moabite. Ruth qui s'était unie à Naomi et à Israël... Une histoire que les hommes ont si mal comprise, si mal suivie. La preuve, la preuve la plus évidente de l'aberration humaine, c'était cet Hérodion se dressant là devant lui, une monstruosité dont la vue, la première fois, déjà, où il s'était rendu chez son fils, avait déclenché sa colère. Comme Louis et les autres,

aussi, s'étonnaient, il avait expliqué qu'il ne supportait pas cette « montagne artificielle bâtie à force de
bras et par mort d'hommes, que seul un esprit (un
esprit!) paranoïaque et mégalo comme celui d'Hérode pouvait avoir commandé pour en faire ses palais
d'été, ses jardins, sa forteresse. Et son tombeau ».
Près de deux siècles plus tard, l'endroit servirait
d'état-major aux insurgés juifs contre l'occupant
romain, pour une guerre perdue d'avance, que le bon
sens interdisait mais que le délire messianique allait
allumer. « Et puis, c'est tant mieux, gronda-t-il
encore, que cette abomination soit maintenant en
zone palestinienne. Elle convient parfaitement à Arafat. Il pourra y mettre tous les tapis rouges qu'il voudra. »
Certes, ce gigantesque et triste tronc de cône dérangeait la raison et le paysage. Cependant, la réaction
– excessive – de Théodore Fix venait, de manière
apparemment paradoxale, de la construction par
Hérode du second Temple de Jérusalem. Alors que le
prophète Nathan avait signifié au roi David, « qui
avait quand même quelques mérites à son... arc »,
qu'il devait s'abstenir de bâtir le Temple parce qu'il
était un homme de guerre, Hérode, qui avait tant de
sang sur les mains, avait osé ! Il imaginait que ce
« Temple-alibi » lui vaudrait le pardon de ses crimes...
« Quelle impudeur devant Dieu, devant les hommes,
et quelle aberration théologique ! » Et comme il
n'était pas question de s'en prendre au Temple, « puri-

fié et sanctifié par les larmes et la prière des fidèles »,
son ressentiment allait à cet autre monument, « com-
mémoratif du sang versé par Hérode et par tous les
tyrans du monde ».

La fatigue s'infiltrait. Il monta à l'étage. Bébé-Ju sourit
à l'éléphant, sourit à son grand-père. Il appela Paris
et comme la veille dit à Elisabeth que tout allait bien.
Elle voulait des détails, savoir exactement... précisément... et comment était la chambre de David et si
Rivka ne pouvait être transportée près de son garçon
au mont Scopus. Il devait, disait-elle encore, lui acheter un joli peignoir de sa part.

Il reprit un café noir. Très noir, très fort. Et s'endormit.

Il se réveilla dans l'après-midi, bien après que le soleil
eut passé le zénith. Il déjeuna, eut à peine le temps
d'étudier quelques lignes de Talmud, de feuilleter le
journal, qu'il lui fallait repartir à son poste. Dès lors,
le rythme était donné qui, chaque nuit, chaque jour,
se répétait, marqué heureusement par les premières
prouesses de Doudou. Il faisait maintenant des pas
dans sa chambre, s'aventurait jusqu'à la télévision.
Louis, d'autres encore, lui avaient acheté des jouets
dont il avait tenté d'expliquer le fonctionnement à son
grand-père. Fix aurait-il davantage compris si Doudou
avait pu parler ? Là semblait être le principal problème. La parole ne lui était pas revenue, il était inca-

pable d'émettre des sons. Il avait mal en avalant, si bien qu'il refusait de s'alimenter.

Chez Rivka, les choses traînaient, la fièvre ne voulait pas tomber. Mais les médecins ne manifestaient pas d'inquiétude. Fix téléphonait beaucoup à sa femme, trouvait le temps de faire quelques pas dans Jérusalem. Ses nuits étaient moins fatigantes parce que Doudou dormait presque sereinement. Alors, assis dans un fauteuil en mauvais skaï, la main reposant maladroitement sur le lit, sans oser l'approcher plus près de son petit-fils, il ne résistait plus aux accès de sommeil. Quand, dans l'après-midi, il arrivait pour la garde de nuit, Louis courait chez sa femme. Si bien que Fix voyait peu son fils. Bien moins que le médecin qui s'attardait devant le lit de Doudou pour engager avec son grand-père de longues parlotes où il était question du désert, de sa clarté, de la pureté de l'air et des prophètes de la Bible.

À vrai dire, c'est Fix qui l'y avait incité. Parce qu'après la seconde nuit de veille, alors que les infirmières reprenaient le contrôle de la chambre, qu'il avait dit à Doudou « À ce soir, Doudou, je t'aime tellement, mon Doudou » et que, le gobelet de café brûlant dans la main, il avait gagné la cour de l'hôpital, il avait surpris le Dr Maïmon, accoudé au parapet, face à la trouée du désert. D'abord, il avait hésité, mais il lui déplaisait d'avoir laissé en suspens cette question de *tikoun* et de prophètes. Alors il prit l'initiative de l'aborder :

– *Chalom* docteur. Vous êtes toujours aussi matinal ?
– Pas en hiver, quand il pleut. Parce qu'on n'y voit rien et qu'à 7 heures, je suis chez mes malades. Alors, comment va Doudou ? et vous ? Vous ne rentrez pas vous reposer ?
– J'allais le faire, mais nous avions parlé hier...
– Oui, le désert... Le désert est comme nous, il se réveille lentement. Je l'observe qui sort de ses draps gris. Savez-vous que par temps clair vous pouvez voir d'ici jusqu'à la mer Morte ? Vous restez en Israël pour les fêtes ?
Fix expliqua qu'il devait rejoindre sa communauté avant Roch Hachana.
– Je compte repartir lundi matin... J'imagine que d'ici là, le petit ne devrait plus avoir besoin de moi.
– Tout ira bien, ne vous inquiétez pas. On se voit demain ?
Fix renonça au *tikoun*.
Définitivement. Si bien que le lendemain, toujours au petit matin, et parce que le spectacle des populations arabe et juive cohabitant et se croisant dans l'hôpital correspondait si peu à ce qu'on imaginait ailleurs, il interrogea le médecin sur les problèmes que, « dans le climat politique actuel, pose la présence dans une même chambre de patients arabes et juifs ».
– Mais il n'y a pas de problème ! Pas le moindre. L'hôpital est à proximité des deux populations, c'est pourquoi la présence arabe est si visible.
– Et c'est ainsi depuis quand ?

– Je suis là depuis vingt-deux ans. Il n'y a jamais eu de difficultés. Et je peux vous assurer une chose : si, au lieu de courir à Camp David, on venait négocier ici, dans les chambres où la souffrance et l'espoir sont partagés à parts égales, voilà longtemps qu'on l'aurait, la paix !

– Un peu utopique, quand même...

– C'est vous, un rabbin, qui me parlez d'utopie ! Mais personne ne fut aussi utopique que nos prophètes. « Je te ramènerai dans le désert, dit Jérémie, sur une terre non ensemencée. » Il nous faut ensemencer le désert, y faire pousser des fleurs et des arbres, pour apprendre que, dans le désert des cœurs, la paix peut germer.

– Certes. Cependant..., hasarda Fix, s'il est seulement inspiré par les prophètes ou par ce que nous interprétons comme un message de Dieu, le rêve de la paix peut être aussi dangereux que l'illusion messianique. Munich aussi était bâti sur un rêve. Un rêve franco-britannique. Ce n'est peut-être pas (Fix disait « peut-être » pour ne pas fâcher le médecin) dans le désert qu'il faut construire la paix, c'est dans les cités des hommes, en l'implantant dans les réalités quotidiennes pour qu'elle puisse leur résister.

– Ne vous êtes-vous jamais demandé pourquoi les prophètes, ainsi que les élèves prophètes étaient initiés et installés dans le désert ? (Il regarda sa montre.) Je vais être en retard ! Vous me pardonnez ?

Non, Fix ne s'était jamais interrogé sur la présence

des prophètes dans le désert... Une fois de plus, Maïmon mélangeait tout. Pour Elie, c'était vrai, mais parce qu'il était obligé de fuir Jézabel. Amos, « l'un des bergers de Tekoa », comme le présente la Bible ; Michée, peut-être, d'autres sans doute ont pu être des hommes du désert. Mais la plupart exerçaient dans les villes. C'est dans les cités, dans Samarie et surtout à Jérusalem qu'ils tenaient leurs discours. Et s'ils en parlaient beaucoup, c'est parce qu'à leur époque le désert était partout.

Quand, le jeudi, Fix retourna à l'hôpital pour une nouvelle nuit de veille, une infirmière lui annonça :
– Le professeur Maïmon ne sera de service ni vendredi ni chabat. Il vous prie de venir à son bureau dimanche à midi.
– Il n'a rien dit d'autre ?
– Non. Vous savez... Doudou va mieux... Il a mangé une glace ! Il était tout content.
L'état de Rivka s'améliorait aussi et le vendredi, Louis put annoncer à son père que sa femme rentrerait à la maison pour chabat ! Toutefois, les médecins déconseillaient qu'elle aille embrasser son garçon, parce qu'elle était faible encore et surtout parce que David supporterait difficilement de la voir repartir. Si bien que Fix, religieusement interdit de locomotion mécanique pendant chabat, et soucieux d'être le plus près

de son petit-fils et le plus longtemps possible, prit une chambre au Hayatt, à dix minutes à pied de l'hôpital. La nuit fut tranquille, il put se reposer, lui aussi. L'hôpital fonctionnait au ralenti. Au lieu de regagner l'hôtel au petit matin, ou d'assister à un office religieux dans les environs, il resta auprès de l'enfant pour dire la prière du chabat près de son lit. Quand il en vint au *Chema*, qu'il énonça à mi-voix en posant la main sur les cheveux de l'enfant dans le geste de la bénédiction, il eut comme l'impression qu'un léger son, à l'unisson avec le sien, sortait de ses lèvres entrouvertes. Il joua avec lui, lui fit un peu de lecture et ne rentra au Hayatt qu'en fin de matinée, au moment où David, toujours sous l'effet des sédatifs, s'endormait.

Pourquoi Maïmon voulait-il le voir dans son bureau ? Pour lui parler de Doudou ou pour lui exposer plus longuement, avec l'autorité du maître derrière son bureau, l'une de ses théories fumeuses sur le désert et les prophètes ? Ce dimanche au petit matin, Fix évita le médecin qui, dans la cour de l'hôpital, guettait le lever du soleil. Le rabbin avait gardé sa chambre à l'hôtel, ce qui lui permit de se reposer quelques heures avant de reprendre le chemin de l'hôpital. Il allait frapper à la porte du bureau du Dr Maïmon, quand elle s'ouvrit. Il recula pour ne pas faire preuve d'indiscrétion. La femme vêtue et coiffée de blanc qui en sortit s'éloigna d'un pas assuré. Elle n'avait pas dû le voir. Sa taille mannequin retint-elle un instant son regard ? Ou plutôt était-ce, parce que cette mode le stupéfiait, l'unique boucle à son oreille ? Par à-coups, chaque fois qu'elle passait devant l'une des fenêtres du long couloir, le soleil faisait briller d'un éclat vermillon l'espèce de serpent qui pendouillait à son lobe. Il s'apprêtait à dire au Dr Maïmon que le zèle des infirmières poussant le scrupule jusqu'à porter un caducée à l'oreille était admirable, mais il s'abstint pour éviter que l'autre ne commence à lui parler des vipères du désert et du serpent d'airain que Moïse avait fabriqué et qui, un millénaire et demi plus tard, allait devenir un gris-gris que les malades divinisaient. Il lui aurait demandé si le roi Ezéchias avait eu raison de le casser *ad majorem Dei gloriam.*

– J'ai de bonnes nouvelles, monsieur Fix ! Je les espérais, c'est pourquoi je vous ai demandé de venir. Je viens d'avoir les résultats de l'IRM. Votre petit-fils retrouvera l'usage de la parole !

Fix sentait l'émotion le gagner. Il se reprocha d'avoir méjugé de la vertu de Maïmon. Le médecin était admirable de gentillesse, de professionnalisme.

– Je vous suis infiniment reconnaissant. Non seulement de vos soins, mais encore d'avoir eu la délicatesse de cette rencontre. Vous pensez que David pourra rentrer pour Roch Hachana ?

– Nous allons le libérer mardi matin. Nous nous efforçons de renvoyer chez eux un maximum de gens. L'hôpital n'est pas le lieu idéal pour fêter le nouvel an ! En plus, le personnel est réduit au maximum. Et vous, vous allez regagner Paris... Très belle ville, Paris. J'y étais il n'y a pas longtemps. Je marchais beaucoup. Tous les matins, quand il faisait beau.

Fix ne comprenait pas pourquoi, quand ils apprenaient son origine parisienne, les Israéliens se sentaient obligés de lui parler de leurs vacances en Provence ou à Paris. En général, il coupait court. Mais, à l'annonciateur de la bonne nouvelle, il devait pour le moins un semblant d'intérêt.

– Oui, dit-il, Paris est magnifique sous le soleil, le matin. Vous étiez dans quel quartier ?

– Je voyais la tour Eiffel, j'allais aux bateaux qu'on appelle des moustiques. Des bateaux-moustiques...

– Vous voulez dire les bateaux-mouches ! s'écria Fix, qui prononça le mot en français.

– Ah bon... *bato-moush* ? Chez nous, on a les *Dabour*, des « Abeilles ». Mais ce sont des vedettes militaires... Et puis, je passais devant ce soldat, entre les deux arcs... Vous l'appelez comment déjà ?

Fix eut de la peine à se contenir. Maïmon était un homme cultivé, comment pouvait-il ignorer qu'un soldat inconnu reposait sous l'Arc de triomphe !

– On ne sait pas, dit-il. C'est pour ça, précisément, que...

– On m'avait pourtant donné un nom, insista le toubib. Après, je voyais la flamme... Excusez-moi...

Le téléphone venait de sonner. Un pli se dessinait sur

son front et se creusait au fur et à mesure que la conversation se prolongeait.

– Vous me dites que vous ne l'avez pas ? J'avais pourtant insisté. Je m'en occupe.

Le médecin composa un numéro à deux chiffres, sans doute une communication interne.

– Vous voulez que je sorte ? demanda Fix.

– Non... Justement, il s'agit d'une Parisienne. Excusez-moi...

On avait dû décrocher à l'autre bout du fil.

– Myriam ? Voulez-vous revenir immédiatement je vous prie ! (Fix comprit qu'il s'adressait au mannequin avec son serpent rouge. S'étonna que le médecin fût passé à l'anglais.) Vous êtes occupée ? Une urgence ? On me dit qu'il n'y a pas de radiographie d'Oursoule !... Comment ?... Oursoule ne s'est pas présentée à la radiographie... *It's inadmissible !* Et vous ne savez pas pourquoi ? Je l'avais pourtant demandé impérativement... Eh bien, s'il le faut, j'irai la voir moi-même...

Avec une brusquerie que Fix n'aurait pas soupçonnée chez cet homme affable, le médecin raccrocha. Le pli sur son front n'avait pas disparu. Il réagit à peine quand, en sortant, Fix lui dit qu'il ne voulait pas déranger davantage, qu'il lui renouvelait l'expression de sa plus profonde gratitude.

Il avait hâte d'annoncer la nouvelle à Doudou. Mais l'enfant dormait. Avec une infinie tendresse, dissimulant son émotion au petit Mohamed qui le regardait de son lit, il se pencha sur son petit-fils, l'embrassa doucement... Reviendrait-il encore ? Son avion décollait tôt le lendemain, quelqu'un d'autre devait le remplacer la nuit prochaine. Sans doute une sœur de Rivka, la tante que l'enfant aimait bien.

Il ne put attendre d'avoir regagné l'hôtel où il allait récupérer son sac. Surmontant son mépris ordinaire pour les portables, il se servit de l'appareil que Louis lui avait remis.

– Le docteur me l'a assuré, Doudou va retrouver sa voix... Si... il sortira pour Roch Hachana !

Il l'entendit qui le répétait à Rivka, ferma l'appareil. Et le rouvrit pour téléphoner à Paris.

– Promets, dit Elisabeth, que tu ne dis pas ça pour me rassurer

– Je promets...

– Attends, ne raccroche pas. On a téléphoné de la communauté... Ils ont cherché partout, ils ne trouvent plus le chofar. Alors, ils demandent si tu peux en ramener un...

– C'est maintenant qu'ils y pensent ! Il faudrait que j'y aille tout de suite... Bon, je m'en occupe, je leur dois bien ça. À demain... Ne t'inquiète pas si jamais l'avion a du retard. Oui, à 10 h 40. Je prendrai un taxi. On se reparlera d'ici là...

La Bible, qui ne dit pas grand-chose du nouvel an, demande sans autre explication qu'on y sonne le chofar, le plus vieux des instruments à vent de l'humanité. Le rabbin Fix se chargeait lui-même de cette tâche ; tant mieux s'il pouvait choisir la corne qui correspondait à ses capacités pulmonaires.

Il chassa la fatigue qui le gagnait. La nuit prochaine peut-être, sûrement, et le lendemain dans l'avion, il pourrait récupérer. Et puis, il n'était pas mécontent de retrouver Méa Chearim. Si le vieux quartier des hassidim et des écoles talmudiques n'a pas le monopole du zèle religieux extrême, il reste le haut lieu du judaïsme ultra, et le seul à donner au visiteur le sentiment de pénétrer dans un monde à part, où les règles de ce qui est permis ou interdit au piéton ou à l'automobiliste ordinaires ne sont pas les mêmes qu'ailleurs. Certes, le sens unique y est respecté, mais seulement parce que l'étroitesse de la rue ne permet pas de faire autrement et certainement pas parce que le règlement municipal le demande. Seul y est défendu ce que les rabbins de la place y défendent. À Méa Chearim, l'hébreu cède toujours au yiddisch, son heure n'est ni celle de Greenwich ni celle de l'État athée d'Israël, et c'est moralement qu'on y porte ses élégances. Ici, les hommes sont attifés à la fois comme leurs pères de la froide Pologne et comme l'as de pique – noir évidemment. Si les habits reprisés, déjà portés les années d'avant par la grande sœur ou le frère aîné, témoignent de l'extrême pauvreté des familles, ils attestent du même coup de la suprême richesse que leur accordent à la fois le nombre pléthorique des enfants et l'étude constante de la Tora, au lieu de la servitude au gagne-pain.

Les choses changeaient, malgré tout, inexorablement. Sans empêcher les voitures de stationner sur le trottoir, les places qui y avaient été aménagées et le dallage autour donnaient à une partie de la rue un air de modernité. Les affiches sur les murs – invectives, arrêts des tribunaux rabbiniques ou simples messages publicitaires – étaient parfois imprimées avec de l'encre de couleur. Celles qui vantaient les mérites, photos à l'appui, de « portables rigoureusement cacher » ne manquèrent pas d'intriguer Fix. S'agissait-il d'une technologie nouvelle pour rendre ces appareils utilisables le chabat ? La réalité était plus morose qui proposait des portables déconnectés des lignes érotiques. La vie n'était pas toujours facile à Méa Chearim, qui, en ce siècle de permissivité, tentait de colmater ce qui pouvait l'être.

Un chofar n'est pas lourd, mais les livres ! Les livres pesaient. Il n'avait su résister aux bouquinistes, aux libraires qui, ici, avaient la densité des banques dans la City. Il était temps de gagner Guilo. Il se dirigeait vers une station de taxis, quand il changea d'avis. Alors que le centre-ville se vidait, que les rues piétonnières de Jérusalem voyaient leurs boutiques abandonnées par peur des attentats, lui, Fix, dont le petit-fils et la belle-fille avaient été atteints par leur machine infernale, n'allait pas faire la part belle aux assassins ! Il lui en coûta beaucoup de questions aux passants, de sueur et de temps, mais, après avoir changé trois fois d'autobus, il débarqua à Guilo, fier de son exploit.

Il y trouva une Rivka rayonnante qui ne lâchait plus Bébé-Ju et réciproquement. Elle répétait à Louis qu'elle allait bien et qu'il devait cesser de tourniquer autour d'elle – « Ça me rend nerveuse. » Elle insista pour donner le biberon à sa fille. Les deux hommes les retrouvèrent endormies l'une à côté de l'autre.

La nuit était tombée. À l'appel du muezzin, le cinquième et dernier de la journée, Fix sortit dans le petit jardin. Devant lui, Bethléem était calme. Mais fallait-il que sur cette terre vouée à la paix ce soit le couvre-feu qui l'impose ? avec ses contraintes, les privations et la colère – leur corollaire ? Il regardait les étoiles qui s'allumaient dans ce bout du ciel le plus célèbre du monde, quand Louis l'appela pour le journal télévisé. De son poing, Arafat martelait « *chahid* » ; les tanks de Tsahal entraient dans Kalkilia ; devant une foule en liesse (à Gaza ? ailleurs ? – hébété par l'image, Fix n'avait pas écouté), des Palestiniens, le visage couvert d'un masque noir, mettaient le feu, sous les ovations de la foule, à la maquette d'un autobus marqué d'une étoile de David. Il connaissait ces images par la télé française... C'étaient les mêmes images. Mais ici, sur la terre qui brûlait, elles avaient une autre intensité. Par leur proximité ? leur immédiateté ? par la vulnérabilité de ceux qui, ailleurs, ne sont que des spectateurs, des *télé-spectateurs* ? Louis préparait le dîner.

À 22 heures, le bulletin d'informations annonça des tirs dans la bande de Gaza.

Fix trempait sa pita dans le houmous, piquait des pois chiches. Pour la première fois depuis l'attentat, le fils et le père étaient réunis sans que leur extrême souci domine. Dans la cuisine silencieuse, une sorte de sérénité faisait mine de pointer. Peut-être que la nouvelle année...

Le transistor que Louis avait rallumé égrenait à tue-tête les quatre dernières secondes de l'heure finissante. Le bulletin de 23 heures rapportait que le gouvernement allait proposer à la Knesseth de prolonger les périodes de rappel.

Fix s'était mis à marcher de long en large, donnait à Louis des nouvelles de Caro à Paris, de sa sœur à Strasbourg, de leur mère, « toujours tirée à quatre épingles, toujours occupée et qui en fait trop ». Il parlait de ses lectures, d'un passage du Talmud qui lui paraissait étrange...

Il était minuit, maintenant. La radio annonça des tirs contre une voiture. Le conducteur, apparemment l'unique passager, était mort.

– Tableau de l'intifada ordinaire, commenta Louis.

L'attentat avait eu lieu sur la route qui mène au Héro-dion, « juste à la sortie de Tekoa », précisait la spea-kerine. Elle ajouta qu'on avait bouclé la zone, qu'une patrouille cherchait à établir le contact avec les terroristes. Et que le lendemain, la température serait en légère baisse, avec 28 degrés à Jérusalem et un degré d'humidité conforme à la moyenne saisonnière...

– Eh bien, remarqua Louis, le Hérodion t'aura poursuivi jusqu'au bout ! C'est pas ça qui va te réconcilier avec Hérode.

– À la sortie de Tekoa..., tu te rends compte ?

– C'est la route normale. Et puis Tekoa, c'est pas la première fois... Deux gosses du coin qui se promenaient ont été assassinés. On les a retrouvés horriblement mutilés dans une grotte. Pourquoi le type est sorti la nuit de Tekoa ? C'est de la folie pure...

Fix ne dit rien. Il ne voulait pas quitter son garçon sur un sentiment de reproche. Ne se rappelait-il pas les dernières vacances que tous les cinq, ensemble, avaient passées dans les Alpes ? Cette année-là, ils avaient choisi comme thème de l'été le prophète Amos, « le berger de Tekoa ». Ils avaient donné le nom de Tekoa à leur campement. Tous les jours, ils étudiaient quelques versets du petit Livre d'Amos. Louis avait alors seize ans. Ou dix-sept déjà... Il était plein d'admiration pour le prophète sans peur ni reproche qui savait défier le pouvoir et ses prêtres. Il connaissait par cœur ses invectives contre ceux qui « dans leurs palais entassent violence et rapine » ; ses vitupérations contre les matrones que le prophète appelait « les vaches du Bashan » ! « Vous, les accusait-il, qui exploitez les faibles, qui malmenez les pauvres, qui dites à vos maris : "Apporte et buvons !" »

L'intifada avait-elle à ce point changé son système de références ? Il est vrai, les années avaient passé...

– Je crois que je vais monter me coucher, dit Fix.

– Tu disposes de trois bonnes heures de sommeil... Moins cinq minutes pour un café, évidemment !

Alors, quand ce fort gaillard – Louis était bien plus grand et plus fort que son père – qu'il ne reverrait plus avant longtemps, qui avait appris à surmonter les épreuves, à résister au danger, s'approcha et dit « Bonne nuit, papa », Fix sentit l'émotion le gagner. Comme à l'hôpital quand il baisait le front de Doudou endormi.

2

L'aéroport Ben Gourion est l'un de ces lieux fortunés où, sans que leur présence simultanée y provoque imprécations ou jets de pierres, se rassemblent des juifs en noir, des Arabes en blanc et de filiformes créatures au ventre nu, dont les brillances dans le nombril serties suppléent l'éclat que leur œil, au matin, n'a pas la force d'allumer. « Ton nombril est comme une coupe en croissant, chantait le roi Salomon. Que le vin coupé n'y manque pas ! Ton ventre, une meule de froment, ceint de roses. » Le texte surgit dans la mémoire de Fix. La réminiscence aurait indigné les hommes en noir. Pour eux, il n'y avait pas de rapport, mais pas le moindre, entre les filles que leur regard fuyait et le verset du Cantique des Cantiques. Seule comptait l'interprétation du Talmud : le froment dont l'univers profite, c'est la justice nécessaire à la société, rendue par le Sanhédrin à Jérusalem – le nombril de l'univers. Le vin coupé rappelle que, pour atteindre le quorum, les juges alternaient dans l'amphithéâtre qui, par sa forme en croissant, contraignait les vingt-trois magistrats à se faire face. Voilà ce dont parlait le roi Salomon, le plus sage des rois. De ça et de rien d'autre. Et certainement pas de filles en chair et en os. À Dieu ne plaise ! À Dieu ne plaisent.

Comment faisaient-elles pour ne pas avoir froid ? L'immense salle de départ était climatisée, c'est-à-dire réfrigérée à outrance, et Fix qui s'était assis près de la porte 9 d'où il allait embarquer avait sorti de son sac le gilet qui l'accompagnait dans ses déplacements. Il ne se lassait pas de regarder la foule. La bigarrure propre aux aéroports internationaux réfléchit son extrême diversité et, partant, la difficulté des gens à se comprendre. Nombrils et chapeaux noirs devenaient l'immédiate illustration de cette mutuelle incompréhension. Que suggérait aux filles l'accoutrement suranné des barbus ? Que savaient-elles du Cantique ? et du roi Salomon ? En revanche, il devinait ce que pensait d'elles la femme assise devant lui. Ses lèvres et ses genoux serrés, le chignon surplombant un ensemble gris et caca d'oie témoignaient de son extrême vertu. Quant aux fantasmes du quidam replet qui louchait fiévreusement en direction des demoiselles, ils devaient s'accorder avec les réflexions des trois jeunes gens parlant un hébreu fort et qui les fixaient sans vergogne. Mais ces messages passaient par des filtres si différents, ou l'absence de filtre, qu'on ne pouvait les confondre. Le regard de Fix s'attarda sur les trois garçons. Ils portaient de lourds sacs à dos ; le plus petit, en bermuda, aux cheveux roux bouclés tombant sur son front, avait déposé à ses pieds une guitare. Ceux-là, il l'aurait juré, partaient en Inde, au Pérou, ou ailleurs. Pourvu que ce soit loin. Ils le faisaient tous après leurs trois années d'armée, pour revenir des mois ou un an plus tard commencer des études à l'âge où leurs homologues de France rangeaient leurs derniers diplômes. Quant à ceux de France ou de l'Europe pacifiée et pacifiste, pouvaient-ils comprendre les garçons d'Israël ? Leur combat déterminé contre l'intifada ? Leur périple hindou ? Et le rouquin, savait-il seulement ce qu'on disait en France de « sa » guerre contre les Palestiniens ? Et lui, comment jugeait-il le refus des hommes en noir de servir Tsahal au nom d'une interprétation de la Bible qui défiait le sens littéral ? Mais qu'est-ce que le sens littéral ? A-t-il jamais existé un sens littéral ? Pour désigner l'Écriture, l'hébreu dit : la « Lecture ». Tant il est vrai qu'au-delà d'une herméneutique partagée, un texte ne compte que par la lecture qu'on en fait. Même celle des journaux. Surtout les journaux dont l'information (l'in-formation !) passe par l'interprétation des témoins, le commentaire de qui les rapporte, les hypothèses, les déclarations officielles, les erreurs, la désinformation programmée, la ligne éditoriale... Fix aurait continué sa diatribe intérieure si la une des *Yedioth Aharonoth* qu'il dépliait ne l'avait arrêté net. Sur le papier, la blouse verte ouverte sur un maillot blanc et coiffé du bonnet de chirurgien, le Dr Maïmon le regardait avec gravité. Le portrait et le texte qui l'accompagnaient, accolés à la photo d'une voiture accidentée, étaient encadrés de noir. « Les terroristes tirent sur un médecin ! » titrait le journal, rapportant que la veille, après 22 heures, on avait découvert, « criblé de balles dans sa voiture à la sortie de Tekoa, sur la route du Hérodion, le professeur Avi (Abraham) Maïmon, chef du service d'oto-rhino-laryngologie de l'hôpital Hadassa du mont Scopus ».

Depuis trente-cinq ans, le rabbin Théodore Fix côtoyait la mort. Impénitente récidiviste, elle lui était familière. Mais que l'intifada tue dans les monts de Judée dont rêvait cet homme enthousiaste, amoureux du désert, dont la constante sollicitude et la compétence avaient sauvé de la mort tant d'adultes et d'enfants, juifs et arabes – dont son petit-fils ! –, lui paraissait un absolu scandale. Le journal racontait qu'alertés par le bruit des tirs, des Gardes-frontières avaient découvert, peu après 20 h 30, une Suzuki de type Baleno trouée de balles et versée sur le bas-côté de la route. Elles n'avaient laissé aucune chance à l'unique passager affalé derrière le volant, le Dr Avi Maïmon, mortellement atteint à la tête et à la poitrine.

Le caducée et l'étoile de David rouge, qu'on avait retrouvés maculés de sang et que l'homme avait dû placer en évidence derrière le pare-brise, n'avaient pas empêché l'attentat. Pourtant, affirmait le journaliste, un certain Zeév Lévi, la voiture était connue par les Palestiniens du lieu. « Car, en dépit des interdictions de Tsahal, révélait-il, le Dr Maïmon se rendait régulièrement dans la zone palestinienne où les hommes du Fatah faisaient appel à ses services. » Et la légende sous la photo d'interroger : « Un groupe islamiste extrémiste a-t-il voulu mettre fin à cette entente ? » Fix était abasourdi. Comme s'il ne pouvait l'accepter, il recommença sa lecture.

Pour avoir été mis à jour d'un coup, après une vingtaine de siècles où il avait servi la seule écriture, l'hébreu n'a pas suivi la lente évolution des langues anciennes qui les rend incompréhensibles au commun des mortels. Revenu au parler à la fin du XIXᵉ siècle, l'hébreu qualifié de « moderne » n'est pas fondamentalement différent de l'hébreu biblique familier au rabbin. Cependant les anglicismes ajoutés, surtout ces dernières années, dans le texte sans voyelles, et l'apport arabe environnant, sans parler des tournures empruntées au russe, obligeaient Fix à revenir en arrière, à reprendre l'une ou l'autre phrase déjà lue. Et puis, le bruit des gens, les appels incessants du haut-parleur qu'il tentait de ne pas entendre le perturbaient. Surtout, il n'arrivait pas à se faire à l'idée que cette nouvelle victime du terrorisme,

annoncée par la radio il y avait moins de huit heures
(« Tableau de l'intifada ordinaire », avait commenté
Louis !), puisse être l'aimable Dr Maïmon.

– Dernier appel ! Les passagers du vol El Al 324 en
direction de Paris sont invités à se rendre de toute
urgence à la porte n° 9...

Cette fois, la voix du haut-parleur arracha Fix à ses
réflexions. Le message le surprit. Parce que les sièges
à côté de lui s'étaient vidés ? Parce que l'intensité du
brouhaha n'était plus la même ? Les hôtesses au
contrôle des fiches d'embarquement le regardèrent
étrangement. Il fourra le journal dans son bagage,
courut à elles, bafouilla une excuse. Le bus attendait.
Il n'attendait que lui, fonça en direction du Boeing.
Quand Fix arriva au haut de la passerelle, il fouilla
dans ses poches extérieures, dans ses poches intérieures – « Excusez-moi, il est sûrement là » –, dans
les poches de son gilet, avant de retrouver dans la
poche revolver le talon qui, marqué d'un 25 K, désignait l'unique place vacante dans l'appareil, archi-
plein en cette avant-veille de Roch Hachana. Il sentit
sur lui le regard réprobateur des voyageurs. On devait
le soupçonner, lui qui les fréquentait si peu, d'avoir
traîné dans les boutiques hors taxes.

– Pardon, excusez-moi, merci. Merci bien...

Les coffres à bagages laissaient échapper leur trop-
plein chaque fois que, sous l'œil moqueur ou courroucé des rangées 23 à 24, il tentait en se haussant
sur la pointe des pieds, gêné de frôler tant de genoux,

de placer son maigre bagage, qu'il finit par poser sur les siens quand le lourd appareil s'ébranla. Et lorsque, en hébreu, puis en anglais, le capitaine s'excusa « du léger retard dû à l'arrivée tardive des derniers passagers », le rabbin Théodore Fix se sentit rougir. Comme autrefois... il y avait si longtemps.

Depuis qu'elle s'était fait emboutir par un camion fou, il suppliait sa femme d'éviter le périphérique. Il n'osait l'espérer. Elle était là, pourtant, qui l'attendait, souriante, derrière les vitres opaques au sortir de la zone sous douane, à l'aise dans un ensemble en jean léger qu'il ne connaissait pas. Il se rappela ce qu'elle lui avait dit au téléphone : « Tu verras, il est comme cousu pour moi, l'affaire du millénaire ! » Elle l'embrassa et sa mémoire consentit à voiler son tourment.
– Doudou va vraiment bien, il va rentrer à la maison pour Roch Hachana ?
Il la sentait inquiète. Il répondit que Doudou allait vraiment bien et que les filles du Yémen sont résistantes. Il dit encore... il dit seulement, dernier hommage au disparu, que grâce au dévouement d'un médecin admirable David retrouverait l'usage de ses cordes vocales. Plus tard, il raconterait... Et puis Elisabeth avait à dire et disait tant de choses. Ce qu'elle avait fait depuis son départ, les dernières des toutes petites et de Michaël, à Strasbourg, qui savait par cœur, « je t'assure, le début du *chema* ».

– Ah ! et puis ton président a appelé deux fois. Il demande si tu as bien rapporté un chofar. Le premier soir, on aura pour invités...

– Les enfants viennent ?

– Bien sûr ! Tu crois que, dans son état, Caroline va se mettre aux casseroles, alors qu'en plus elle doit rendre son travail de maîtrise pour la rentrée ? Ils savent si c'est un garçon ou une fille, mais ils ne veulent rien dire. On aura aussi les Parienti, mais si... le couple qui s'est installé au bas du boulevard Saint-Germain et puis... Ah, que je n'oublie pas, on a téléphoné du bureau du préfet pour t'informer qu'une voiture « non banalisée » – c'est drôle comme formule, tu ne trouves pas ? – passera toutes les dix minutes pendant les offices. Ils demandent qu'il n'y ait pas de rassemblement dans la rue. Que les gens se dispersent tout de suite après la prière. En plus, un inspecteur du quartier insiste pour te voir. Je lui ai demandé de venir à la maison, parce que tu n'auras pas le temps de te rendre au commissariat. Il sera là à 14 h 30. Tu pourras juste manger un morceau...

Voilà des années, depuis l'attentat de la rue Copernic, en 1980, qu'avant même d'en distinguer ses insignes, les barrières de protection mises en place par les services de police signalaient aux passants la présence d'une synagogue. Et rendaient furieux les automobilistes, empêchés de stationner. Sa synagogue n'échappait pas à la règle. Cependant, plus qu'un attentat terroriste, peu probable quand la police était sur les dents, le rabbin craignait l'excès de zèle des jeunes gens de la communauté chargés de la garde à l'entrée de l'édifice. Plus d'une fois, ils avaient inutilement questionné des fidèles à la susceptibilité à fleur de peau... Il lui faudrait parler à l'équipe, sans toutefois les décourager... L'officiant aussi, il voulait le rencontrer, pour lui rappeler que liturgie et bel canto ne s'accordent pas toujours. Ne pas le vexer, lui non plus. Tant de choses restaient à faire pendant la trentaine d'heures qui le séparaient de Roch Hachana.

L'appartement sentait bon l'encaustique. Le courrier qu'il laissait, lui, traîner dans l'entrée n'y était pas, pas plus que les journaux. Et les glaïeuls blancs que le président de la communauté lui envoyait chaque année pour le nouvel an annonçaient la fête.

Il gagna son bureau. Retrouver, rien qu'un instant, son univers. Et le calme avant de disputailler. À l'exemple d'un chercheur qu'il admirait, il gardait dans ses rayons surchargés une étagère vide, signifiant qu'il aurait toujours de la place pour un nouveau livre. Pour un bon livre. Tout à l'heure, il sortirait de son bagage ceux qu'il avait achetés. Elisabeth l'appelait depuis la cuisine. Elle non plus, ne pas la fâcher. Mais il avait si peu faim.

Bronzé, les cheveux longs, la chemise plaquée sur les abdominaux qu'on distinguait sous le léger tissu, le sous-lieutenant de police René Duverger devait être un habitué des salles de musculation. Pour lui, se dit Fix, que les questions du visiteur trop sûr de lui mettaient de mauvaise humeur, ventre bien fait valait mieux que tête bien pleine. Le policier s'était assis sans y être invité, avait jeté son pied droit – chaussette de soie sombre impeccablement tirée – sur le genou gauche.

– Puis-je compter sur votre influence, monsieur le rabbin, pour éviter tout débordement ? Vous savez combien la population musulmane est devenue sensible...

– Parce que le fait de se rendre à la synagogue est une provocation ?

– Certainement pas. Ne me faites pas dire... Mais peut-être que pour fêter le nouvel an, la synagogue n'est pas le lieu le mieux choisi...

Fatigué par une nuit trop courte et le voyage, Fix n'avait pas le cœur à sourire. Il expliqua quand même.

– N'ayez crainte. Il n'y aura pas de cotillons. Pas même une ronde sur la place Saint-Sulpice ! Le nouvel an juif est une fête, parce que nous espérons le pardon de Dieu, mais c'est une fête austère parce que Dieu nous juge. C'est le temps qui nous est proposé pour un examen de conscience, où nous prions Dieu de nous accorder une nouvelle année de satisfaction et de bonheur. Tout se passe dans la synagogue. C'est à peine si du dehors le bruit du chofar sera perceptible.

– Il n'y en aura pas, monsieur le rabbin. Nous y veillerons.

– Pardon, je ne vous suis pas...

– Nous avons mis en place des barrières de protection. (Le sous-lieutenant Duverger changea de position, pied gauche sur genou droit.) Aucun véhicule, je vous en donne l'assurance, ne se livrera à un excès de vitesse aux abords de la synagogue.

Un instant, Fix hésita. Puis il rit. Sans retenue ni pudeur. Comme l'enfant au cirque quand le clown est déculotté. C'était si bon de rire.

– Ne m'en veuillez pas, inspecteur. (Dans son fauteuil d'osier, près du guéridon où il avait pris place face au policier, Fix hoquetait.) Je viens de passer quelques heures pénibles et notre quiproquo me fait tant de bien. Mon « chofar » n'est pas le vôtre... Il s'agit d'une corne de bête, comme celle de Roland à Roncevaux, appelant au secours ou sonnant l'alerte, dans laquelle nous soufflons à Roch Hachana, le matin, pendant l'office... Je vous sers encore une tasse de café ? Vraiment pas ?

Fix remplit la sienne, la porta à ses lèvres.

– Venez demain, reprit-il, vers 10 heures, 10 heures et quart. Je vous accueillerai avec plaisir. Ce sera l'heure de la première série des sonneries. Ce n'est pas très mélodieux, mais la cérémonie est impressionnante.

Le policier remercia. Il ne savait pas si, le lendemain, il serait disponible à 10 heures. Et là, dans cinq minutes, il devait assister à une réunion importante.

– Vous gardez bien ma carte ? Tous les numéros de téléphone y figurent. Vous pouvez m'appeler jour et nuit, insista-t-il.

Puis, dévalant les escaliers quatre à quatre, il pensa que les choses sont parfois plus compliquées qu'elles n'y paraissent. Il était impatient de se retrouver en terrain connu, de rouvrir ses dossiers. Trois drogués ; deux prostituées, dont une qui était jolie, arrêtées pour racolage. Et puis le chauffard, un vrai, le type en Alfa qui pour la deuxième fois en huit jours avait brûlé un feu rouge. C'était à cause de lui, la bourde, tout à l'heure ! Il ne perdait rien pour attendre. « D'ailleurs, il n'attendra pas », conclut, rasséréné, le sous-lieutenant stagiaire.

De la contribution de la police française à l'édification religieuse des fidèles... Fix, qui avait pensé parler de l'homme créé à l'image de Dieu au premier Roch Hachana du monde, donc de l'homme libre, entièrement libre, dont les actes pourraient n'être commandés que par la raison et la moralité, s'était décidé, son visiteur parti, à consacrer son sermon au chofar ! C'était plus simple, moins... narcotique aussi. Il appartenait à cette catégorie d'orateurs qui a besoin de communiquer avec son auditoire. Rien ne l'indisposait davantage que des yeux qui se voilaient, les paupières qui tombaient et, pire encore, l'inattention manifestée. Et puis le chofar, c'était un bon sujet. La

nef était presque pleine en ce premier soir du nouvel
an, début de la période du Jugement. Aux fidèles
habituels s'étaient joints des dizaines d'autres, pariant
sur le bon Dieu plutôt que sur la logique de leur habituelle absence. Que sa synagogue était belle quand
elle était peuplée ! les ampoules brûlées avaient été
remplacées, les autres dépoussiérées. On avait sorti
le lourd rideau blanc et brodé – blanc comme l'innocence consentie au repentant – qui, de Roch Hachana
à Kippour, dix jours plus tard, voilerait l'arche sainte.
L'une ou l'autre fois, le regard persuasif ou courroucé
du rabbin suffit à faire taire les bavards, ceux des
premiers rangs qu'il avait remarqués.

Quand il fut monté en chaire et que tous le regardèrent, il exhiba d'un geste théâtral la corne ocre aux
reflets d'ivoire.

– Je l'ai rapportée pour vous, commença-t-il, oui pour
vous, mes chers amis, depuis Jérusalem où je me
trouvais avant-hier encore. À quelques centaines de
mètres du lieu où, au faîte de sa passion religieuse,
Abraham sut entendre la voix de Dieu lui interdisant
de sacrifier Isaac, « ligaturé » sur l'autel. À sa place, il
immola un bélier dont les cornes – comme ce chofar
devant vous – s'étaient prises dans un buisson voisin.
C'est cet événement, cette substitution capitale,
qu'évoque le chofar de Roch Hachana ! Vous l'écoute-
rez demain matin, mes amis. Vous vous rappellerez
alors que la Tora est une loi de vie. C'est parce que le
ligaturé est demeuré en vie et qu'en vivant il se mit

au service de Dieu, qu'Isaac fut appelé « le sacrifice parfait ». Vous choisirez la vie ! dit la Tora. C'est en vivant que vous pourrez servir Dieu, aider l'autre, comme il vous le demande. Mes amis, écoutez le chofar, entendez son appel ! Il sonne l'alerte. Il nous reste si peu de jours pour apprendre à vivre, à vivre vraiment, en hommes et en femmes responsables... Si peu de jours pour revenir à Dieu !

Fix sentait qu'il avait accroché. Il aurait pu prolonger. Mais il se méfiait de l'éloquence gratuite. Du gourou qui sommeillait... Il aimait enseigner que Moïse, le premier des Législateurs, le guide que Dieu avait choisi, avait, la Bible ne le précise pas pour rien, « la langue embarrassée ».

Il est vrai, expliqua-t-il à son gendre sur le chemin du retour, il est vrai qu'en célébrant la vie, il entendait aussi blâmer les aberrations des islamistes prônant le suicide ou l'assassinat en l'honneur et au nom de Dieu. Il lui parla du Dr Maïmon, « la victime la plus récente – du moins c'était le cas avant-hier – de cette abomination ». Il répéta :

– Une abomination ! Parce que moi, je connais les philosophes arabes du Moyen Âge, l'amitié et les sciences qu'ils partageaient avec les penseurs juifs. Jamais ils n'auraient admis de salir de la sorte le nom de Dieu. Quel malheur pour l'islam, quel malheur pour nous. Pauvre Dr Maïmon, soupira-t-il.

On était passé à table pour le *kidouch*. Les hommes – son gendre, qui aurait mieux fait de rentrer sa cravate canari ; Parienti, prénommé Alex, la cinquantaine, informaticien, ainsi que deux jeunes gens au regard incertain, qui se disaient étudiants et qu'Elisabeth classait parmi les chômeurs volontaristes – levaient leur coupe de vin pour sanctifier la fête. Fix psalmodiait le texte hébreu, rendant grâce à Dieu « de nous avoir permis de vivre, vivre dans l'honneur et d'avoir atteint ce jour ». Il regarda sa femme, lui sourit. Elle aussi pensait à David. Aussitôt, le Dr Maïmon revint à son souvenir. L'intifada ne lui aura pas « permis d'atteindre ce jour »... Il revit le médecin, au petit matin, dans la cour de l'hôpital, contant le désert et les prophètes. Il pensa à un ami qui lui avait été proche, à ceux de sa communauté qui n'avaient pas passé l'année. Ils ne le quittèrent pas alors qu'il découpait deux belles reinettes pour en donner à chaque convive une tranche trempée dans le miel.

– Que par le vouloir de Dieu, récita-t-il, l'année nouvelle soit bonne et douce.

– Isabelle en a plus que moi, protesta la petite.

– Je t'interdis de te servir toute seule, se fâcha Caro. Et voilà ! qu'est-ce que j'avais dit, la nappe est tachée ! Tu pourrais t'occuper des enfants au lieu de te verser du vin, continua-t-elle en direction de son mari.

La petite s'avisa que le moment était propice. Ses sanglots refoulèrent le *kidouch*.

– Cette pomme est délicieuse, tenta Mme Parienti.

Ce fut au tour d'Elisabeth de faire diversion :

– Vous... vous n'avez pas trop chaud ? Vous voulez

peut-être que j'ouvre la fenêtre ? demanda-t-elle en prenant sa petite-fille sur les genoux.

D'où lui venait ce talent pour si bien pleurer ? Pour qu'en les mouillant, ses larmes rendent encore plus jolis ses jolis yeux bleus ? Larmes de miel ? larmes de sel ?

D'abord satisfaite que sa sœur ne le fût pas, Isabelle mesura l'impact des pleurs de sa rivale sur la sensibilité matriarcale. On la sentait qui se préparait...

– Allons, gronda Fix, nous n'allons pas faire de la pomme de Roch Hachana une pomme de discorde ! Au dessert, je vous livre le pot tout entier. Vous prendrez tout le miel que vous voudrez. Maintenant, si mamie le permet, on passe à la soupe.

C'était le danger des aliments symboles. La pomme des uns pouvait ne pas être celle des autres. Le contresens guettait. Dans l'Orient antique, on communiquait par symboles ou par énigmes. L'objet devenait signifiant par sa forme, sa consonance ou l'homonymie du radical. On commençait le repas de Roch Hachana par du *cresson* : « Pour que *croissent* nos mérites » et un *poireau* : « Pour que *périssent* nos ennemis » ! Bien des familles avaient maintenu l'ancienne tradition. On préparait un plat avec un assortiment de nourritures thématiques dont, au demeurant, on ne connaissait plus toujours les correspondances en hébreu ou en araméen. Fix n'avait gardé que la pomme dont la forme sphérique évoque la révolution annuelle de la terre et qui, trempée dans le miel, en neutralise l'acidité. Dans ce cas, l'objet-vœu prenait sens. Il sourit : à s'en tenir à l'assonance, les quartiers du fruit ne convenaient guère aux deux « étudiants », plus... paumés que jamais. Une pomme ! C'était la dernière chose à leur souhaiter.

Fatigué, il redoutait le repas qu'il lui fallait animer. Mais les fillettes s'endormirent avant le dessert ; le pot de miel resta intact. Repus, les « étudiants » furent les premiers à partir. Cependant, Mme Parienti tenait à débarrasser la table. Ce que lui, Fix, aurait fait deux fois plus vite. Au lieu de quoi il dut écouter la vision informatique que son époux avait de la Providence dans ses rapports avec l'individu. Drôle de personnage, ce Parienti. Chauve, bien en chair dans un costume taillé pour dissimuler sa rondeur, il portait d'épaisses lunettes à verres teintés dont la forme carrée – les avait-il choisies pour cela ? – vous exposait à deux petits écrans d'ordinateur. Il était resté silencieux pendant tout le repas, s'appliquant à boire, à manger. À boire encore. Maintenant que le logiciel semblait chargé, il n'en finissait plus :

– Les programmes, si vous me permettez cette approximation, monsieur le rabbin, sont identiques. D'où la connexion. Quant à l'interface, je ne vous le fais pas dire, elle fait penser à ce que Lévinas dit du Visage dans son unicité, ce qui déjà fut la fameuse et géniale monade de Leibniz...

Théodore Fix fut d'une « courtoisie sublime ». Il écouta, racontera-t-il à sa femme, jusqu'à « l'épuise-

ment de la bande son ». Quand la porte, enfin, se ferma et qu'Elisabeth tira le verrou, il se laissa tomber dans le fauteuil de l'entrée.
– Rien, rien qu'un instant.

Rue de Rennes, les magasins étaient encore fermés. Une pâle lueur venait de l'un des cafés à l'angle de la rue du Vieux-Colombier. On devinait les derniers – ou les premiers – coups de balai sur les dalles de faux marbre. Fix s'était réveillé au milieu de la nuit, toujours dans l'entrée, ébranlé par un cauchemar : Maïmon... ligoté dans sa voiture, comme Isaac sur l'autel, écrasé par une énorme pomme. Après, il s'était déshabillé et, dans son lit, le peu de sommeil qui lui était alloué avait été long à revenir.
Il traversa la place Saint-Germain, céda aux brosses tournantes de la voirie et, ralentissant son pas à l'approche de la boulangerie rue Guisarde, se laissa griser par l'odeur du fournil et des pâtisseries.
Le temps avait changé. Un vent frais, mouillé, ralentissait sa marche. De la main gauche, il retenait son chapeau, un eden noir, dont il se coiffait pour chabat et les fêtes. Il aurait mieux fait, grognait-il, de garder son béret basque habituel. De l'autre main, il serrait le col d'un imper trop léger. Il se sentait las. Au fur et à mesure qu'il avançait, la pluie s'installait. Et avec elle cette odeur qu'il aimait bien de Paris qui se lavait. Si elle continuait, se dit-il, plus d'un fidèle – ou moins

fidèle – prendrait la voiture. Non, il ne dirait rien. En ce jour du Jugement, mieux valait le péché par insouciance que d'inefficaces remontrances. Il aurait aimé avoir des nouvelles du petit David. Comment avait-il passé sa première nuit à la maison ? S'il bénissait les fêtes chômées qui le libéraient du téléphone et de ses servitudes, il savait aussi que les interdits électriques ou électroniques n'étaient pas bienvenus dans toutes les circonstances. Qui avait revendiqué l'attentat de Tekoa ? Où en était l'enquête ?

Chapeaux noirs, calottes blanches, mais aussi beaucoup de kipas crochetées et colorées..., la synagogue se remplissait. La première partie de l'office était finie. On avait sorti de l'arche les rouleaux de la Tora. Lecture de la « ligature ». L'ange à Abraham : « Ne fais rien à l'enfant ! » Puis, comme dans un spectacle, quand la vedette est annoncée, que s'éveillent les regards et les cœurs, l'assemblée se prépara au chofar. Signe déterminant : les enfants du vestibule avaient laissé leurs jeux. Sur la petite estrade de l'officiant, comme chaque année, Théodore Fix allait sonner de la corne.

L'effort physique du sonneur est considérable. Louis Armstrong aurait été parfait. Le sonneur doit aussi connaître les trois types de sonneries que l'ancestrale tradition rabbinique a retenues. Celle qui imite le sanglot, l'autre qui évoque la brisure. Et la « tekia » toute simple, annoncée à haute voix par l'officiant et dix-huit fois répétée puisqu'elle précède et suit les neuf compositions sanglot/brisure.

Dans la synagogue, le silence était absolu. Tous les regards étaient tournés vers l'estrade. Le rabbin s'était couvert la tête du châle de prière, récitait les bénédictions correspondantes. Alors, sur le ton du *speaker* annonçant l'ouverture de la Chambre des lords, l'officiant cria : « Tekia ! » On attendait le cor, ce fut le silence. Toujours le silence. Dans la galerie des femmes, l'émoi était considérable. Elisabeth sentit son cœur se serrer. Théo avait-il un malaise ? Debout dans les rangées, les gens se regardaient, regardaient l'estrade et se regardaient derechef. Dans un geste de manifeste impuissance, l'officiant leva les bras en direction du président. Fix ne bougeait pas. « Allez-y », fit la main du président en direction du *speaker* qui, doucement, faiblement, comme si Londres n'était plus à Londres, reprit : « Tekia ! » Le cho-far éclata. D'un trait puissant, avec comme une note plaintive à la fin. L'officiant raconterait que le rabbin tremblait. « Chaque fois que je criais "Tekia !", il était pris d'un frisson. Il devait avoir une fièvre terrible... » Si, par dix-huit fois, il avait tremblé, c'est parce que l'officiant disait « Tekia » et que lui, Fix, entendait : « Te-koa » ! La première sonnerie fut la plus dure. Il revit alors, et ne vit rien d'autre sous le *talith,* que les photos dans *Yedioth Aharonoth* d'Abraham Maïmon et de la voiture rougie de son sang à la sortie de Tekoa. Dix-huit fois, l'appel de l'officiant lui déchira le cœur et la raison. Après la dernière « tekia » qu'on laissait se prolonger, il fut totalement épuisé. Remarqua-t-on qu'il s'en retournait à sa place en titubant ? que, contrairement à son habitude, il laissait l'officiant et le petit groupe des notables raccompagner sans lui, jusqu'à l'arche sainte, les rouleaux de la Tora ?

Le long office de Roch Hachana continuait. Fix priait. Il priait intensément, pour les siens, pour sa communauté, pour Israël. Et pour tous ceux qui sur terre méritent le nom d'homme. Les mots du rituel venaient naturellement, se mêlant au tourment de son âme. Mais affluaient aussi, phénomène étrange qu'il était incapable de neutraliser, une succession d'images que sa mémoire, comme un kaléidoscope, restituait : les lits blancs de l'hôpital, le petit David qui dormait, le long couloir conduisant au bureau du médecin, la femme qui en était sortie avec le serpent rouge. Et toujours, les terribles photos du journal.

Fix priait, les fidèles priaient. Les textes appelaient au repentir, implorant le pardon mais en se répétant, alors que midi approchait et que la fatigue, la routine s'installaient ; toutes ces paroles, les mélodies et les suppliques, Fix le sentait profondément, étaient comme recluses. Elles étaient prisonnières d'elles-mêmes, incapables de s'élever vers le Ciel. Oh ! Ce n'était qu'une histoire hassidique. Mais c'est elle qui s'incrustait dans son souvenir et le troublait.

Cela se passait dans un staettel de Pologne ou d'Ukraine, aux instants ultimes de Kippour, à l'heure où le jour allait finir de baisser. La ferveur s'était fourvoyée, les prières ne montaient pas. Le Ciel s'était fermé. En vain, de son poing fatigué, le rabbi frappait sa poitrine émaciée. Il désespérait du pardon quand, du fond de la bâtisse, quelqu'un siffla ! Avant de devenir scandale, le long sifflement, pareil à celui des bergers rassemblant leur troupeau, stupéfia l'assemblée. Qui osait ? À Kippour ! Tous s'étaient tournés vers le coupable. Moïché le boucher et Ivanov le bûcheron l'agrippaient déjà, l'un sur sa gauche, l'autre à droite, pour le jeter dehors. Un signe impératif du rabbi, surprenant de la part du vieil homme fatigué par le jeûne et les privations, les arrêta. C'est, il l'avait senti, que les murs s'ouvraient soudain et que la prière jusqu'à Dieu montait. Quand l'office finit et que, dans la synagogue, la cohorte des hommes de vertu et de piété s'indignaient encore, ils virent, interdits, le pieux rabbi – on disait qu'il connaissait les secrets des anges et des saintes *sephiroth* – faire venir à lui l'idiot, embrasser l'homme en son habit de bure déchiré et de peau de bête.

« Pourquoi, mon enfant, as-tu sifflé pendant la prière ?

– Je ne sais pas... » Il hésitait, cherchait ses mots. « Je ne sais pas lire, je ne sais pas prier. J'aime mes moutons et, quand je sens que le loup rôde, je les appelle. Comme ça... Et le bon Dieu, il est comme moi, il nous aime comme j'aime mes moutons. Tout à l'heure, ce n'était pas un loup, mais j'ai eu peur. Peut-être les cosaques qui, l'autre fois, avaient brûlé le village ? Alors j'ai sifflé pour que le bon Dieu nous protège comme je protège mes moutons. »

Sans en être vraiment conscient, Fix se mit à scruter l'assistance. Quelqu'un parmi tous ceux-là pourrait-il, comme l'avait fait le berger... Vite, il chassa l'idée. Ce n'était rien... Rien qu'une histoire hassidique pour flatter les petites gens. Il reprit le livre de prières.

Ou-netané tokef... Tous s'étaient levés. « Je vais conter la majesté de cette sainte journée... », avait commencé l'officiant.

C'était un texte ancien, plus ancien même que sa légende, d'une élévation et d'une intensité que rendait bien la composition musicale. Cela se passait au Moyen Âge. La légende raconte que Rabbi Amnon était sollicité encore et toujours par l'évêque de Mayence. Comprendrait-il, enfin, que les juifs étaient rejetés de Dieu ? Quand donc le rabbin accepterait-il de se convertir à la vraie religion et toute sa communauté avec lui ? L'évêque promettait, l'évêque menaçait. Un après-midi de grande fatigue, alors que cette rhétorique lui pesait plus que la veille, le rabbin dit pour en finir : « Je vais y réfléchir, laissez-moi trois jours. » L'évêque était comblé, il voyait ses efforts, son talent et l'Église récompensés. Mais, à peine sorti, Rabbi Amnon mesura sa faute. Il ne retourna pas au palais. Saintement déçu, le prélat le fit chercher par la troupe au quatrième jour.

« Ma langue a péché, proclama d'emblée Rabbi Amnon.

– Ce n'est pas ta langue, fulmina l'évêque. Elle a bien parlé ! Ce sont tes pieds qui ont refusé de venir jusqu'à moi. »

On le tortura et c'est amputé des deux jambes, souffrant horriblement, que Rabbi Amnon fut rendu aux siens. À Roch Hachana, il sentit que ses forces l'abandonnaient, demanda qu'on l'amène dans sa synagogue. Il fit placer la litière aux côtés de l'officiant et, dans la synagogue où les fidèles tentaient d'étouffer leurs sanglots, on entendit sa voix si faible d'abord, qui enflait : « *Ou-netané tokef kedouchat hayom...* »

L'officiant poursuivait : « Comme le pasteur comptant ses brebis, ainsi fais-Tu passer chaque humain devant Toi... En ce jour, Tu examines leur conduite et prononces leur arrêt. À Roch Hachana, Tu le prononces, à Yom Kippour Tu confirmes combien vont naître... Qui va vivre... qui va mourir... qui par le feu... qui par l'épée. »

Ainsi gémissait Rabbi Amnon. Ainsi psalmodiait l'officiant.

Rabbi Amnon, une légende ? Mais il y eut des centaines de Rabbi Amnon au Moyen Âge ! Des milliers de martyrs qui choisirent le bûcher au lieu de la Croix. Ou du Croissant. Pas seulement à Mayence, à Spire, à Blois, à York, à Fez, plus tard à Kiev... en tant d'autres lieux... C'est quoi, une légende ? La légende de Rabbi Amnon était exemplaire du martyrologe juif. « Qui par l'épée... qui par le feu... » « Par le feu de l'intifada, gémit Théodore Fix. Pauvre Dr Maïmon. » Qu'est-ce qui est vrai ? Qu'est-ce qui est faux ? Il est de vraies légendes et de fausses histoires... Tous priaient. Même ceux qui, ne comprenant pas l'hébreu, se laissaient emporter par la ferveur générale. Tous priaient, sauf le rabbin Théodore Fix. Il s'était redressé..., il n'entendait plus ni l'officiant, ni personne. Pas même la mélodie belle et poignante qui donnait vie et mort à Rabbi Amnon. Et si la mort de Maïmon, seulement sa mort, était vraie et l'histoire une légende ? Légende sous une photo dans un journal... Interprétation d'un crime par les in-formateurs, porte-parole et porte-à-faux !

« Qui par le feu... qui par l'épée... qui vivra heureux... qui sera élevé, qui sera abaissé... », poursuivait l'officiant.

Sur ces mots de la fin, de sa fin, Rabbi Amnon s'écria avant de rendre son âme à Dieu : « Mais la prière, le retour au bien et la charité annulent le décret fatal. » Ces mots-là figurent en gras dans les rituels, pour que les hommes et les femmes en prière les proclament à leur tour. Ainsi firent les fidèles. Et le rabbin se ressaisit, répéta avec sa communauté : « annulent l'arrêt fatal ». À cet instant, l'angoisse qui l'habitait depuis...

– « Depuis quand ? depuis le matin ? dans la nuit, déjà... » – quitta Théodore Fix. Pour la deuxième série des sonneries, il le sentait, il le savait, il ne tremblerait plus. La prière pouvait se libérer des lettres qui la retenaient, des légendes, de la routine. La prière pouvait monter. Et les portes dans le Ciel se déverrouiller.

3

– Je me sens parfaitement bien, martelait Fix, je me sens très bien et tu as tort de te faire du mouron. Il a dû beaucoup pleuvoir, ajouta-t-il en sautant par-dessus une flaque d'eau.

Une éclaircie souriait derrière les feuilles jaunies qui avaient résisté à la bourrasque. Elisabeth n'était qu'à moitié rassurée et s'efforçait de ralentir le pas militaire de son époux. Elle n'avait pas été la seule à s'inquiéter. Avant que l'office ne prenne fin, le président s'était approché. « Vous nous avez causé quelque souci, monsieur le rabbin. Mais vous avez été parfait. Comme d'habitude. »

C'était clair, utilitaire. Indifférent. Comme d'habitude. À l'issue de la prière, beaucoup étaient venus l'embrasser. Lui, qui dédaignait les épanchements, s'y était fait. Il lui arrivait même d'apprécier cet usage qui venait du chaud, des terres – et des cœurs – séfarades. Comme la veille, on lui souhaitait « *Chana tova* – bonne année ! », avec en plus, bien trop souvent ce matin-là, ces formules du genre : « Et surtout une bonne santé, monsieur le rabbin ! » Ses élèves des dimanches et des mercredis matin n'étaient pas en reste. Ceux-là, il les retenait. Au moins le temps d'un clin d'œil.

Il y eut, bien sûr, les sempiternels poseurs de questions, suivis des chercheurs de la petite bête et de l'arrière-garde formée par les autobiographes. Des autobiographes anorexiques, car il était maintenant deux heures et Fix qui n'avait rien avalé de la journée et ne le ferait pas avant le *kidouch*, à table, avait hâte de rentrer.

– Explique-moi ce qui s'est passé, insistait Elisabeth. Tu n'as cessé de penser à ce pauvre docteur. Tu étais en pleine déprime. Et tout à coup, je te vois tout guilleret ! Tu affirmes que c'est fini et que tout va bien ?

– Je sais maintenant que l'intifada ne l'a pas tué. Ou, plus exactement, rien ne prouve que ce soit l'intifada.

– Admettons... Ça change quoi ? Tu vas le ressusciter ? Mais tu es fatigué, on en parlera tout à l'heure...

– Je te répète que je ne suis pas fatigué. La preuve...

Usant comme d'un cheval d'arçons de l'une de ces quilles métalliques plantées par la municipalité pour empêcher le stationnement des voitures sur le trottoir, il franchit d'un bond une étroite contre-allée.

– C'est malin. Et d'une distinction, avec ton chapeau...

Elle était agacée, elle ne comprenait pas qu'il avait besoin de temps en temps d'exploser, de faire la nique à l'apparat que sa fonction imposait. Plus encore maintenant, après l'éprouvante tension de cet office trop long.

– C'est vrai, reconnut-il, je n'ai cessé de penser au médecin. Mais, au-delà de la tragédie, j'étais troublé par quelque chose qui ne passait pas. Inconsciemment, je ne pouvais admettre que parmi les cinq ou six millions d'Israéliens susceptibles de mourir par intifada, le sort tombe sur la seule personne avec laquelle je m'étais entretenu quelques heures plus tôt. Et que je n'avais jamais rencontrée avant l'hospitalisation de David. Le hasard n'est pas sophistiqué à ce point !

– Pourtant, c'est ce qui est arrivé !

Il ne releva pas, poursuivit son idée :

– En revanche, si j'établis une relation de cause à effet entre un propos qu'il m'a été donné d'entendre de la bouche de Maïmon et la mise à mort du médecin, alors tout change. Sa mort devient explicable, elle n'est plus l'œuvre du hasard, des aléas de l'intifada. Il a été assassiné de façon délibérée, intentionnée. Voilà ce que j'ai compris ce matin.

– Et moi, je ne comprends rien à ce que tu dis ! Et je

comprends encore moins, rabbin de mon cœur, que tu cogites tout ça pendant la prière, en plein office de Roch Hachana !

– En ce jour du Jugement, pouvons-nous implorer le « Juge de toute la terre » sans faire justice sur la terre dont nous avons la charge ? répliqua Fix avec véhémence. Ce serait une terrible hypocrisie ! La terre, dit la Bible, refuse de couvrir le sang versé ! La Tora le proclame aussitôt après le crime de Caïn. Elle dit que le sang profane la terre. Il la « profane », « PRO-FA-NE » (il scandait chaque syllabe d'un index accusateur), et la terre rejette le sang répandu. Et avec le sang, les hommes qui l'habitent, la terre ! Aussi longtemps, en tout cas, qu'ils n'accomplissent pas le devoir de justice, aussi longtemps que le droit est bafoué.

Comme chaque année, en ce premier jour de Roch Hachana, ils déjeunèrent en tête à tête et sans traîner. Parce que dans... pas longtemps, à l'heure redoutable où la sieste se fait pressante, commencerait l'interminable ronde des visites du nouvel an. L'idée qu'il lui faudrait entendre parler de tout et répondre à tout, alors qu'il ne pensait qu'à « son » assassinat, paraissait à Fix insupportable. En attendant, c'est Elisabeth qui devait subir son assaut, écouter le long cheminement de son subconscient depuis la première *tekia* jusqu'à *Ou-netané tokef*.

– Je ne savais pas, dit-elle en posant son verre, que

l'histoire de Rabbi Amnon était une légende. Qu'importe d'ailleurs... Non... (elle hésitait), la question que je veux te poser est la suivante : si Dieu décide qui sera assassiné par le feu, par l'épée ou par le poison, le fait que ton docteur ait été tué pour cause d'intifada ou par intifada simulée n'a qu'une importance relative.

– *Ou-netané tokef* n'est qu'un poème. Poignant, d'une grande beauté. Mais ça reste un poème. Pas une somme théologique ! De ce point de vue, d'autres approches sont possibles. Sur la trace des kabbalistes et de certaines lectures de la Bible – j'ai vu un livre récent sur ce thème –, on parle de la « fragilité de Dieu ». Disons qu'à Roch Hachana et Kippour, et contrairement à la formule populaire, Dieu propose, mais c'est l'homme qui dispose ! Dieu ne peut forcer personne à faire preuve de prudence derrière son volant ou à regarder à droite et à gauche avant de traverser une rue. Il ne commandite pas les tueurs. L'assassin seul est l'auteur de son crime. L'« Être suprême » n'est pas le « parrain » ! On ne va pas en faire un terroriste *honoris causa*. Ça y est ! (On entendait frapper à la porte de l'étage.) Ils ne pouvaient pas attendre... Sois gentille, fais-les entrer au salon. Je file prendre un café à la cuisine et j'arrive.
Elle joignit les mains à la japonaise.
– Je ferai comme le Grand Justicier voudra. Je reste la très fidèle servante du Grand Justicier.
Il haussa les épaules et sortit.

Voilà des mois que Fix ne s'était pas rendu au bureau de Le Clec. Certes, les deux amis continuaient à se voir, à échanger par fax idées et rébus (depuis qu'un virus avait phagocyté son carnet d'adresses, le juge refusait tout ce qui de loin ou de près ressemblait à un arobase) ; il leur arrivait de manger un morceau ensemble, de se rendre visite, mais plus jamais il n'était question d'enquête ou d'une quelconque « affaire ». Parfois, un silence éloquent y suppléait, aussitôt suivi de considérations sur le temps qu'il faisait, qu'il ferait, ou qu'il pourrait faire. Yves Le Clec ne pardonnait pas à Fix d'avoir abusé de sa bonne foi et plus encore des renseignements qu'il lui avait arrachés pour se lancer dans une aventure qui aurait pu lui être fatale[1]. « Et c'est moi qu'on aurait accusé d'avoir piégé l'un des fleurons du corps rabbinique afin de décapiter la communauté juive de France. »

Reste que Fix avait été accueilli comme s'il était le Messie en personne par l'aimable et plantureuse Irène.

– Voilà bien longtemps qu'on ne vous a pas vu, monsieur le rabbin. Vous avez une mine splendide. Vous aviez des fêtes, n'est-ce pas ? Je vous souhaite une bonne année, que vous soyez toujours en bonne...

– Faites entrer, faites entrer, cria le juge qui, tout en houspillant sa secrétaire, se levait pour recevoir le

---

1. Voir *L'Homme à la bauta*, *Une enquête du rabbin Fix*, 2002, Albin Michel.

visiteur. Et cessez de l'encenser ! Vous savez bien que vous n'avez aucune chance. Et puis, vous avez autre chose à faire. Je vous rappelle le dossier... Silence, malheureuse ! Pas le moindre nom, pas le début d'un numéro ! Dieu sait ce qu'il en ferait. Assieds-toi, dit-il à Fix. Comment tu vas ? Et que me vaut, en ces murs que la République ravit à Thémis, le plaisir de ta présence ?

Rien n'avait changé. Toujours l'odeur de la pipe et dans la pièce trop sombre, la plus sombre du Palais de justice, estimait Fix, l'abat-jour vert en porcelaine réservait sa lumière aux seules feuilles étalées sur le bureau. Il aurait parié que Le Clec portait la même cravate à pois lors de son précédent passage.

– Je suis venu te demander un conseil et une adresse.

– Pas d'adresse ! Ni adresse, ni téléphone, ni couleur ou nombre de cheveux sur le crâne d'icelui ou d'icelle ne sortiront de ce bureau... Quant au conseil, le voici : occupe-toi de ta synagogue et les enfants du bon Dieu seront bien gardés.

Nerveux, il écarta d'un geste machinal de l'index et du pouce sa forte moustache de chanvre fané, gratta une allumette. *Pfuit... pfuit...*, faisait la bouffarde.

Fix s'était préparé à ce genre d'accueil.

– Écoute... Mon histoire se passe en Israël, tu n'as rien à y voir.

– Ah ! Comment va le petit ? (Feinte ou réelle, son agressivité n'y était plus.) Thérèse a téléphoné à ta femme. Il devait rentrer de l'hôpital, m'a-t-elle dit.

– Merci, il va beaucoup mieux. Justement, c'est à propos de son médecin, un type extraordinaire...

– Là, si je peux rendre service, tu peux compter sur moi...

Fix raconta. Seulement les faits. Rien sur le cheminement de sa pensée pendant l'office. (« L'assassin révélé à la place du Divin, ça t'apprendra à te prendre pour Claudel... », aurait raillé Le Clec.) Et conclut que le médecin n'avait pas été une victime de l'intifada ordinaire.

– Je pense qu'il s'agit d'un meurtre prémédité. On l'a déguisé en attentat terroriste. Le toubib a été descendu parce qu'il allait voir cette Ursule et qu'on n'a pas voulu qu'il la rencontre ou qu'il découvre quelque chose à son propos.

– Ah, « tu penses » ! s'exclama Le Clec, exaspéré. Et la police israélienne, elle ne pense pas ?

– Mais elle ignorait ce que je sais. Qu'il a trouvé la mort en partant à la recherche de cette Ursule. Il disait : « Oursoule ». Parce que les Israéliens sont incapables de prononcer le « u ».

Si Fix imaginait que cette désopilante précision pouvait avoir sur son vis-à-vis un effet apaisant, il s'était trompé.

– Tu n'as qu'à raconter tout ça à la police ! Et d'où sais-tu que ce n'est pas le lendemain qu'il voulait y aller, chez l'Ursule ? Il a pu changer d'avis... Peut-être même qu'entre-temps elle s'est présentée à l'hôpital comme une grande ?

Ce que Fix n'osait avouer, c'est qu'il avait chargé son fils de faire part de ses soupçons à la police. Louis avait cédé... On l'avait éconduit avec ce manque de courtoisie qui caractérise les Israéliens – et que leurs thuriféraires qualifient de « merveilleuse franchise ».

– La seule chose que je te demande, reprit le rabbin, c'est de vérifier si, par hasard, il n'y a pas une Ursule qui est portée disparue.

– Mais il y en a des milliers de disparus en France ! Des jeunes, des vieux, des hommes, des femmes, sans parler des chiens et des chats – tiens, il y a même deux perroquets dont on est sans nouvelles.

– Ursule... c'est pas très courant comme nom. Peut-être...

– Il n'en est pas question ! Et comme tu ne vas pas la trouver, puisqu'elle est disparue, la chose te paraîtra éminemment suspecte. Tu consulteras tes encyclopédies et autres livres d'histoire, en conséquence de quoi tu entreras par effraction dans les couvents de France, de Belgique et du Lichtenstein, jusqu'à ce que tu déniches une sainte Ursule, ou une moins sainte, que tu convaincras de devoir disparaître ! Tu m'as demandé un conseil. Je te l'ai donné. Suis-le. Bon, passons à l'essentiel : quand tu nous invites ? J'ai gardé de votre tarte aux pommes un souvenir... phénoménal. C'est ça, phénoménal !

Fix battit en retraite. Il reviendrait à la charge. Après la tarte aux pommes ? Il était à la porte, faisait un signe d'adieu à Irène qui, de l'autre côté de la vitre, consultait l'annuaire de téléphone sur le Minitel, quand Le Clec le rattrapa.

– Dis-moi... Juste comme ça pour voir... Tu as de nouveau une règle du Talmud qui colle avec tes... élucubrations ?

– Ne confondons pas, veux-tu ! (Le rabbin n'était pas mécontent de retrouver une assurance légèrement ébréchée.) C'est toi qui prétends appliquer les théories du Talmud aux enquêtes de police. Je n'ai cessé de te répéter que toute extrapolation était hasardeuse.

– Mais quand même...

Le Clec, qui ne connaissait guère plus du Talmud que ce qu'en disaient l'un ou l'autre livre en français, s'était mis en tête qu'à l'exemple des médecines parallèles doublant celle d'Esculape et de ses épigones, on pourrait mettre au point, à l'usage de la police française, un manuel de méthode fondé sur le système d'investigation talmudique. Ce n'était pas le moment de l'en dissuader. Par le biais du Talmud, Fix trouverait la voie pour ramener Le Clec à la raison. À sa raison.

– Bon, si tu prends les fameuses règles d'herméneutique de Rabbi Yichmael...

– Celles qui nous ont déjà servi...

Fix apprécia le « nous ». Le poisson se ferrait tout seul.

– Absolument. La neuvième règle s'énonce ainsi : « Tout propos (ou chose), partie d'un ensemble qui en est isolé, n'a pas vocation de fournir une donnée caractérisant ce propos (ou cette chose) en particulier, mais bien l'ensemble tout entier. » Ce qui, d'ailleurs, est parfaitement logique.

– Attends (le magistrat porta sa main à son front plissé), tu dis que les caractéristiques de l'élément isolé – le médecin, c'est bien ça ? – s'appliquent à l'ensemble, c'est-à-dire à l'intifada ?

– Très bien.

Fix affichait ce petit sourire en coin que l'autre redoutait plus que les grondements du procureur.

– Mais alors, tu aboutis à l'inverse ! À savoir que la mort de ton médecin pourrait fournir une donnée sur l'intifada – son caractère meurtrier ? –, mais rien en ce qui le concerne, lui !

– Exact ! Sans la connaître nommément, bien sûr, les assassins ont tablé sur la logique de Rabbi Yichmael, en se disant que la police s'y laisserait prendre. Et elle a foncé, tête la première. Dans un communiqué, elle a renouvelé l'interdiction de se rendre en zone palestinienne et a rappelé aux médecins que le caducée ne leur garantissait aucune immunité. Elle est allée du particulier – le caducée sur le pare-brise dont les meurtriers n'avaient pas tenu compte – au général. Alors qu'elle aurait dû chercher à connaître les raisons pour lesquelles, en dépit du caducée annonçant le secours dont ils étaient bénéficiaires, les Palestiniens ont abattu le médecin !

– Mais alors, on ne sait plus... Quand faut-il avoir

recours à la neuvième règle et quand convient-il d'appliquer son contraire ? Attends…, ne dis rien, ajouta le juge.

Le sourire, le léger sourire que Fix affichait disparut. Il regardait son compagnon avec l'intérêt qu'un maître porte à son élève.

– Pourrait-on établir, se hasarda l'élève, que la règle joue seulement en situation normale ? Mais que, dans une conjoncture contraire à la nature, à l'ordre moral – et rien n'est moins moral qu'un homicide –, il convient de raisonner à contre-courant ?

– C'est exactement ça… C'est très bien.

Fix était sincère. Mais aussitôt, sur le registre du sarcasme qui leur était familier, il ajouta :

– Tu vois… le Talmud est même capable d'entrer dans la tête d'un Breton. Avec vos chapeaux ronds, tous les espoirs sont permis ! À bientôt… Pour la tarte, j'en parle à Elisabeth.

4

Fix avait bien fait de couper court. Il fallait laisser sa
chance à la tarte aux pommes. Mais ce n'était pas la
seule raison. En voyant le Minitel s'ouvrir sur la
mémoire des hommes, leur classement et leur téléphone, il s'était rappelé un site des associations des
familles de disparus. Il aurait dû y penser avant.
À ce stade, il n'avait pas besoin de mêler Le Clec à
ses recherches.
Cela dit, les *niet* de Le Clec, pas plus d'ailleurs que le
scepticisme poli de son fils et encore moins la déri-
sion de la police israélienne ne l'avaient découragé.
L'enquête à laquelle il avait été mêlé naguère, les initiatives qu'il avait prises – que Le Clec lui reprochait
mais que les événements avaient alors justifiées le

renforçaient dans sa détermination. Pour autant, il ne se prenait pas pour Hercule Poirot. Du moins s'y efforçait-il. Il n'excluait pas non plus l'éventualité d'une erreur, mais il n'admettrait de s'être trompé qu'après en avoir eu la preuve.

Restaient les piques d'Elisabeth. Moins encore que Le Clec, et avec raison, elle ne lui pardonnait sa précédente équipée. Le matin encore, elle lui avait demandé si le « Grand Justicier devant l'Éternel voulait bien consentir à vider les corbeilles à papier dans le vide-ordures ». Non ! le Ciel ne l'avait pas désigné et ne désignerait plus personne, comme autrefois Moïse ou Samuel, Samson ou les prophètes ! C'était fini, la Voix s'était éteinte. Depuis que la Bible était close, les hommes devaient prendre en main leur destin. Fix croyait néanmoins – et il y croyait absolument – que chaque homme prétendant à ce titre avait une mission, individuelle ou collective, qu'elle soit médicale ou syndicale, militaire ou intellectuelle, artisanale ou agricole. Même les acteurs étaient chargés d'une mission ! Le Talmud ne raconte-t-il pas que parmi tous ceux qui, un jour, se trouvaient sur la grande place du marché de Bé-Léfet, en Babylonie, il y en avait trois à mériter le monde futur ? Seulement trois. Un gardien de prison qui se comportait avec humanité, et deux... amuseurs publics ! Parce que, le temps d'un tour, ils faisaient oublier aux gens leur misère. Alors lui, il s'était trouvé là, devant le malheureux Maïmon, qui, avant d'être assassiné, parlait de se rendre auprès d'une certaine « Oursoule ». Fix l'avait entendu. C'était à lui d'agir. De retrouver sa trace, ici à Paris, où – Maïmon l'avait dit – cette Ursule habitait. Pour que triomphe le droit ! Et parce qu'il lui semblait aussi accomplir de cette manière les dernières volontés d'un homme qui méritait son respect.

Il dut en convenir. Il y en avait à n'en pas finir, des « disparus ». Et plus de 83 200 sites dont c'était là le mot clé ! Avec il est vrai quelques adresses du genre « cercle des poètes *disparus* », les « monstres *disparus* » ou les « animaux *disparus* »... Les chiffres communiqués par les associations d'entraide étaient effrayants. L'année précédente, on avait dénombré 66 532 cas d'enfants disparus au Canada, « en majorité des filles ». En France, on en répertoriait quelque 40 000. Il vit défiler sur la toile, nouvel océan des âges et des vagabondages, tant de visages d'enfants et de jeunes gens graves ou souriants, tant de messages désespérés émanant d'un père, d'une mère, d'une épouse abandonnée, qu'une fois de plus il se sentit impuissant devant les malheurs du monde. Dans le fouillis des Jacqueline et des Claudine, des Madeleine et des Catherine, il trouva deux Ursule. L'une et l'autre habitaient Paris ! Sans doute, sa recherche artisanale sur le Net n'était-elle pas exhaustive, mais deux Ursule, tout de suite, valaient mieux que trois tu l'auras et constituaient une première victoire sur la mauvaise volonté de Le Clec.

À en croire l'écran, Ursule Figeral, dix-neuf ans, était mineure quand sa disparition avait été signalée deux années plus tôt. La police avait dû enquêter, ce qui, estima Fix, devait lui faciliter la tâche. Équipé d'un magnétophone pour ne rien perdre de ce que diraient ses parents et son entourage et d'une chemise à tirette pour y conserver les documents qu'on allait lui confier, il se rendit à l'adresse indiquée dans le XXe, rue du Télégraphe. Il s'était annoncé par téléphone, avait été ému par la voix balbutiante qui avait répondu. Depuis, il fantasmait sur les grandes douleurs du père angoissé par le sort de son enfant chérie.

Le jour s'éteignait. Dans l'immeuble crasseux, la minuterie ne s'allumait pas. Fix se sentait un peu perdu. Il ne savait pas trop comment se présenter ni expliquer sa démarche. Lui qui souvent improvisait ses sermons s'était dit qu'il trouverait bien quelque chose. Mais il n'avait toujours rien trouvé quand, en s'ouvrant, la porte marquée « Figeral » libéra une surprenante puanteur. Vineuse, infecte. Elle le troubla plus encore que l'homme debout dans le chambranle. Ventru, vêtu d'un polo aux couleurs incertaines, il le dominait d'une bonne tête. Enfin... d'une mauvaise tête, hirsute, au visage piqueté de poils moutonnant à l'irakienne par-dessus d'ultimes vestiges de couleur ocre dans la bouche.

Il balbutiait toujours, comme un peu plus tôt au téléphone. Mais son inquiétude n'était pas celle que Fix avait pensée :

– Alors... alors, vous l'avez re-retrouvée, la salope ?

Dans la pièce infectée, la fenêtre parut à Fix un élément aussi incongru que salvateur. L'ampoule sale éclairait un lit défait et une table encombrée d'un reste de pâté et de bouteilles vides. Comment, s'interrogeait Fix, des bouteilles vides avaient-elles le pouvoir d'exhaler de si puissants effluves ?

– Justement, cher monsieur, nous enquêtons...

L'ivrogne s'était assis. Fix ne l'imita pas. Plutôt soigneux de sa personne et du complet cendre qu'il avait depuis peu, il aurait été embarrassé si son hôte le lui avait proposé.

– Et mon fric, elle l'a ren-rendu ?

La puanteur, Fix en était sûr maintenant, venait d'une flaque rougeâtre à la tête du lit. Ou à ses pieds ? La seule chose certaine, c'est que Fix n'avait jamais rien senti d'aussi nauséabond. Il fit un pas en direction de l'espagnolette.

– Vous permettez que j'entrouvre la fenêtre ? Je n'ai pas encore de nouvelles précises à vous donner, mais je pense que vous pouvez m'aider. Votre fille vous a-t-elle téléphoné ? ou écrit ? Vous a-t-elle parlé d'une maladie ? Souffrait-elle d'une angine ou d'une autre affection à la gorge ou dans la bouche ?

– Alors, le fric, vous l'avez pas ?

La menace perçait sous la question. Fix le sentait à la voix plus forte, il observait les yeux gris qui plis-

saient, les paupières qui tombaient pour ne laisser passer qu'un filet de regard. Il tenta la logique :
– Vous conviendrez que pour avoir l'argent, il nous faut retrouver Ursule...
– Alors, vous l'avez pas ?
En s'aidant de ses membres antérieurs, le bipède prit appui sur la table, se redressa, gueula :
– Vous allez me foutre le camp d'i-d'ici...
Il aurait balancé sur l'enquêteur la bouteille dont il s'était saisi, nonobstant la flaque de vin sur laquelle il glissa.
Fix en profita pour claquer la porte derrière lui. Il dévala l'escalier, pour ne s'arrêter qu'au bas des marches où ses jambes peu à peu cessèrent de trembler. Il souffla, se coiffa du béret basque que, par excès de courtoisie ou par habitude, il ne savait pas très bien, il avait retiré avant d'entrer dans le cloaque.
Le lendemain, il irait au domicile d'Ursule n° 2. Au matin, après le réveil, en ces instants où règne encore la sobriété. Et si cette nouvelle démarche ne donnait rien, il reviendrait chez Figeral, interrogerait les voisins ou les gosses de la maison ! Un dimanche matin, pendant que l'autre cuverait son vin. Il avait deux Ursule, il n'allait pas les lâcher pour une bouteille, une bouteille vide et, de surcroît, lancée de travers.

Non... Ils avaient fait des recherches, les Rousseau n'avaient pas d'attache familiale avec Jean-Jacques.

Ursule portait le nom d'une arrière-grand-mère qui avait vu le jour, travaillé et vécu jusqu'à sa mort dans une ferme de la Beauce, à 30 kilomètres de Chartres. Les Rousseau habitaient rue Broussais, au premier étage, l'un de ces appartements uniformément brunis, dont les fenêtres donnaient sur la partie restante du mur d'enceinte médiéval du Centre hospitalier Sainte-Anne. C'est là qu'Ursule était officiellement domiciliée. Cependant, elle avait quitté ses parents pour partager un studio avec une copine derrière la gare Montparnasse. L'une et l'autre avaient disparu depuis trois mois.

– Regardez comme elle est belle, dit la mère en tendant à Fix un portrait encadré, épinglé en de multiples variantes sur un tableau en liège, derrière le canapé.

Les parures d'Ursule juraient avec la robe toute simple de Mme Rousseau et son mince collier d'argent qui était son seul bijou. L'album qu'elle avait cherché montrait une jeune fille riante aux boucles folles qui se confondaient avec les anneaux et autres breloques accrochées à ses oreilles. Sur une photo, on la voyait en jean, le visage et les bras abondamment métallisés, le décolleté osé.

Au téléphone, Fix avait donné son nom et fait part de son intention de créer une nouvelle association pour les familles de personnes disparues à Paris, exclusivement. Ce n'était pas vraiment mentir. M. Rousseau, contrôleur aux postes, avait alors insisté pour le rencontrer après son travail. Comme sa femme – la gravité des regards ne trompait pas –, il était marqué par la disparition de sa fille, la troisième et dernière de leurs enfants.

– Ursule, dit-il, a toujours été gentille. Elle est restée chez nous bien plus longtemps que d'autres filles de son âge. Il a dû lui arriver quelque chose pour que nous soyons si longtemps sans nouvelles.

– Elle travaillait ?

Fix avait sorti un carnet, notait au fur et à mesure.

– Elle avait commencé un petit boulot de réceptionniste. Puis elle s'est mise en tête de chanter...

– Mais elle n'a pas continué, interrompit Mme Rousseau, comme si elle voulait soustraire sa fille à la critique. Elle s'est inscrite à un cours de théâtre. Elle espérait avoir un rôle dans une troupe sérieuse.

– Vous connaissez le nom de cette troupe ?

– Non, soupira l'homme, Voulez-vous boire quelque chose ? Un calva, peut-être ?

Il s'était levé, allait vers un buffet en bois sculpté. Il était habillé de brun, avait les cheveux courts, soigneusement peignés. Fix remarqua qu'il était à peine plus grand que lui ; il ne dissimulait pas le début d'embonpoint dont l'administration pare le fonctionnaire de fin de carrière.

Fix acquiesça. Dans l'appartement propret qu'agrandissaient les géraniums du balconnet, la liqueur âcre que lui versait un père aux réactions normales exorcisait la scène de la veille. Ils étaient assis, mari et femme, silencieux, sur le canapé bas aux accoudoirs en bois bruni. Ni elle ni lui n'osaient prononcer une parole de plus, de peur de causer du tort à leur fille. Mme Rousseau s'était servi un verre d'eau qu'elle vida à moitié avant de chercher une photo de plus. On y voyait Ursule dans une rue bourgeoise, donnant la main à une autre jeune fille, plus grande qu'elle, en jean elle aussi.

– Là, elle est avec Jeannine. C'est chez elle qu'elle habitait. Elles allaient dans la même école. Elle disait « l'institut... »

– Pour apprendre le théâtre ?

– Oui, ou plutôt non... Jeannine était inscrite à une école pour mieux s'exprimer, pour développer la voix. C'est comme ça d'ailleurs qu'elles se sont connues. Elle nous en a parlé juste une fois...

– Et cet institut, s'impatienta Fix, vous avez son adresse ?

– On a regardé dans ses affaires, répondit le père et la police a fait le tour des écoles préparant au théâtre et à la diction, mais ça n'a rien donné. On a examiné ses sorties bancaires, puisqu'elle devait payer ses cours. Inconnu à l'adresse, ou plutôt, pas d'adresse ! Nous avons essayé de joindre quelqu'un de la famille de cette Jeannine, mais ils s'en fichent. Tout ce qu'on sait, c'est qu'Ursule prenait tous les matins le 92...

Le 92, se rappela Fix, allait à l'Étoile... Or Maïmon passait chaque matin du côté de la flamme, avait-il dit, et de la tombe du soldat inconnu – dont il ne se rappelait pas le nom ! Le tableau commençait à prendre des couleurs : Maïmon connaissait Ursule, peut-être plus intimement qu'une patiente ordinaire... Encore qu'en Israël, le fait d'appeler quelqu'un par son prénom ne veut rien dire. Il avait bien précisé que son séjour à Paris était récent... Bref, on pouvait imaginer – et Fix l'imaginait avec une pointe d'excitation –, que l'oto-rhino allait enseigner le matin dans un « institut » censé améliorer la diction des étudiants et la portée de leur voix, un établissement situé quelque part du côté de l'Étoile sur le chemin du 92 qu'Ursule prenait, elle aussi, tous les matins. Ursule qui avait disparu de Paris et que le Dr Maïmon s'apprêtait à retrouver quelque part du côté de Tekoa avant d'y trouver la mort... Dès le lendemain, il tenterait de dénicher cet institut. Il n'en dit rien aux Rousseau. Il lui fallait être sûr de son affaire, d'abord.

Quand la matinée du lendemain tira à sa fin, Fix n'en était plus sûr du tout. Et puis la pluie tombait, la méchante pluie qui tombe sur Paris, vous mouille et vous ennuie. Par deux fois, il avait tourné autour de l'Arc de triomphe, entrant dans les cafés et dans les kiosques embarrassés par les toiles de plastique qui fermaient leur abri. Au début, pour engager la conversation, il achetait un journal. Après, il passa à la carte postale, moins encombrante, moins lourde et pas plus chère. Personne n'avait entendu parler d'une école de diction. Il montrait alors une photo que lui avaient confiée les Rousseau. Personne ne (re)connaissait Ursule. Parce que, depuis l'avenue Kléber et l'avenue d'Iéna on voyait mieux la tour Eiffel qui avait marqué le souvenir de Maïmon, il s'y attarda. Sans succès. Il refusa de céder, décida d'explorer les abords de l'avenue de la Grande-Armée. Il prit le souterrain qui, via l'Arc de triomphe, était censé l'y conduire. À l'abri de la pluie ! C'est alors que Théodore Fix, né à Paris dans le IXᵉ, qui avait fait toutes ses études dans la capitale et même une partie de son service militaire, avant d'être nommé dans une synagogue de Paris, prit conscience qu'il ne s'était jamais rendu sur la tombe du soldat inconnu ! Il en avait vu d'innombrables photos, avait suivi moult cérémonies et dépôts de gerbes, mais il n'était jamais allé sur la tombe, parce qu'il était impossible au piéton d'y accéder normalement, en traversant la place : il fallait justement prendre ce souterrain qui, son inconscient chauvin l'en avait persuadé, était réservé aux touristes. Maïmon s'y était-il engagé ? Pouvait-il voir la flamme depuis l'une des avenues ? Et lui, trouverait-il un indice en regardant Paris depuis la flamme ?

Il consentit à suivre un bataillon de Japonais canonant, sonyant, sharpant, flashant avec une dévotion qui le stupéfiait. Déclics et des clacs. Têtes à claques ! parce qu'il n'y avait rien à filmer. Le tunnel était affligeant de laideur. La longue crypte qui menait à l'Arc, mal éclairée, spectrale, lugubre, devait avoir sur les âmes sensibles de funestes effets. Fix, qui était d'exécrable humeur à cause de ses insuccès et de son pantalon mouillé qui lui collait aux chevilles, comprit ou voulut comprendre pourquoi tant de malheureux qui avaient traversé ce pitoyable boyau s'étaient jetés dans le vide du haut de la terrasse. Jusqu'à ce qu'une construction surajoutée ne les en empêche.

Le ciel gris qui écrasait la placette sur laquelle il déboucha après avoir monté quelques marches ne le rendit pas de meilleure composition. Quel génie malfaisant, se mit-il à ronchonner, a pu faire un cimetière de ce lieu que la pierre gravée consacrait aux victoires et aux généraux des armées impériales ? Napoléon vaincu par Renan ! L'auteur de *La Réforme intellectuelle et morale de la France* n'avait-il pas déclaré qu'en fait de souvenirs nationaux, « le deuil valait mieux que les triomphes » ! Et ce n'étaient pas les fleurs sur la tombe, fanées (cueillies quand on transporta ici le malheureux inconnu ?), qui vous redonnaient le moral.

« Entre les deux arcs », avait dit Maïmon. Et là, entre les arcs où l'on annonçait 248 marches jusqu'au sommet – auquel Fix n'avait pas la moindre intention d'accéder, à pied, en ascenseur ou autrement –, il trouva un nouvel exutoire à sa frustration : une plaque indiquant côte à côte « Caisse » et « Kasse ». Par ici la monnaie ! C'était ça la réconciliation franco-allemande... Consternant. Et pourtant... Si on y avait pensé plus tôt, avant 1914, si on avait pensé alors à joindre la « Caisse » et la « Kasse », la face de l'Europe aurait peut-être changé.

Apaisé par cette réflexion, il fit halte devant la flamme. Après tout, Maïmon pouvait ne pas savoir. L'inscription disait seulement : « Un soldat français mort pour la patrie. 1914-1918. » Il n'était pas question d'un soldat « inconnu », cher aux discours français et aux médias. Ce fut le seul élément que l'enquêteur Théodore Fix put, ce matin-là, joindre au dossier.

Quand il rentra à la maison, Elisabeth prenait une communication dans l'entrée. Elle le regarda de cet air moqueur qui, à l'époque où il n'était qu'espiègle, avait rendu le jeune Théo amoureux de « Babette ». La pluie dégoulinait de ses vêtements, malgré l'imperméable et son parapluie.

– Tu as oublié d'emporter ton maillot à la piscine ? lança-t-elle. Ou bien non, laisse-moi deviner... Tu construis une nouvelle arche de Noé ? Pour sauver l'humanité ?

Elle ne lui demandait pas d'où il venait, ni pourquoi il était sorti par le temps qu'il faisait. Pas directement. Elle était trop fine pour cela. Mais Fix savait qu'elle savait. Toujours la fameuse intuition féminine. Déjà, quand il était revenu de chez l'ivrogne, il avait senti la réprimande. À moins qu'il ne fabule, qu'il ne lui impute les reproches qu'il se faisait à lui-même. Parce qu'il allait contre le désir – légitime – d'Elisabeth : être l'épouse d'un rabbin. Pas d'un flic ni d'un aventurier. D'un flic qui rentrait bredouille...

– Je vais me faire un grog, dit-il.

5

Elisabeth avait d'autres bonnes raisons, très terre à terre celles-là, de redouter les excentricités de son mari. Au travail communautaire que lui imposait son rôle de femme de rabbin, à sa profession d'enseignante (remplaçante), à ses activités de maîtresse de maison et de grand-mère qui étaient permanentes, s'ajoutaient celles que provoquaient les absences de l'enquêteur. Elle prenait ses rendez-vous, écoutait avec la patience de rigueur les doléances et les conseils de ses paroissiens. Et plus d'une fois, elle donnait à sa place, au pied levé, un cours d'hébreu ou d'histoire juive...

Ce n'est pas que Fix chômait. Il ployait sous les tâches ordinaires – qu'il détournait au profit de ses recherches ursulines. Après un retour à l'Étoile et une percée plus profonde, et vaine, dans chacune de ses avenues, puis une nouvelle et inutile visite aux Rousseau, il douta de ses repères. La bonne Ursule était peut-être l'autre. Il lui fallait se résoudre au pire : reprendre son enquête dans la maison de l'ivrogne. Mais ce dimanche-là, aux heures où l'ivresse retiendrait Figeral en son bouge, Elisabeth ne pouvait le remplacer aux cours du Talmud-Tora ; l'après-midi, il allait célébrer des mariages à la chaîne et, le soir, il avait promis de se rendre à une fête que donnaient les femmes de la Wizo. Le dimanche suivant risquait d'être pire. Alors, il irait en semaine interroger les gens de l'immeuble. Pas le lundi, parce qu'il serait de service aux enterrements, avant de recevoir « je ne sais plus qui, mais j'ai plein de noms sur mon planning et j'en aurai jusqu'au dîner ».

– Mais si mardi tu pouvais être là ? Vers 15-16 heures ?

– Il faut que je prépare mes cours du lendemain, et j'aurai des copies à corriger... Mais je vais essayer, céda Elisabeth.

Il lui apporta des chocolats pour se faire pardonner.

Et voilà que le mardi matin, on lui annonça le décès d'une vieille dame de sa communauté. Elle avait déménagé pour habiter chez son fils, rue Jean-Goujon, dans le VIIIe. Ç'avait été une gentille femme, il trouva sans peine les mots de consolation, promit de revenir parler aux petits-enfants très affectés par la mort de leur grand-mère. S'apprêtant à rentrer chez lui en métro, il se dirigeait vers la station Franklin-Roosevelt, quand la perspective de voir, au bout des Champs-Élysées, se dresser l'Arc de triomphe, lieu de ses récents échecs, le rendit furibond. Par Alma-Marceau, ce serait à peine plus long. Il changerait à Saint-Michel.

Le temps était venteux. Il traversa le cours Albert-Ier pour marcher au soleil le long de la pelouse, des fleurs et du quai. C'est sûr, ils ne se promenaient pas assez. « Il faudrait que je me discipline, et Babette aussi. Dimanche, non ce dimanche, ce n'est pas possible, peut-être la semaine d'après, s'il ne pleut pas, on pourrait faire un tour ici. » Dans le ciel clair d'octobre, à peine voilé, la tour Eiffel lui parut familière, presque jolie.

L'impression de la Tour sur son sens de l'esthétique variait selon les jours, la couleur du ciel, la distance qui le séparait du campanile et, pour tout dire, de son humeur du moment. Et, à ce moment-là, précisément, le ciel était bleu et le spectacle des bateaux encore à quai au pont de l'Alma ne dépareillait pas. Maïmon avait dit « bateaux-moustiques » ! Fix les regardait, sagement rangés à la queue leu leu, se rappelant l'unique fois où il était monté dans ces verrières amphibies. C'était il y a longtemps. Pour sa bar-mitsva ! Il avait surtout regardé le sillage majestueux que le navire traçait dans l'eau. Pour les touristes, c'est pratique un bateau-mouche.

Fix ralentit le pas. Pourquoi pas ? Pourquoi ne pas essayer, après tout ? Ça ne lui prendrait pas beaucoup de temps de descendre sur le quai. Quelqu'un, peut-être un matelot, avait pu remarquer Maïmon, se souvenir d'un détail...

Il gardait par-devers lui la photo du journal. Un peu comme une relique. Et il la garderait aussi longtemps qu'il n'aurait pas réussi. Ou jusqu'à ce qu'il soit obligé de renoncer. Une éventualité qu'il ne rejetait plus de manière catégorique, parce que, au fond de lui-même, il était de moins en moins sûr de trouver un indice dans la maison de l'ivrogne.

Il n'y avait pas grand monde sur le débarcadère.

– Tenez, la dame là-bas, elle est souvent à la caisse. Montrez voir la photo... Il est venu comme ça, avec ce bonnet ?

D'un mouvement du pouce, l'homme habillé de bleu, de bleu marine évidemment, repoussa sur la nuque sa casquette galonnée avant d'examiner le document.

– Non, répondit Fix, il faut regarder le visage. Il était comme tout le monde. Il a pu venir un dimanche, ou le soir. Il y a deux ou trois mois...

– Eh bé... vous avez de l'espoir ! S'il est venu la nuit, on aura même pas vu sa figure.

La dame de la caisse – boulotte, pull vert et moulant, lunettes de soleil – exprima son ignorance en haussant les épaules.

– Pour que je le reconnaisse, il aurait fallu qu'il fasse quelque chose de pas normal... Et encore ! Les autres, c'est pareil, vous pourrez les interroger. Y sauront pas. Vous dites qu'il l'avait pas, son bonnet ? S'il était arrivé un jour de pluie où il y a peu de clients, comme vous avec un habit pas normal, excusez-moi... je veux dire avec votre béret, ou un autre truc bizarre, ça aurait pu me rappeler quelque chose...

Fix remercia, pas vraiment déçu, puisque sans illusions. Il remonta, hâta le pas, traversa le pont de l'Alma, alla vers la bouche du métro et resta planté là, hébété au milieu du passage clouté, indifférent aux voitures qui klaxonnaient. Enfin, il fit les quelques pas qui le séparaient de la « flamme de la liberté ». Il était impardonnable de ne pas y avoir pensé ! Parce que les journaux et la télé ne cessaient de montrer les gens qui déposaient des fleurs et des messages en souvenir de la princesse Diana, au bas de la « flamme de la liberté ». L'accident avait eu lieu juste en dessous, dans le tunnel de l'Alma. Les piétons n'y avaient pas accès. Alors les gens venaient ici se recueillir devant la flamme figée et colorée d'or, « réplique exacte de la statue de la Liberté de New York », disait la plaque. C'est à l'initiative du *New York Herald Tribune*, précisait-elle, que la flamme avait été « offerte au peuple français en symbole de l'amitié franco-américaine ».

Un observateur aurait été surpris par les mouvements désordonnés du petit homme hagard qui, après deux haltes successives dans la rue, puis devant la flamme, courait dans le vent, le béret à la main, repassait en trombe sur le cours Albert-1er, échappant comme par magie aux voitures dont les freins grinçaient sur l'asphalte, pour s'arrêter enfin devant le pont. C'était bien ça ! Le zouave, le zouave du pont de l'Alma devant lequel il était passé sans lui prêter attention, était fixé sur le pont... « entre les deux arcs », sur la droite, exactement comme Maïmon l'avait décrit !

On avait dû lui dire, à Maïmon, que ce soldat s'appelait un zouave ! C'était le mot qu'il cherchait. Peut-être même lui avait-on raconté que, sur l'ancien pont, celui qui servait de barrage jusqu'au milieu du XIXe siècle, quand la Seine montait trop, il y avait quatre soldats et que seul le zouave, mètre étalon des crues parisiennes, avait été sauvé, remis à neuf et rappelé sur le pont où, toujours à l'affût, le pied assuré au-dessus du courant ou dans l'eau, il contrôlait la cote de la Seine. Tout devenait clair ! Le propos du Dr Maïmon résonnait en son souvenir, retraçant l'itinéraire qu'il prenait chaque matin : le cours Albert-1er avec la tour Eiffel toujours plus majestueuse au fur et à mesure qu'il avançait, les bateaux-mouches à quai, le zouave du pont de l'Alma, qu'il laissait sur sa gauche, avant de passer devant la statue de « la flamme ». La « flamme de la liberté », pas celle de l'Étoile ! Pour aboutir place de l'Alma ! Et c'est là, sur cette place et dans les rues qui en partaient, qu'il devait rechercher Ursule, Ursule Rousseau et son « institut ».

Ce qu'il allait faire sur-le-champ. Il n'avait que trop perdu de temps. Des traces précieuses peut-être, ou des documents avaient pu disparaître, déjà, ou allaient être détruits. Les trois cabines téléphoniques, sur la place, ajoutèrent à son plaisir. C'était bien la preuve que tout le monde n'avait pas de portable – ou que des gens, comme lui, laissaient chez eux le babillard.

– Elisabeth ? Je ne peux pas rentrer tout de suite. J'ai dû m'attarder chez les Boccara qui ont de la peine à se remettre. Je dois y retourner... Non, pas tout de suite, mais je suis pris. Impérativement... Par quoi ? Je t'expliquerai... Comment, tu dois partir ? Tu es sûre de ne pas pouvoir attendre mon retour ? Il y a Baumann, le nouvel administrateur, qui doit passer...

Elle n'était pas dupe. Il sentait monter sa colère. Elle lui conseillait de demander un adjoint au consistoire.

– Tu leur expliqueras que tes activités rabbi-flic, pardon je voulais dire rabbiniques, prennent tout ton temps. À moins que tu ne t'adresses directement à la préfecture de police ? Ça servira au moins à t'enlever les PV ! Cela dit, ne compte plus sur moi pour satisfaire tes lubies.

Sur ces mots, elle raccrocha. C'était la première fois... Jamais encore un de leurs différends n'avait amené l'un à interdire l'autre de parole. Il hésita : la rappeler, tenter de l'amadouer ?... Pour lui dire quoi ? Qu'il avait trouvé la flamme, identifié le soldat sur le pont de l'Alma ? Pour qu'elle lui réponde, avec la petite voix qu'elle prenait pour sortir une vacherie, qu'il devait cesser, lui, de faire le zouave ? Il n'allait pas la supplier. D'ailleurs, ça ne servirait à rien.

Il n'apporterait pas de chocolats non plus.

Tout avait pourtant bien marché, ce matin-là. Sauf pour la vieille dame, évidemment... Lui raccrocher au nez ! Sans l'écouter... Juste quand il avait la solution ! Ou un début de solution. Fix était vexé ; la douce euphorie qu'il devait au zouave sur le pont, cet étrange apaisement qui l'avait pénétré, tout cela s'évaporait comme rosée au soleil. Il jeta un méchant regard au kiosque. Il ne demanderait plus rien aux marchands de journaux. Si ce n'est un journal. D'abord, ils ne savaient rien, ne disaient rien. Ou ils le disaient en faisant la gueule. Et puis, des cartes postales, il en avait maintenant à revendre. Il n'allait pas, quand même, envoyer au bedeau ou à son président, ou à Mme Blum qui le tenait informé chaque semaine de l'état de ses rhumatismes, son « bon souvenir de Paris ».

Il était impardonnable ! Et dire que, chabat dernier, il en avait parlé avec Elisabeth, de la « flamme de la liberté » ! Ils étaient allés se promener au Luxembourg. C'est en passant devant la statue de la Liberté – le modèle réduit copié sur l'américain –, celle qu'on avait fourrée au fond du jardin (pour ne pas choquer Chevènement ?), que l'idée lui était venue. Justement, à cause de son escapade à l'Arc de triomphe. Il avait dit que les batailles de Napoléon gravées sur son arc et la flamme qu'on ranimait dans le cimetière monoplace auquel personne, sauf les Japonais, ne se rendait, avaient cessé d'être les garants de la nation. Il était navrant, absolument navrant, avait-il continué, que la statue de la Liberté, la vraie, le géant Liberté, comme aurait dit Hugo, on l'ait envoyée en Amérique ! Ranimer la flamme de la liberté, celle de la liberté-chérie-combats-avec-tes-défenseurs, avait-il expliqué à sa femme surprise de son envolée, toucherait davantage les jeunes Français que les cérémonies confidentielles sur le périmètre interdit d'accès par le tourbillon des voitures.

De la liberté, grondait-il, alors qu'il avançait en direction de la place d'Iéna, de la liberté on n'a gardé que des statuettes ! Et encore, grâce à l'Amérique. Même le bout de flamme du pont de l'Alma, on le doit à un journal américain. Et au Luxembourg, c'étaient encore les Américains. Les « Américains de Paris » qui avaient planté là, devant le modèle réduit de la Liberté, un jeune chêne en souvenir des victimes du 11 septembre. Quand même en présence, disait la plaque, de M. Poncelet, le président du Sénat voisin.

Non, il n'était pas pardonnable ! Pourquoi avoir imaginé que l'arc était celui de l'Étoile ? Le médecin était un homme cultivé... Il ne pouvait ignorer l'existence de la tombe du soldat inconnu sous l'Arc de triomphe. Alors, quand il avait demandé comment s'appelait « le soldat entre les deux arcs », il aurait dû le prendre au sérieux. S'il ne l'avait pas fait, c'est parce qu'on ne comprend le propos de l'autre qu'à travers sa propre logique ! Ce n'est pas pour rien que les Grecs qui nous forcent à penser comme eux unissent en un même mot, *logos*, la « langue » et la « logique » ! Si lui, Fix, avait fait table rase de ses préjugés, s'il s'était libéré de sa logique qui ne voyait en Maïmon qu'un vulgaire touriste racontant ses souvenirs de Paris, il n'aurait pas collé le médecin sur le circuit du parfait touriste. Il aurait pu penser, alors, à un autre soldat, à une autre flamme, à un autre arc...

Il s'engagea dans la rue Freycinet. Pourquoi la rue Freycinet ? À cause des armoiries colorées de l'ambassade du Kenya, de l'autre côté du trottoir, sur lesquelles Fix croyait apercevoir deux lions tenant des parapluies. Des parapluies ! C'étaient bien des lions, constata-t-il en traversant, mais qui tenaient des lances. Normal. Rien n'est plus normal depuis Gilgamesh et Nimrod, que des lions armés d'une lance. Aucun pays, jamais, ne gravera sur son écusson un parapluie, « symbole, disait M. Larousse, ou un autre, de la vie tranquille et paisible » ! Vous verriez le Napoléon de Poussin avec un parapluie ? ou Bonaparte brandissant un riflard sur le pont d'Arcole ? Il continua à avancer dans la rue Freycinet, parce que les fenêtres étaient joliment fleuries et qu'un laurier rouge dépassait d'une terrasse. Fix aimait les fleurs. Il lui arrivait d'entrer chez un fleuriste, de faire un tour et de repartir, rasséréné. Rien ne calmait mieux ses sautes d'humeur ou un souci passager qu'une fleur. Ou un oiseau qui ne passait pas trop haut dans le ciel.

Il allait commencer son enquête par la pizzeria sur la petite place qu'on voyait au fond et que le soleil éclairait. Que le soleil réchauffait. Il n'était pas mécontent de s'asseoir. Il commanda un café, « mais pas à l'italienne, un express long ! Et chaud. Très chaud, surtout ». On sentait la bonne odeur de la pâte cuite. Le temps d'un souvenir, il pensa à la place du village normand où ses parents l'emmenaient en vacances. « Et pour le grand jeune homme, ce sera quoi ? » demandait la patronne avec son tablier à bavette enfariné. Il tendait la pièce pour un rouleau de réglisse avec une boule rouge au milieu et lorgnait les gâteaux à la crème.

Le serveur portait, lui aussi, un tablier blanc. Mais il était noué sur le pantalon, qui faisait pièce avec la chemise immaculée. Il avait un visage poupon, auréolé de boucles claires.

– Chaud, chaud le café, dit-il en posant devant Fix la tasse qui fumait.

– Attendez un instant, commanda Fix en la portant à sa bouche.

D'ici peu, le restaurant se remplirait, le tablier prendrait des couleurs, et une photo, même celle d'une jeune fille plutôt jolie, souriante et au goût du jour, ne ferait plus le poids face à une pizza royale ou piémontaise. Il sortit la photo d'Ursule Rousseau, la tendit au garçon.

L'homme en blanc la regarda. Un instant seulement.
Sa réaction fut surprenante :
— Et vous, vous êtes qui ? Son père ? un parent ?
Il ne souriait plus, parlait d'un ton tranchant, examinait Fix avec méfiance.
— Ni l'un ni l'autre. Je ne suis pas davantage son
amant éperdu. Ni son mari, pour autant que la chose
vous paraisse plausible...
L'idée qu'on puisse le prendre pour tel ne l'avait pas
effleuré jusque-là. Mais il devinait le soupçon.
— Et vous la cherchez pour quoi ? Vous n'êtes pas de
la police. Ne me racontez surtout pas que c'est pour
un héritage...
— Qu'il vous suffise de savoir que je la crois en danger, répondit-il gravement. Si vous connaissiez cette
jeune personne et gardiez le silence, vous seriez responsable de son malheur. Vous le seriez encore (ce
fut au tour de Fix de darder son regard sur l'angelot)
si vous ébruitiez notre entretien.
Il ne savait pas trop pourquoi il avait ajouté cet appel
à la discrétion. Pour accentuer la menace pesant sur
la fille ?
Pour suggérer qu'elle pourrait l'atteindre, lui aussi ?
Quoi qu'il en fût, son propos avait touché.
— Je ne l'ai vraiment vue qu'une seule fois, confia
l'homme en blanc. Elle déjeunait avec un monsieur
qui est venu ici, chaque midi, pendant une dizaine de
jours. Il ne parlait pas français. Il a dû repartir, ou il
a changé de quartier.

– Il parlait anglais ?

– Oui, mais quelquefois il venait avec un journal en hébreu. C'est un collègue qui m'a dit que c'était de l'hébreu...

Quand, après une courte hésitation, Fix sortit de son portefeuille la coupure des *Yedioth Aharonoth*, l'autre le regarda comme s'il venait d'une autre planète.

– C'est lui ! C'est bien lui...

Le diable au béret noir ne laissa plus d'échappatoire à l'angelot. Bravant la première vague de mangeurs de pizzas, le serveur raconta qu'il avait déjà remarqué la fille, « mais sans plus, elle passait par là à l'heure de la pause-café, toujours avec une autre, une grande brune ». Il précisa :

– Elle devait suivre des cours en face de la télé allemande, à droite, dans la rue Goethe, une école pour mieux parler. Elle a un drôle de nom, vous ne pouvez pas vous tromper... Dites, vous croyez qu'il lui est arrivé quelque chose ?

Une deuxième vague d'amateurs de *pasta* envahissait la place. Fix en profita pour filer, l'index posé sur les lèvres et un billet sur l'assiette.

Il repéra bientôt les plaques de cuivre annonçant l'une la radio-télé allemande, l'autre la télévision néerlandaise. En face, légèrement en biais, à l'entrée d'une maison bourgeoise en granit clair, une plaquette plus discrète affichait : « IPP – Institut de phoniatrie de Paris. »

Fix n'en revenait pas. Pendant trois semaines, il

s'était échiné à chercher la trace d'une dénommée Ursule qui avait été en relation avec le Dr Maïmon et personne n'avait voulu l'entendre, pas même l'écouter. Sa femme le boudait, son ami Le Clec le moquait et lui courait et se fâchait pour rien. Et voilà qu'en moins de deux heures, sans effort particulier, comme si... – mais il en chassa l'idée –, la vieille dame qui s'était éteinte le guidait depuis le Ciel ! ses pas le conduisaient au but. Et les pièces du puzzle s'emboîtaient pour lui donner raison. « Phoniatrie » ? Il n'avait jamais entendu... Encore que le mot n'avait rien de mystérieux. Pas comme « Harambee » qu'il avait déchiffré sur les armoiries du Kenya. « Harambee » lui rappelait « Caramba ». Après la bataille... Ses dictionnaires l'attendaient. De plus, avec un peu de chance – il n'en manquait pas ce jour-là –, il arriverait à temps pour recevoir son administrateur. Il n'aurait pas même besoin d'Elisabeth.

Il s'était trompé. « Harambee » signifiait « tous ensemble ». En kiswahili, précisait l'Internet. C'était une belle devise, « tous ensemble ». Du coup, il pardonna la lance sur l'écusson. Un jour, peut-être, ils iraient en vacances au Kenya. Et « kiswahili », c'était bon pour le scrabble. Il le nota en capitales dans son carnet. De quoi épater Le Clec qui, l'autre soir, avait pris deux morceaux de tarte au dessert, l'avait questionné sur les différences entre le Talmud de Jérusalem et celui de Babylone, mais qui, au seul nom d'Ursule, s'était fermé comme la prison où il envoyait ses clients. Maintenant qu'il avait découvert l'IPP, il tenait sa revanche. Et c'est Le Clec qui en ferait une tête ! Il se mit à élaborer un stratagème, qui devait s'avérer d'autant plus judicieux qu'il avait le mérite de la simplicité. Sur le modèle du chien dans un jeu de quilles. Il se présenterait à l'IPP pour dire qu'il avait prêté à Ursule Rousseau, dont il ignorait l'adresse mais qui était élève à l'IPP, un livre sur la diction dont il avait le plus vif besoin. Pouvait-on l'informer de sa présence ? « À l'heure de la pause, bien sûr, ça ne vous dérange pas que je l'attende ici ? » Il verrait bien la réaction. Après quoi, il demanderait au ou à la secrétaire un café ou un verre d'eau, de manière à ce qu'elle s'absente du bureau. Il devait bien se trouver là ces classeurs tristement gris, où l'on conserve par ordre alphabétique les dossiers des étudiants. À consulter ou à subtiliser. Il agirait au jugé.

C'était une. Une secrétaire. Coiffée à la Jeanne d'Arc. Mais pas Milla Jovovich dans le film de Besson... Elle lui rappelait qui donc ? Amélie Poulain ! Exactement Amélie Poulain, cheveux foncés, yeux noisette, gentille, sage, pâlotte, prête à rendre service. Avec un chemisier écossais fermé jusqu'au dernier bouton. Le classeur était en place. Il était bleu nuit, avec de jolies poignées métallisées. Un classeur fermé, sans la moindre clé sur la serrure. Au mur, les *Nymphéas* de

Monet jouxtaient une coupe du larynx et une affichette annonçant que les inscriptions à l'Institut de phoniatrie de Paris (l'IPP) seraient closes le 28 octobre.

L'affiche seule modifia-t-elle sa tactique ? ou l'absence de clé sur le classeur fermé ? Ou l'absence des élèves qui ne commenceraient leurs exercices phoniques qu'en novembre ? Surtout, il avait l'impression que cette gentille personne affichant les signes extérieurs de la conscience professionnelle ne se laisserait pas distraire. Pas la première fois, en tout cas. Il fallait qu'elle s'habitue à lui, qu'il lui inspire confiance. Alors, aimablement questionné sur l'objet de sa présence, il répondit :

– Je souhaiterais m'inscrire en première année.

– Vous voulez suivre les cours de notre institut ? demanda-t-elle, stupéfaite. Vous... vous venez pour vous inscrire ?

– Mais oui. Nous ne sommes que le 22 octobre... Je peux m'asseoir ? demanda-t-il... en s'asseyant.

Les prunelles d'Amélie exprimaient tour à tour une incrédulité mise à rude épreuve et l'innocence malmenée. Elles fixaient le petit homme grisonnant avec son drôle de nœud papillon, qui avait posé bien à plat sur ses genoux un large béret. Elle en avait vu un pareil dans un film. Un film sur la Résistance.

– C'est que, hasarda-t-elle, nos élèves ont entre dix-huit et vingt et un ans...

– Parce qu'il y a une limite d'âge ? Le règlement interdit les quinquagénaires ?

– Non, bien sûr, mais vous risquez de ne pas vous sentir à l'aise. Et l'ambiance générale dans la classe pourrait s'en ressentir, aussi.

– Il doit y avoir un conseil pour examiner les candidatures ? un directeur ?

– De toute manière, il vous faudra faire une demande, remplir un formulaire...

– Très bien. Vous m'en donnez un ? Je passerai pour avoir la réponse.

– On vous écrira... Et si vous étiez accepté, on vous téléphonerait pour que vous puissiez assister au début des cours. Il y a aussi les frais d'inscription à payer...

– Bien sûr, dit-il en prenant le double feuillet qu'elle lui tendait. Vous savez quoi ? Je vais l'emporter chez moi pour le remplir tranquillement et je vous le rapporte demain.

Le lendemain, peut-être, la clé serait sur le classeur...

Elle y était et le classeur était ouvert ! Amélie aussi était là. Avec un corsage rose, cette fois. Toujours boutonné jusqu'au col. Il s'était appliqué à remplir le questionnaire, le genre de chose qu'il laissait généralement à Elisabeth. Au regard de la rubrique : « Scolarité/profession », il avait écrit : « Rabbin ». Un rabbin doit soigner sa voix. Se faire entendre, sans micro, jusqu'au dernier rang. Non seulement sa demande était crédible, mais elle résisterait à une éventuelle vérification.

Amélie était « dé-bor-dée ». Elle le proclamait au téléphone dans un demi-sanglot. La tonne de paperasse accumulée sur le bureau lui donnait raison. Et c'est tout juste si, en rangeant devant elle, dans un panier, le formulaire que lui tendait Fix, elle dit : « Merci, monsieur, je vous tiendrai informé. » Bref, la place était imprenable. Au moins ne pouvait-elle remarquer qu'il glissait sous sa chaise son parapluie rétractable. Il repartit comme il était venu, par l'avenue Marceau. Pour éviter la pizzeria.

Le lendemain, dans l'après-midi – parce que le matin il était de service au tribunal rabbinique –, il partit chercher son parapluie. À sa femme, il dit qu'il se rendait chez les Boccara. Ce qui était vrai. Aussi. Il n'avait jamais su lui mentir entièrement. Sans doute parce qu'un vrai mensonge ne va pas sans créer de fracture avec l'autre. Le mensonge qui s'immisce, ou plutôt qu'on introduit entre deux proches, les empêche de communiquer plus avant. Le Talmud l'a bien compris qui, en cas de litige, impose un serment dans le cas, seulement, où la partie incriminée conteste de façon partielle. Jamais quand elle nie tout en bloc. Dans cette éventualité, le serment est réputé inopérant ! Le hic, c'est que ses cachotteries ou ses demi-mensonges, Elisabeth les perçait aussitôt. Il s'en rendit compte cette fois encore quand, avec un sourire trop accentué pour la circonstance, elle le pria de présenter ses condoléances aux Boccara. « Mes condoléances les plus attristées... »

Les premières gouttes se mirent à tomber alors qu'il arrivait rue Goethe. Le ciel l'assistait. À défaut du Ciel dont Fix n'était jamais très sûr.

– Bonjour. Bonjour, monsieur le rabbin, dit Amélie avec un sourire appuyé.

Donc elle avait lu son bulletin d'inscription.

– Vous allez bien, mademoiselle ?

– Ah ! je vais mieux qu'hier... Mais vous, vous avez oublié votre parapluie...

Elle minaudait, imprimant à son index tendu le va-et-vient des mamans grondant leur enfant.

– Justement, mademoiselle, je venais le chercher. Et si vous le permettez, je vais m'asseoir quelques instants, le temps que la pluie diminue...

– Bien sûr, monsieur le rabbin. Je dois vous dire aussi... (elle hésitait, cherchait ses mots), je dois vous dire que votre demande n'a pas été acceptée...

– Mais pourquoi ? s'écria-t-il, indigné. Il me faut refaire ma voix. Par moments, c'est à peine si on entend mes sermons !

– Vous savez, ce n'est pas moi qui décide... La direction pense que la différence d'âge est trop forte et que la discipline dans les classes sera perturbée. Pas de votre fait, bien sûr...

Gagner du temps et ses bonnes grâces.

– Je me doute que vous n'êtes pas en cause, mademoiselle, cependant...

L'interphone grésillait. On la demandait chez le directeur. Elle s'était levée. Visiblement, elle attendait qu'il s'en aille...

– Je dois y aller tout de suite.

Mais elle n'osait lui demander de vider les lieux. Il fit celui qui ne comprenait pas et, allongeant ses jambes pour prendre ses quartiers, consentit :

– Je vous en prie, mademoiselle...

Elle se décida, enfin. Ferma un tiroir du bureau, regarda en direction du classeur ouvert, sans plus, annonça qu'elle n'en avait que pour un instant. L'instant qui suffit à Fix pour s'approcher du meuble. Il repéra vite les dossiers suspendus avec les noms des élèves. Celui de « ROUSSEAU Ursule-Véronique » était classé comme il se devait par ordre alphabétique. Il allait le sortir, sentait son cœur qui battait fort.

Le téléphone sonna plus fort encore. Consciencieuse comme elle l'était, l'Amélie allait surgir, répondre à l'appel. Il se hâta de reprendre sa place, laissa le dossier à la sienne. Assis sur sa chaise, maudissant sa précipitation, il entendit, impuissant, les sonneries continuer. Saleté de téléphone...

Après seulement, elle revint. Bien après. Avec un large sourire.

– Quelle chance, monsieur le rabbin ! M. le directeur m'a demandé de vous informer qu'il allait revoir votre candidature. Il en a parlé avec Mme Vanglof, qui est l'un de nos professeurs, mais aussi l'un des administrateurs de l'IPP. Elle demande qu'on attende son retour à Paris avant de prendre une décision. C'est merveilleux, n'est-ce pas, que vous soyez juste ici, pour que je vous donne cette bonne nouvelle...

La rage ne le quittait plus... Il pensa à Elisabeth, à son rire si elle apprenait. Si, par malheur, Amélie avait téléphoné en son absence, la priant de faire part à monsieur le rabbin qu'il était admis en première année de phoniatrie ! Il n'allait quand même pas, à son âge, se mettre aux vocalises ! Apprendre à marcher en avançant la pointe des pieds, pour que la voix porte mieux... Et toutes ces autres crétineries génialement mises au point pour plumer les midinettes qui se prenaient pour Piaf. Il lui faudrait s'asseoir sur le banc en faisant risette à son petit camarade. Qui puerait l'after-shave. À moins qu'on ne colle près de lui un punk aux cheveux verts... Il ne supportait plus le sourire niais d'Amélie ni son gazouillis. Et puis c'était qui, cette Vanglof ? Elle se mêlait de quoi ? En quoi sa candidature pouvait-elle l'intéresser ? comme cobaye d'un IPP seniors ?

Finalement, il avait fait sa part du travail. Et du bon travail. Il allait communiquer aux Rousseau les coordonnées de l'institut où leur fille avait étudié avant de disparaître. La balle serait dans leur camp. Il leur conseillerait de s'adresser au juge Le Clec. À Le Clec et à la police de jouer... Ce serait sa revanche.

Fort de cette détermination, Fix rentra chez lui. Chez les Rousseau, la ligne était occupée. Il mit sous enveloppe la photo d'Ursule. Téléphona. Toujours occupé ! Il allait ranger la coupure des *Yedioth Aharonoth*. Mais où ? Dans son dossier « Intifada » ? « Terrorisme » ? sous la lettre « M » ? Il verrait demain... En attendant, il remit dans son portefeuille la photo du docteur. Ce qui était sûr, c'est que le lendemain, à la première heure, il appellerait la rue Goethe pour retirer sa candidature. Il dirait à Elisabeth qu'il avait renoncé. Sans autre explication. Elle lui avait laissé un mot, pour le prévenir qu'elle ne rentrerait que dans la soirée. Ajoutant : « Au cas où tu reviendrais avant moi de chez les Boccara (ou d'ailleurs), tu peux te réchauffer au micro-ondes une part de quiche (au frigo dans un tupperware). »

L'envie le prit de parler à Louis, de prendre des nouvelles de David. Peut-être à cause de la photo du docteur, qu'il avait un peu oublié à force de se focaliser sur Ursule. Et aussi, parce que la solitude lui pesait. Quand il s'échappait de l'une des multiples réunions aussi longues qu'inutiles où il devait se rendre, ou qu'il finissait un cours suffisamment tôt pour être à la maison en début de soirée, il aimait y trouver sa femme, lui parler ou simplement l'entendre parler dans le combiné du téléphone qu'elle tenait, appuyé contre son épaule haussée, pendant qu'elle préparait le dîner. Mais ce soir-là, gros Jean comme devant, sans même avoir pu jeter un œil sur le dossier d'Ursule, bref, ayant échoué sur toute la ligne, il se sentait abattu, démoralisé. Plus encore qu'à d'autres moments, il avait besoin de retrouver un univers familier. Dans le sens étymologique du terme.

– C'est toi, papi ? Tu téléphones de Paris ? Tu sais ce qu'elle a fait, Bébé-Ju ? Elle a déchiré le livre de maman et...

David parlait avec la même voix qu'avant, avec la même intonation chantante que l'hébreu imprime au français. La semaine précédente encore, les raclements dans la gorge le faisaient bégayer. Il n'y paraissait plus maintenant. Fix se sentit ému et ragaillardi du même coup.

– Elle est toute petite. Il ne faut pas la gronder... Et toi, mon grand, tu n'es pas au lit ? Il est tard, déjà...

D'autant qu'il était une heure de plus en Israël. À neuf heures, un enfant de six ans devait être couché ! Mais il ne servirait à rien qu'il le répète à Louis et moins encore à Rivka, qui avait de l'heure une perception fantaisiste.

– Papa va me raconter une histoire. Mais il est à la télé à cause du *pigoua*.

Encore un *pigoua* ! Dans la bouche de l'enfant, le mot était aussi courant que « pizza »... Il faisait partie du sabir que parlaient les Français d'Israël. David n'avait jamais dû entendre le mot en français... Un enfant de six ans, à Paris ou à Lyon, sait-il ce que veut dire

« attentat » ? Et à Paris ou à Lyon, sait-on ce que signifie un attentat ? Les douleurs, les peurs, la mort, l'immense servitude du deuil ou des misérables – et merveilleuses – prothèses. Pour les plus chanceux ?

– Va vite appeler papa, mon chéri. Dis-lui que c'est papi qui est au téléphone. Je t'embrasse très très fort...

– Oui, confirma Louis, il y a eu un nouvel attentat. Un type avec un M16 devant un arrêt d'autobus, rue Jaffo, en plein centre de Jérusalem. Tu vois, à l'angle de la rue Kook... Il a tiré dans tous les sens avant qu'on l'abatte. Il a tué deux femmes... On vient d'annoncer les funérailles de la première. Elle avait soixante-dix-neuf ans. Une vieille famille de Jérusalem. Depuis sept générations... Et vous, comment ça va ?

Son premier réflexe fut d'ouvrir la télé pour voir si le journal de 20 heures en dirait plus. Il reposa la télécommande. Ni la « une » ni la « deux » n'en diraient plus... et surtout, il se doutait comment ils le diraient : « Un activiste palestinien, etc. » On ajouterait « selon les sources israéliennes ». Pour suggérer que tout cela n'était que menteries et propagande... Ils finiront par annoncer que, victime d'un « assassinat ciblé », « l'activiste » avait été contraint de mettre fin à son activisme !

Elisabeth tardait. Elle tardait trop. Il jeta un coup d'œil sur le courrier avant de se laisser tomber dans le fauteuil du salon. Second réflexe médiatique :

ouvrir *Le Monde* qu'il avait acheté place de l'Alma.
Sans dire merci au vendeur mal aimable. Il le referma
après la page 2. Comme s'il était incapable d'entendre, de voir, de lire ce qu'on disait à Paris de la situation en Israël. En tout cas, pas tout de suite après un
attentat. Elle avait soixante-dix-neuf ans ! Et l'autre
femme ?
Il n'avait rien mangé à midi et les express ingurgités
avant et après la rue Goethe ne calmaient plus sa
faim. Dans la cuisine où chacun de ses gestes et chaque regard traduisaient sa solitude, l'ampoule du plafonnier avait grillé ; au-dessus des pots de yaourts
peints par Isabelle et solennellement offerts à mamie,
l'applique ne diffusait qu'une lumière blafarde. Pâle
comme la quiche du frigo dans son plastique aseptisé.
Il se prépara des œufs au plat. Il avait mis trop d'huile ; elle se mit à brûler en dégageant une mauvaise
fumée. Un bout de coquille gluante tomba par terre
et, pendant qu'il cherchait du Sopalin pour essuyer le
carrelage du sol, les jaunes commencèrent à couler,
se mélangeant dans la poêle au blanc et aux résidus
noircis de l'huile, pour se figer en un affligeant
magma. Il fit un nouveau geste, vite avorté, en direction du transistor. Deux femmes...
Deux femmes dont la mort témoignait de l'odieuse
réalité qui avait nom « intifada ». Comme Maïmon,
mais autrement. Certes, et il l'avait bien dit à Le Clec,
la règle de Rabbi Yichmael n'était pas une preuve.
L'interpolation comporte toujours une part d'incerti-

tude toutefois il n'en démordait pas et la relation entre le médecin et Ursule le prouvait : la mort du docteur avait été « maquillée ». Plus précisément – il beurrait machinalement une tartine sans plus désirer la manger alors que l'idée s'installait –, l'intervention des Palestiniens à Tekoa révélait la complicité entre un exécutant, l'intifada, et un commanditaire dont il ignorait l'identité, mais auquel l'IPP était lié. Il fallait comprendre la nature de ce lien – il posa son couteau sur la table, repoussa l'assiette – et déchirer le voile, le petit bout du voile qui cachait Ursule, qui couvrait la mort de Maïmon, pour placer l'intifada sur le devant de la scène. Il fallait découvrir qui manœuvrait dans les coulisses... Il était le seul à imaginer qu'il existait, ce machiniste, à concevoir une complicité entre l'intifada et l'IPP. Non... il ne pouvait pas abandonner la partie. Il lui fallait retourner à l'IPP, sourire à l'Amélie. Il le devait à Ursule (à Ursule vivante ?), à Maïmon... Il le devait aux deux femmes tuées, quelques heures plus tôt à Jérusalem, par l'intifada.

Il était près de minuit quand Elisabeth rentra. Fix redressa sa tête affaissée, oh ! juste un instant plus tôt, sur le Talmud ouvert.

– Tu n'es pas trop fatiguée ? demanda-t-il. Je t'ai laissé la quiche. Tu veux que je te la réchauffe ?

Il ne lui parla ni des Boccara, ni de Maïmon. Dans l'entrée, là où ils avaient l'habitude de poser le courrier à expédier, l'enveloppe adressée à « M. et Mme Rousseau » n'y était plus.

6

Fix n'était pas du genre patient. L'attente, sous toutes ses formes, l'insupportait. Au coiffeur qui lui demandait comment le coiffer, il répondait : « Vite. » Et, plutôt que de risquer un encombrement, il se garait à la première place libre, quitte à se retrouver fort éloigné de sa destination. À la poste, il considérait la file d'attente comme un affront personnel, refusait de s'y agglutiner et perdait un temps précieux à revenir au guichet, plus tard ou le lendemain, dans l'espoir généralement vain qu'il y ait moins de monde. Cependant, il acceptait benoîtement l'attente qu'imposait l'IPP. Certes, il était déterminé à persévérer, mais, sans oser se l'avouer, il n'était pas mécontent des lenteurs de Mme Van-Quelque Chose et de monsieur le directeur qui l'autorisaient, pour un temps, et à la satisfaction manifeste d'Elisabeth, à retrouver sa cadence habituelle de travail.

Il ne parlait plus ni de Maïmon ni d'Ursule. Et elle occultait, trop heureuse du changement, et ne posait pas de questions. Dans cette ambiance, même un appel des phoniatres que Fix ne parviendrait pas à intercepter pouvait passer comme la pièce d'un dossier ordinaire. Bref, le calme revenait, le beau fixe se profilait. Il lui avait acheté des chocolats ; elle était revenue du lycée avec un petit régime de dattes, des Deguel Nour, auxquelles Théo vouait une dévotion sans retenue. Et ce chabat, quand ils traversèrent le Luxembourg, il sut – si l'on veut bien nous permettre cette métonymie – étouffer sa flamme pour disserter avec entrain sur les chrysanthèmes qui hors des cimetières sont de si belles fleurs. Elisabeth l'avait écouté, avec de nouveau ce rien d'étonnement qu'elle avait ébauché quand, dans ces mêmes allées, il avait fait l'éloge de la statue de la Liberté.

Le lundi, il était tard déjà – Amélie avait dû quitter le bureau – quand Fix descendit acheter le journal.

– J'en ai pour un quart d'heure, proclama-t-il, alors que sa femme s'était mise à corriger les copies sur la table de la salle à manger.

Il n'aimait pas la voir, ses lunettes sur le nez, corriger des devoirs. Il n'aimait surtout pas qu'elle le fasse dans la salle à manger. Lorsqu'elle lisait un roman, au salon, le soir, assise avec grâce dans son fauteuil préféré, les pieds sur un pouf de velours, son visage était grave ou détendu ; derrière les verres cerclés de métal blanc, ses yeux souriaient ou pleuraient ; on pouvait y lire ses voix intérieures. Tout changeait à l'heure des corrections, quand elle s'installait, cassée en angle droit, le buste raidi, à la table de la salle à manger. C'étaient pourtant les mêmes lunettes, les mêmes verres ! Mais ils ne laissaient plus filtrer, accentué par les lèvres serrées et le front barré d'un pli, qu'un regard pète-sec où toute trace d'humanité avait disparu. Et quand, d'un geste quasi religieux, elle dévissait le capuchon de son stylo, un vrai stylo à plume gonflé d'encre rouge, et commençait son office, la table se faisait chaire et Fix voyait la classe entière remplir la pièce. Il pouvait entendre souffler des lèvres soudées d'Elisabeth les sons aigus – « accent aigu-E, vous m'écoutez Fix, s'accorde avec le complément d'objet direct placé avant ! » – de Mme Bonnet, sa maîtresse de septième dont il gardait le plus mauvais souvenir.

Non... Une salle à manger, c'est fait pour la bonne chère, le bonheur des familles, les réunions entre amis ; c'est le lieu du *kidouch*, des pains nattés du chabat, des fêtes, des bénédictions et de la soupe chaude qui souffle les bouffées du pot-au-feu... Depuis la destruction du Temple, dit le Talmud, c'est la table, le comportement à table, le respect de la nourriture, les bénédictions prononcées, qui, à la place de l'autel, sollicitent le pardon de Dieu. On n'avait pas le droit de faire de ce lieu béni une salle de classe ! Surtout pour y ranger les devoirs par ordre ascendant des notes écrites en rouge, en haut et à gauche sur les premières pages des copies étalées sur la table. « Tu devrais les rendre par ordre alphabétique, lui avait-il suggéré il n'y avait pas longtemps, sans proclamer les gagnants ni lâcher les lions contre les plus faibles. » Cette fois, soucieux de ne pas troubler l'harmonie retrouvée, il s'était abstenu. Il était seulement parti. Il avait même crié en fermant la porte, sans se soucier de la réponse il est vrai : « Chérie, tu n'as besoin de rien ? »

Son kiosque à lui dans la rue de Rennes, il l'aimait bien. Mme Chalifour le tenait depuis dix ans. Au moins. Mme Chalifour, qui portait toujours sur la tête un fichu de couleur claire, beige ou orange, qu'il appelait par son nom sans s'être jamais demandé quel était son prénom, lui répondait avec constance et un accent légèrement toulousain : « Bonjour, monsieur Fix, belle journée, n'est-ce pas ? » Sauf les jours où il pleuvait trop fort. Alors elle parlait du temps qui était si beau, l'an passé à pareille époque, n'est-ce pas ? Et ce lundi-là, parce qu'il était curieux de tout, que le spectacle de la rue était avenant, que l'air en cette fin d'après-midi était limpide et le ciel moucheté des dernières touches du soleil – encore que le ciel rouge bonbon, ça fasse puéril –, il questionna Mme Chalifour sur l'impact des journaux électroniques sur les ventes papier.

Au retour, il s'attarda devant la devanture nouvellement aménagée d'un magasin d'habits pour jeunes enfants où les prix lui paraissaient si outrageusement disproportionnés par rapport à la surface du tissu et aux revenus du Français moyen, qu'il fulminait à chaque fois contre le snobisme, la démission des parents, la défaite des pédagogues, le luxe scandaleux de l'avenue Montaigne et le malheur des gosses décharnés en Inde ou au Pakistan manœuvrant dans de sombres ateliers les métiers à tisser.

Si les conditions sociales en Inde ou au Pakistan pouvaient justifier l'emportement de Théodore Fix, sa réaction exclusive contre l'avenue Montaigne se comprenait moins bien. Comme si, à Paris, elle était la seule à empêcher l'extinction du paupérisme. Il ne craignait pas pour autant de discourir sur « l'impudeur avec laquelle on a osé donner à cette avenue et à son luxe tape-à-l'œil le nom de l'auteur des *Essais*, qui demandait de reconnaître "dans l'homme en chemise" l'humaine condition ».

Fix n'était pas de bonne foi. Il savait bien que pour Michel Eyquem de Montaigne, « gentilhomme de la cour du roi », l'homme en chemise ne représentait pas un idéal social ! Il ne se mettait pas en chemise pour recevoir dans son château seigneurial le futur Henri IV ! Élu maire de Bordeaux, il cavalait dans les rues de la ville, lors des cérémonies officielles, vêtu de velours rouge et précédé par quarante archers en uniforme écarlate. Rien ne laisse supposer que Montaigne aurait dédaigné les somptuosités de l'avenue parisienne. Aussi retiendra-t-on plutôt le souvenir très ponctuel qui marqua Théodore Fix, un jour qu'il y passait pour se rendre au siège d'un studio d'une télévision câblée. Le nom de CÉLINE figurant dans l'avenue, en grandes lettres au-dessus d'une vitrine, le laissa interdit. Voir Céline affiché, exhibé, en plein Paris, Céline qui s'était déclaré « l'ennemi n° 1 des Juifs », qui un jour, dans Paris occupé, avait reproché à un officier nazi « de ne pas les fusiller tous », lui parut stupéfiant. Au moins voulut-il savoir ce qu'on y vendait, chez Céline ! « Du gaz Zyklon ? Des étoiles jaunes ? » Il traversa et vit en devanture – il ne vit qu'elle – une veste verte en crocodile. « Cette horrible bête, mangeuse d'hommes, qui se complaît dans la vase ! Qu'une drôlesse cherche à se couvrir d'une peau de crocodile, pour plaire ou le tenter, se fâcha-t-il en racontant son après-midi, cela dépasse à la fois mon entendement et deux mois de mon salaire. »

Le quart d'heure annoncé était largement dépassé et la pensée de Fix vagabondait à mille lieues de l'IPP et de Tekoa quand, dans l'entrée où il se glissait, il entendit Elisabeth dire au téléphone : « Je lui en ferai part, bien sûr, monsieur. Vous pouvez compter sur moi. » Elle n'avait pas sa « bonne » voix, celle qui traduisait son intérêt, sa disponibilité ou sa neutralité ; ou, à l'autre extrémité du spectre, l'indifférence amusée que Fix avait appris à déceler dans la lenteur qu'elle imprimait aux derniers mots de ses phrases. À la voir, le poing droit serré et le regard furibard, il comprit que quelque part la machine s'était grippée. Elle n'avait pas reposé le combiné qu'elle éclatait :

– Tu es totalement irresponsable ! Le pire, c'est que tu ne t'en rends pas compte...

Elle devait s'adresser sur ce ton-là à l'auteur de la dernière copie, celle qui portait une note à un chiffre, précédé d'un signe « moins ». Et puis, le téléphone l'avait surprise pendant les corrections, ce qui n'était pas fait pour arranger les choses.

– Tu pourrais m'expliquer de quoi il retourne ? Et d'abord, continua Fix, enlève cette horreur !

Dans l'appartement où les radiateurs restaient fermés jusqu'au soir, elle avait enfilé une cotonnade grise, ample, mal taillée, sa « robe d'intérieur », comme elle persistait à l'appeler. Lui prétendait qu'avec un numéro cousu dessus, c'était l'uniforme type des gardiennes de pénitenciers.

Elle ignora l'algarade et reprit sur le ton de l'institutrice outragée :

– À quoi tu joues ? Parce que tu ne devines pas qui a appelé pour demander des nouvelles de sa fille Ursule-Véronique ?

– Tu veux dire...

– Je dis que ce que tu fais est criminel. Ce M. Rousseau est persuadé que tu vas lui retrouver son enfant. Tu lui as dit que tu dirigeais une grande organisation en faveur des jeunes filles disparues et qu'il devait te faire confiance.

– D'abord, je ne lui ai pas parlé d'une grande organisation. Simplement que... passons. L'essentiel – et cela va t'étonner – est que j'ai effectivement découvert où est sa fille ! Plus exactement où elle a étudié à Paris avant de disparaître.

– Et tu ne le lui as pas dit ?

– Cela n'avancerait à rien... Il me faut encore un peu de temps.

Fix fut mal avisé de se vanter de ce premier succès.

– Parce que tu continues tes lubies ! Si, si... Tu viens de l'avouer ! Tu te prends pour qui ? Il te faut « encore un peu de temps » ! Le prophète Elie qui, en ce début du XXIe siècle, a reparu à Paris, dans le VIe arrondissement, a « encore besoin d'un peu de temps » ! Après quoi, flanqué d'anges béatifiants sur sa gauche et sur sa droite, il va retrouver les filles perdues du continent pour les rendre à papa-maman. Non, ne m'interromps pas, il n'est pas question que, d'une façon ou d'une autre, je m'associe à ta folie.

Sur quoi, elle retourna dans la salle à manger et à ses copies, sans même fermer la porte. Comme pour signifier qu'elle était capable de l'ignorer tout en le sachant présent.

Il ne s'était pas passé une heure qu'elle commandait un taxi. En partant, elle lança :

– J'ai laissé la fenêtre ouverte pour les corbeaux. S'ils ont du retard, le frigo est plein.

Cette fois, la porte claqua.

L'allusion était claire. À l'époque où, au plus mal avec le roi Achab, Elie se cachait aux abords du Jourdain, des corbeaux, raconte la Bible, apportaient au prophète chaque matin et chaque soir du pain et de la viande. Dans un récent cours au Talmud-Tora, Fix s'était plu à remarquer – et l'avait raconté à Elisabeth avec un brin de fatuité – que la tenue des serveurs n'était pas en cause. Queue-de-corbeau ou queue-de-pie, la nuance était minime. Mais la monotonie du menu, avait-il dit, ne devait pas satisfaire le clandestin.

Fix espérait bien que leur fâcherie n'allait pas durer ; Elisabeth ne le souhaitait pas moins. L'un et l'autre comptaient sur les circonstances pour les rabibocher, pour leur éviter ce premier pas que l'amour-propre, et bien mal nommé, déconseille. Mais il arrive aux circonstances, ces serviteurs parfois trop zélés de la Providence, de ne pas jouer le jeu. Mécontentes de la légèreté avec laquelle les hommes et les femmes, les pays et les continents défont ce qui devait les unir, elles refusent parfois de se plier à leurs caprices.

Peut-être même en faisait-elle trop, la Providence... Ou peut-être ne faisait-elle pas que s'abstenir. Voulut-elle donner une leçon aux chamailleurs ? Toujours est-il qu'Elisabeth rentra plus tard que Fix ne l'avait supputé et, du coup, pour lui signifier qu'il n'était pas à ses pieds, il n'abandonna pas sa page de Talmud. Elle dormait quand il se mit au lit. Elle dormait encore quand son réveil sonna à 6 heures, comme tous les matins, pour que Fix soit à l'office à 7 heures tapantes. Lorsqu'il se dépêchait, que les éboueurs ne précédaient pas sa voiture et qu'il n'y avait pas trop de monde à la boulangerie, il rentrait suffisamment tôt pour prendre avec sa femme, sur le guéridon devant la fenêtre et son rosier, un rapide petit déjeuner. Or ce mardi, Fix fut retardé à la synagogue par un questionneur, il se gara trop loin de la boulangerie et s'y attarda inutilement. Le mercredi, Elisabeth décida qu'elle n'allait pas risquer d'arriver en retard comme la veille où elle avait attendu Théo et qu'il méritait une leçon. Elle partit plus tôt que d'habitude. En fait, ni l'un ni l'autre ne pensaient que leur mésentente allait durer. Au besoin, tout allait s'arranger le jeudi. Car, profitant du pont du 11 novembre, Elisabeth devait partir vendredi matin passer chabat à Strasbourg chez ses enfants – surtout chez ses petits-enfants, dont l'absence lui pesait. Fix, qui avait une bar-mitsva dans sa synagogue, ne pouvait l'accompagner. La soirée de jeudi, avant la séparation, leur donnerait l'occasion de se réconcilier, de tirer un trait sur leur mésentente. C'était d'ailleurs, pendant cette semaine-là, leur seule soirée commune. Le cours de Talmud pour l'un, une réunion de parents d'élèves pour l'autre, des réceptions qu'ils s'étaient partagées ne leur laissaient le temps que pour de brefs échanges téléphoniques utilitaires qui ne se prêtaient guère aux épanchements. Et voilà que dans l'après-midi de jeudi, Isabelle fut prise d'une fièvre subite ! Elisabeth fut la première alertée.

– Il faut que tu la gardes, suppliait Caro. Elle a presque 39. Je ne peux pas la laisser à n'importe qui. Et ça fait si longtemps qu'on a réservé cette soirée...

Depuis des semaines, Caroline la serinait : « *Cosi fan tutte* à l'Opéra de Paris. Pas à la Bastille. À l'Opéra, le vrai ! Tu te rends compte ! Il y a des années que j'en rêve. Et Georges aussi. » Elisabeth s'était gardée d'exprimer ce qu'elle pensait des rêves de Georges. Elle devinait le travail de persuasion que sa fille avait entrepris sur un mari réfractaire à la musique, qui n'avait pas le moindre goût pour les « miaulements sur scène des chattes en chaleur ». Caroline avait dû parler de son « état », dont elle se gargarisait depuis le début de sa grossesse..., dire qu'il refusait toujours de sortir..., qu'elle ne lui demandait jamais rien et que, pour un soir, vraiment, il pouvait lâcher son labo pour lui faire plaisir...

– Mais, ma chérie, tenta Elisabeth, je pars à Strasbourg demain matin. Je n'ai pas encore fait ma valise...

– Justement ! Nous, on est à Paris et tu ne viens jamais nous voir... Il n'y en a que pour Juliette ! Alors, pour une fois que j'ai vraiment besoin de toi...

Caro avait toujours été jalouse de sa grande sœur. Élancée comme une liane, coqueluche en classe de tous les garçons, Juliette n'avait pas cédé au chatoiement des diplômes universitaires et leur préférait le tennis, la peinture et de longues marches dans les Alpes. Qu'elle avait troquées pour les Vosges après son mariage. Le bon sens qu'elle avait en abondance, allié à une simple licence, faisait d'elle à Strasbourg une conseillère pédagogique écoutée.

— Je dois aussi préparer un minimum de cuisine pour ton père...

— Parlons-en de papa ! Quand je lui ai dit qu'on l'attendait chez nous et que les petites seraient contentes de l'avoir pour elles tout un chabat, il m'a répondu que la rue Lhomond lui faisait loin, qu'il ne pouvait pas faire « ça » à sa sœur, que vendredi soir, donc, il serait chez tante Lise et que la réception, après la barmitsva du lendemain, lui servirait de déjeuner. Tout ça pour ne pas quitter ses livres ! Écoute, maman, tu ne pars que pour un week-end, il ne te faut pas des heures pour préparer une valise. Dans mon état, alors que...

— Nous y voilà...

Elisabeth n'avait fait que murmurer, en écartant l'écouteur de sa bouche.

— Allô ? Qu'est-ce que tu dis ?

— Rien, ma chérie.

— Donc, dans mon état et jusqu'à l'accouchement, je ne pourrai plus sortir ; et quand j'allaiterai le bébé, je serai clouée à la maison. C'est la dernière fois où...

— Bon, coupa sa mère, n'en jette plus... Je viendrai vers six heures. Vous aurez largement le temps de filer à l'Opéra. Georges me ramènera à votre retour.

Il lui fallait joindre Théo, qui avait quitté le consistoire et, bien sûr, avait laissé son portable à la maison. C'est lui qui appela au moment où Elisabeth allait partir, pour dire qu'il rentrerait plus tard que prévu « parce que... ». Elle lui répondit que « plus tard » elle serait « chez les enfants, rue Lhomond, parce que... ». Elle attendait qu'il lui propose de l'y rejoindre, mais il ne dit rien, sinon que c'était dommage et il ajouta :

– Ça tombe d'autant plus mal que demain matin, je ne pourrai pas t'amener à la gare, j'ai un empêchement de dernière minute.

Il aurait aimé – tout en le redoutant – qu'elle lui demande de sa voix moqueuse si le deuil des Boccara se prolongeait ; ou qu'elle lui décoche une autre de ces pointes dont elle avait l'art, mais Elisabeth était lasse. Il se sentit triste quand il l'entendit répondre sans plus :

– Ça ne fait rien, ma valise est prête, je la prendrai avec moi et je demanderai à Georges de m'amener à la gare demain matin.

– Tu ne veux pas rentrer, même tard ? Tu prendras un taxi...

– Je serai fatiguée. Il vaut mieux que je dorme chez les enfants.

– Je vous téléphonerai demain, à Strasbourg, conclut Fix. Tu embrasseras Juliette et les petits. Dimanche soir, tu arrives à quelle heure ? Avec le train de

23 heures et quelque ? Je t'attendrai sur le quai... Je suis vraiment désolé pour demain matin.
– Ce n'est pas bien grave. Je dois partir maintenant. Elle raccrocha.

Si Fix avait parlé d'un empêchement de dernière minute, si pendant la semaine qui finissait il n'avait passé qu'un minimum de temps à son domicile, s'il avait boudé ses sacro-saints livres, ignoré les Boccara et n'avait fait qu'apparaître au Consistoire, **il** avait été en revanche souvent rue Goethe. Le **mardi**, le matin même où il s'était attardé chez le boulanger, il avait eu un appel de l'IPP. Une voix d'homme l'informait que « Mme Marie-Anne Vang**lof**, notre administratrice », souhaitait le rencontrer et que « le plus vite serait le mieux parce que les cours ont déjà commencé ». Rendez-vous fut pris le jour même à 15 heures. Il eut de la peine à se rappeler l'institut tel qu'il l'avait connu quinze jours plus tôt, sans bruits, à part celui du téléphone, sans âme, si ce ne fut celle d'Amélie. Les cours avaient l'air d'être donnés au rez-de-chaussée et au premier, mais on sentait que la maison tout entière bruissait : les portes s'ouvraient et se fermaient, l'air véhiculait mille odeurs et des notes d'une musique pop perçaient de quelque part. Dans les escaliers qui conduisaient au secrétariat, il croisa un garçon et une fille, sans doute des étudiants, qui, au rire étouffé qu'il entendait derrière lui, devaient commenter le port conjugué du béret basque et du nœud papillon.

Amélie, elle, était boutonnée comme à l'ordinaire. Chemise mauve à points noirs. Cependant, elle s'était levée à son entrée. Elle le salua avec une déférence qu'il n'attendait pas et lui fit traverser aussitôt une sorte d'antichambre qui s'ouvrait sur une vaste pièce claire, richement moquettée, que le secrétariat de l'institut, plutôt fonctionnel et neutre, ne laissait pas deviner. Les meubles n'étaient pas du goût de Fix mais l'ensemble, il le reconnaissait, avait de l'allure. Les plateaux en bois précieux (des îles ?), ceux du bureau et d'une table basse sur laquelle, près d'un téléphone, on avait disposé des livres d'art et un grand atlas, étaient habilement soutenus par des socles en métal blanc, où alternaient le mat et le brillant. La modernité du lieu était tempérée par un Gallé, étroite amphore coiffée d'un abat-jour corail, qui donnait au bureau comme une note de noblesse. Face à la fenêtre, une lithographie signée Dufy poussait au vent de blancs voiliers.

Émue comme doit l'être une novice pénétrant dans les appartements du pape, Amélie lui témoignait la considération due à une personne que Mme Vanglof allait recevoir en tête à tête. Laquelle Mme Vanglof fit son entrée quelques minutes plus tard. Grande, incontestablement belle, elle avança à la façon des mannequins, frappant le sol d'un pas sûr.

– Je vous remercie d'être venu si vite, monsieur le rabbin. Je suis ravie de vous voir.

La voix était agréable, avec une pointe d'accent slave. Sur sa langue, les « r » roulaient avec légèreté. Il pensa à une eau claire dans une clairière, tourbillonnant sur des cailloux. Si la phoniatrie était capable de donner cette voix-là, il ne perdrait pas entièrement son temps.

À vrai dire, Fix était surpris. Il avait simplement demandé à s'initier à la phoniatrie. Que le directeur des études le reçoive aurait été dans l'ordre des choses. L'intrusion d'un administrateur l'était moins. Et moins encore l'excès de prévenance dont il faisait l'objet. Y avait-il erreur sur la personne ? Il tendit la perche :

– Je suis très sensible à votre accueil... Je ne le mérite aucunement.

– Croyez-moi, sourit-elle, je suis véritablement *trrrès heurreuse* de vous rencontrer. Je sais que vous n'avez demandé qu'à suivre des cours – nous en reparlerons. Mais l'initiative que vous avez prise, l'intérêt que vous manifestez pour la phoniatrie, pourrait nous rendre service. Faites-moi la grâce de reprendre place... Ici, oui, je vous prie.

Elle désigna un petit canapé de cuir blanc derrière la table basse. À son doigt scintillait un magnifique saphir. Il regorgeait de lumière et allait bien avec l'ensemble bleu qu'elle portait avec élégance. Elle découvrit un peu trop les genoux quand, négligeant le fauteuil qui faisait un angle droit avec le canapé, elle s'assit à ses côtés. Il remarqua les pigments bleus dans ses yeux sombres. La période bleue s'expliquait. Et les lèvres rouge sang faisaient contraste, qui s'ouvraient sur une denture sans défaut. Elle le surprit derechef en lui demandant sans autre transition ce qu'il pensait de l'influence réelle des prophètes de la Bible sur leurs premiers auditeurs, ceux de leur époque, et elle le remplit d'aise en lui proposant un café. Elle était passionnée par la Bible, plus précisément par ses prophètes, continua-t-elle, et quand on l'avait informée qu'un rabbin, « donc un porte-parole des grands prophètes, parce que c'est bien ce que vous êtes, n'est-ce pas ? », donc qu'un rabbin déjà à l'œuvre dans sa communauté avait demandé à perfectionner sa voix, cela avait réveillé en elle un projet auquel elle pensait depuis longtemps.

– Merci, Nicole, dit-elle à Amélie, qui servit un café somptueusement parfumé.

Pas plus que les tasses de porcelaine blanche et fine, le café ne provenait de la machine à gobelets en plastique du bureau.

Fix apprécia que son interlocutrice fît silence pendant qu'ils goûtaient la liqueur noire. Après quoi, elle se tourna vers lui, posa la main baguée d'étincelles bleues sur son avant-bras.

– Je me suis dit que le moment était venu d'ouvrir nos élèves à l'éloquence prophétique. Je vous rassure tout de suite, se hâta-t-elle d'ajouter avec un grand geste du saphir, nous vous ferons profiter d'une formation IPP individuelle et accélérée. En échange, vous pourriez donner à nos élèves leurs premiers cours sur le parler des prophètes.

Fix restait silencieux, intrigué, peu désireux aussi d'accélérer le rythme d'un entretien serein, dans un cadre agréable, en présence de cette jeune femme avenante. Elle lui confia qu'elle connaissait son intérêt, « devrais-je dire votre passion ? », pour les prophètes.

– Votre idée sur l'éloquence prophétique n'est pas banale. C'est intéressant. Mais d'où savez-vous que j'aime l'étude des prophètes ?

– Mais par l'Internet, tout simplement ! C'est la première chose que j'ai faite, consulter le Web quand on m'a dit qu'un rabbin souhaitait suivre nos cours ! Google reproduit l'un des articles que vous avez écrits sur le prophète Amos, sur son combat social, un autre étudie la confrontation de Jérémie avec les « faux prophètes », que la Bible d'ailleurs ne qualifie jamais de tels. Vous expliquez bien (et volent le saphir et les éclats d'arc-en-ciel) que les prophètes de la Bible n'étaient pas des diseurs d'avenir, mais les hérauts de l'absolu.

Fix était flatté. Entendre que parmi les millions de noms figurant sur le Net on avait consulté le sien et que cette... *executive woman*, intelligente, pleine de charme, citait l'enseignement qu'il avait donné lui donnait un sentiment de profonde satisfaction. Il appréciait qu'elle se prenne de passion pour les prophètes au point de leur consacrer des cours de l'Institut. Surtout, et c'était providentiel, son entreprise réussissait magnifiquement. Non seulement il pénétrait dans la place, mais on lui proposait de l'investir ! Comme enseignant de l'IPP, il aurait l'occasion de voir de près, et sans que sa présence éveille de soupçons, si, d'une manière ou d'une autre, l'Institut était mêlé à la disparition d'Ursule.

Pour ne pas avoir l'air d'accepter la première proposition venue ni de brader ses compétences, il demanda à réfléchir. Elle dit « Bien sûr », ajoutant toutefois qu'elle n'était à Paris que pour un temps limité, qu'elle devait repartir au début de la semaine prochaine et qu'elle aimerait bien tout mettre en place avant son départ.

– Laissez-moi vingt-quatre heures...

– À la même heure, demain ? proposa-t-elle, enthousiaste. Mais c'est parfait ! Nous prendrons le café ensemble.

Elle lui tendit le saphir, retint sa main dans la sienne. Un peu plus longtemps qu'il ne le fallait.

7

– La phoniatrie guérit les maladies du langage et donne aux organes qui commandent la parole une fonction optimale. Appliquée à la prophétie, l'extase...
– Je vous arrête... Le prophète de la Bible n'est pas en état d'*ex*-tase. Certes, la parole est *ex*-primée et à ce niveau la phoniatrie joue un rôle, mais le message lui-même vient du dehors. La Bible dira que la « parole de l'Éternel vint *au* prophète ». Pas *du* prophète.
Ils étaient assis dans la même pièce, sur le même siège que la veille ; ensemble ils avaient bu leur café avec un recueillement quasi religieux. Seule avait changé la toilette de Marie-Anne. (« Appelez-moi Marie-Anne », lui avait-elle dit.) Elle était vêtue cette fois, avec plus de simplicité, d'un fourreau fauve et

d'un chemisier blond. Blond comme le blé mur. Le saphir avait cédé la place à une topaze et une chaîne en or entourait le cou de la jeune femme. À l'heure annoncée, Fix avait donné sa réponse et l'administratrice de l'IPP l'avait assuré de sa « très *grrrande* joie de l'accueillir dans la *grrrande* famille de la phoniatrie ». Elle l'avait interrogé sur ses activités de rabbin et d'enseignant. Puis elle avait parlé des élèves de l'IPP, de leurs espoirs, des carrières choisies. « Chez quelques-uns, avait-elle dit, on peut véritablement reconnaître une vocation. » Soucieux de ne pas éveiller le soupçon, il avait évité toute allusion à Ursule. Après quoi Marie-Anne s'était lancée dans un exposé trop long sur la phoniatrie et Fix n'avait pas été mécontent d'y mettre fin quand elle avait abordé ses rapports avec le prophétisme. Elle avait tenté de se rattraper en disant que l'*ex*-tase pouvait être inspirée par un phénomène du dehors : « Ce qui pénètre du dehors génère une perception intérieure, excitant le stimulus qui à son tour agit sur la parole. D'où une sorte de va-et-vient entre la perception et la parole. » Bafouillis et Cafouillis sont sur un bateau. Bafouillis tombe à l'eau, que reste-t-il ? Fix se garda d'*ex*-térioriser ses impressions.

N'empêche ! Il se sentait bien. Chez lui, il était aux abois, craignant un nouvel appel des Rousseau, hésitant sur l'attitude à adopter au cas où Elisabeth rentrerait à l'improviste. Ici, c'était lui qui menait le jeu. En dépit de la tension, il se laissait gagner par une bienveillante sérénité. L'aménité de la jeune femme, sa prévenance, une certaine grâce qui émanait d'elle, comme le décor de la pièce y contribuaient. Sur la table basse, une orchidée de velours orangé irradiait son altière beauté, se mariait au parfum discret de l'hôtesse. Même le soleil se mettait de la partie, éclairant l'espace où ils conversaient, et la topaze jetait ses traits de lumière chaude sur le fourreau de la jeune femme. Elle ponctua d'un geste son propos sur le « va-et-vient », qui fit s'entrebâiller le chemisier.

Fix était déconcerté. Bien sûr, le mouvement pouvait être accidentel. C'était aussi par collégialité, par camaraderie tout simplement, qu'elle avait dû se rapprocher de lui, sur le canapé. Un canapé qui n'était pas très large, et dont les ressorts du milieu, prématurément usés, tendaient à appliquer à la loi sur la chute des corps celle des vases communicants. C'était possible, comme était possible – Fix y songerait plus tard – que certains mots dont elle avait usé (« pénétrer », « exciter »...) répondaient, pour leur part, aux lois du hasard ou de la syntaxe. Et puis, il le devinait, ce genre de familiarité ou d'intimité devait être courant dans le monde du cinéma ou du théâtre dont l'IPP faisait partie. Mais cela le gênait. Parce qu'il avait toujours veillé à éviter toute forme de contact physique non familial. Par fidélité à la tradition qui affirmait qu'en ce domaine les garde-fous n'existent pas. Mais aussi pour ne pas prêter le flanc aux cancans.

Surtout, il était perplexe. Ou, plus précisément, alerté – comment dire ? – par le rayon de soleil qui traversait la baie vitrée... Parce qu'à l'instant où la topaze avait tracé ses aplats de lumière et que le chemisier s'était échancré, il avait eu le souvenir fulgurant d'une page du Talmud. On y racontait que Homa, la veuve d'Abayé, qui devant un tribunal rabbinique plaidait ses droits, découvrit en désignant de sa main une coupe placée là la nudité de son bras. Aussitôt, continue le Talmud, une forte lumière emplit la pièce tout entière. Rava, le compagnon d'Abayé qui siégeait, en fut si fort troublé, qu'il sortit du prétoire retrouver son épouse.

Évidemment, à l'époque des jupettes et autres mini, des affiches ciné et des pubs télé, le récit du Talmud fait sourire. Cependant, lors d'un colloque, Fix avait eu l'occasion de le commenter. Il avait alors remarqué que dans le récit talmudique, c'est la nudité – toute relative – de Homa qui réfléchit la lumière. Or la lumière est symbole de pureté et de beauté ! C'est la fidèle compagne de toutes les théophanies. D'autres littératures auraient expulsé de la tunique entrouverte des démons noirs et cornus à souhait. Tout se passait, avait-il encore dit, comme si Homa brisait la mâle assurance des hommes de la Loi : en irradiant les prétoires sombres où ils se complaisaient, son bras mis à nu révélait leur fragilité d'hommes.

Par opposition, le mouvement qui fendit la soie du chemisier par l'impulsion donnée à la bague lançant ses feux dans la chambre claire sembla ternir, comme par un phénomène de contre-jour, l'attrait dont la jeune femme était pourvue, divulguant (par réfraction ?) l'artifice dont elle usait...

Ou peut-être pas. Ce n'était peut-être pas un artifice... Le doute subsistait. S'était-elle mis en tête d'ajouter un rabbin à son tableau de chasse ? Marie-Anne pouvait n'être qu'une personne affective. Très affective et familière. S'il avait dépassé la cinquantaine, il ne se sentait pas diminué pour autant. Il ne s'était jamais pris pour un Apollon, pourtant on recherchait sa compagnie. En tout bien tout honneur. Devait-il nécessairement interpréter en mal le comportement de cette administratrice par trop expansive ? Son discours pseudo-philosophique l'exaspérait, mais sa présence à ses côtés lui procurait en ces temps de fâcherie matrimoniale un sentiment de bien-être. Devait-il ou ne devait-il pas se laisser influencer par cette page du Talmud qui par la faute du soleil saisi dans la topaze, ou grâce à lui, lui était venue à l'esprit ?

– Croyez-vous, mon cher Théodore (vous permettez que je vous appelle Théodore, n'est-ce pas ?), que l'environnement exerçait sur les prophètes une influence déterminante ?

– Certainement. Au spectacle des injustices sociales, ils ont réagi avec une violence verbale que devraient leur envier les organisations syndicales !

– Je pense plus particulièrement au désert, à son immensité, à sa pureté originale.

– Le prophète n'était pas moins exposé aux réalités des villes, aux forfaits qui s'y commettaient, aux cultes païens dans les bosquets. Les prophètes de la Bible voyaient le spectacle des vignes de Judée, de ses figuiers – dont ils feront le symbole de la paix paysanne – et celui des champs d'orge mûrissant au printemps... Pas seulement le désert.

Fix eut la vague impression d'avoir tenu le même discours il n'y avait pas si longtemps. Mais où ? À qui ?

– Vous ne pouvez pas nier, cependant, que l'horizon premier et naturel du prophète fut le désert ! Je crois aussi que la limpidité de l'air dans ces immensités non polluées, la clarté des matins dissipant les grisailles leur servaient de naturelle phoniatrie. D'ailleurs, et vous le savez mieux que moi, en hébreu, *midbar*, le désert, vient du radical D-B-R : « parler ».

Fix dompta un sursaut intérieur. La jeune femme répétait ce que lui avait dit Maïmon ! Le désert –, « horizon premier du prophète ». Il se rappelait le médecin, au petit matin, à l'hôpital du mont Scopus, admirant l'aube qui trouait les espaces plombés à l'heure où le ciel en se baissant embrassait le désert. Encore que Maïmon n'aurait pas confondu avec « parler » le D-B-R araméen « brouter », qui a donné le substantif « *midbar* », la « steppe ». Parce que le fameux « désert » dont Marie-Anne se gargarisait nourrissait les troupeaux. À l'époque biblique, le *midbar* n'était pas ce vide qu'elle imaginait. Que l'administratrice de l'IPP use des mêmes concepts que Maïmon avec son obsession du désert signifiait-il qu'ils partageaient une mystique commune ? Ou ne faisait-elle que répéter un cours, une conférence ou un simple propos du médecin entendu à l'IPP ? À tous les coups, la règle de la *guezéra chava*, familière au Talmud, qui fut le premier à étudier le phénomène d'intertextualité, révélait une source commune.

Fallait-il pour autant, qu'au niveau opérationnel, Fix permette au sentiment de malaise qui s'infiltrait en lui de commander sa conduite ? Il n'allait quand même pas, à son âge, se mettre à fonctionner à l'intuition ! N'empêche... l'impression d'un traquenard subsistait... Dans quel but cette femme belle et jeune lui témoignait-elle une amitié, ou une affection exagérées ? Ne devait-il pas la fuir, comme Rava abandonnant Homa dans le prétoire ? Bref, il lui fallait sortir de l'expectative et, pour ce faire, la pousser dans ses retranchements.

– L'univers est rempli de déserts, commença-t-il prudemment. Cependant, le Far West n'a produit que des cow-boys et Buffalo Bill n'a rien de commun avec Jérémie. Il me semble avoir lu que le désert du Chili est le plus aride de tous. Vous connaissez un prophète chilien ? Dans le Sahara, c'est le Petit Prince que Saint-Exupéry rencontra, pas Amos ou Zacharie... Non, croyez-moi, si les prophètes bibliques se sont manifestés dans l'étroit espace compris entre la Méditerranée et le Jourdain, il y avait d'autres raisons que la proximité du désert.

Comme elle l'avait fait la veille, elle posa sa main sur la manche de Fix, effleura son poignet. Il ne se dégagea pas, devinant que la gestuelle annonçait son propos. Le sourire suivit, un sourire accentué comme l'était la pression de son genou contre le sien. Enfin, sur le ton d'une confidence, elle reprit :

– Je vais vous surprendre, mon cher Théo – je peux vous appeler Théo, n'est-ce pas ? Nous savons bien, à l'IPP, que le phénomène prophétique était localisé. C'est précisément la raison pour laquelle nous avons mis en place une branche de notre école à l'endroit même où les prophètes de la Bible étaient inspirés et diffusaient leurs messages.

– Vous voulez dire que vous avez créé un institut de phoniatrie dans l'État d'Israël ? s'écria-t-il, stupéfait. Et en langue française ?

– Il ne porte pas ce nom. Mais les plus doués de nos élèves ont la possibilité de suivre sur place un stage de perfectionnement.

– Et cela se passe où ? Vous n'allez pas me dire qu'ils logent en plein désert ?

À peine avait-il posé la question que Marie-Anne Vanglof poussa un pépiement d'effroi :

– Je n'ai pas vu passer *l'heurrre...* J'ai un rendez-vous à l'autre bout de Paris. Nous nous voyons demain ? à la même heure ? C'est *merrveilleux*, ajouta-t-elle avec un air de ravissement, sans lui laisser le temps de répondre. Vous m'excusez, n'est-ce pas... Il faut que je file... Nicole, commanda-t-elle à l'interphone, appelez-moi un taxi et raccompagnez monsieur le rabbin...

Fix en savait assez. Ursule avait été envoyée dans une sorte d'IPP en Israël et c'est en allant la trouver que Maïmon avait été abattu. Malheureuse Ursule ! Y était-elle toujours ? Malade ? séquestrée ? pire encore ? Quant à Marie-Anne Vanglof, la belle Marie-Anne, était-elle complice, ou seulement une naïve administratrice intéressée par la prospérité financière de l'institut ?

La question importait peu. Pour l'instant, l'essentiel était d'agir, de sauver qui on pouvait sauver et par conséquent de convaincre Le Clec d'ouvrir immédiatement une enquête. Mais ses soupçons ne suffiraient pas, il devait fournir la preuve que la jeune Ursule était en stage en Israël. Et cette preuve, elle figurait dans son dossier. Il lui fallait s'en emparer ou, mieux encore, le photocopier. Et cette fois, il savait exactement comment s'y prendre.

La veille, le mercredi, il avait pris soin, en quittant l'institut, de n'adresser qu'un léger signe d'adieu à Nicole-Amélie. Sans même amorcer un sourire. Pour lui signifier qu'il était passé de l'autre côté de la barrière, qu'il était devenu proche des administrateurs et qu'elle continuerait à lui servir le café pendant qu'il serait assis aux côtés de Mme Vanglof, sur le canapé blanc.

Le jeudi il arriva au secrétariat avec une demi-heure d'avance. Comme il s'y attendait, les clés étaient en place sur la serrure du classeur.

– Bonjour, fit-il. Voulez-vous aller me chercher, je vous prie, les documents que j'ai préparés pour Mme Vanglof et que j'ai laissés dans ma voiture ? C'est une Clio, jaune. Elle est stationnée juste avant l'avenue Marceau. Du côté droit. Vous ne pouvez pas vous tromper. Vous verrez une chemise cartonnée sur le siège avant. C'est celle dont Mme Vanglof a besoin. Je vais laisser ici mon bagage, ajouta-t-il en désignant le sac de voyage qu'il trimbalait.

Et, comme elle hésitait, il ajouta qu'il veillerait lui-même sur le bureau jusqu'à son retour.

– Vous pouvez y aller ! insista-t-il en désignant la porte d'un geste autoritaire.

Amélie-Nicole ne résista pas. Après quoi, il s'assura que personne ne montait l'escalier et, en guise de signal d'alarme, disposa son sac – un sac encombrant gonflé de boîtes en plastique, et sonore grâce aux petites cuillères qu'il y avait ajoutées et qui de surcroît, ferait jurer quiconque devrait l'enjamber. Il tira à lui le tiroir avec ses dossiers suspendus... Celui de « ROUSSEAU Ursule-Véronique » n'y était pas. N'y était plus. Sans illusions, car l'ordre impeccablement alphabétique devait être l'une des spécialités d'Amélie. Il recommença sa recherche. Pas de Rousseau. Il y en avait bien un « Rousseau » dans le casier du bas qui portait l'étiquette « Anciens élèves », mais il s'appelait Bertrand et la photo d'identité agrafée était celle d'un barbu de sexe incontestablement masculin. Il remercia à peine la secrétaire, essoufflée d'avoir galopé jusqu'à la Clio, quand elle lui remit la chemise cartonnée. Parce que son attention, chagrine et inquiète, était tout entière mobilisée par l'absence du dossier d'Ursule. Y avait-il une relation de cause à effet entre sa disparition, depuis qu'il l'avait vu à sa place dans le classeur, et la présence à Paris de l'administratrice Vanglof ? Question insoluble qui le tourmenta jusqu'à ce que l'âcreté du café – Fix ne le saurait jamais – lui eût rendu l'esprit.

Ce jeudi, elle était en rose. Décolleté profond. Avec retour du saphir. D'emblée, sans lui laisser le temps de désigner son siège, Fix avait pris place dans un fauteuil devant la table basse. Elle s'installa en face. À la manière dont elle croisa les jambes, Fix comprit qu'au plan rabbinique il n'était pas mieux placé. C'était peut-être sa manière à elle de se montrer amie... Ou de se conduire en ennemie. Selon la méthode des filles de Midian dans les plaines de Moab. Bicentenaire oblige, il se mit à penser qu'elles auraient dépareillé dans *La Légende des siècles*... Encore que l'ombrageux Hugo avec « l'œil dans la tombe qui regardait Caïn », le « noir Prométhée », les « sombres horizons », les « linceuls » à n'en plus finir et les « chaînes / fourmillant de monstres, noirs de

haine », c'était, aussi, Victor chantant la lavandière...
Dont la « mère au loin », quand le poète se fut approché, « ô laveuse à la taille mince... », cessa d'entendre
« le bruit vertueux du battoir ». Il n'était plus tout à
fait sûr du texte... Au moins, le souvenir de ses
anciennes lectures lui faisait-il la grâce de voiler son
souci.

– Vous disiez, Théo ?

– Oh rien ! Je me rappelais un texte...

– Ah ! Les prophètes... Vous les savez par cœur ?...
Je voulais vous demander... Croyez-vous qu'ils avaient
connaissance de la Kabbale ?

N'importe quoi ! Pire que Maïmon avec son *tikoun*.
Fix se contrôla pourtant. Il avait mission d'écouter,
de séduire, de se faire accepter... Quand même, il ne
pouvait pas tout laisser passer !

– Les premiers textes de la Kabbale, dit-il, datent du
XIIIᵉ siècle, soit environ mille huit cents ans après
Malachie, le dernier des prophètes. Si cela vous
chante, vous y rajoutez le Baptiste ou Jésus, mille
trois cents ans...

– Mais ne peut-on concevoir que la publication d'une
œuvre écrite soit postérieure de plusieurs siècles à
l'enseignement qu'elle se met à véhiculer ?

Fix était surpris. L'argument était recevable. Mais
théoriquement seulement. Ce qu'il expliqua et, cette
fois, sur un ton plus conciliant :

– Des éléments ésotériques, à rattacher à la vision
du char divin par Ezéchiel, d'autres certitudes ou des

interrogations mystiques sont en effet très anciens, et n'ont dû être portés sur papyrus ou sur parchemin que beaucoup plus tard. Voyez les manuscrits de la mer Morte. Mais prenez le fameux *Zohar*, le Livre de la Splendeur. Certains le font remonter à la très haute Antiquité... Il paraît invraisemblable, si c'était vrai, qu'aucune allusion n'y eût été faite avant le XIIIe ou le XIVe siècle. Mais pourquoi cette question ?

La jeune femme se pencha en avant. Elle se penchait trop en avant. Fix porta son regard sur le mur de droite.

– C'est étonnant, ne trouvez-vous pas, comment Dufy réussit à marier l'écume avec la toile des voiliers ?

Elle ne releva pas, s'adossa avec naturel.

– Un de nos enseignants, enchaîna-t-elle, pensait que les prophètes avaient la capacité d'influencer l'une ou l'autre des *sephiroth*. Parce que, vous l'admettrez avec moi, si des êtres humains ont ce pouvoir, les prophètes inspirés devaient être les premiers kabbalistes !

Fix avait quelque peu étudié la théorie des *sephiroth*, qui, dans le rapport de Dieu au monde, veut reconnaître dix « manifestations fondamentales ». Mais l'idée selon laquelle, grâce à une « Kabbale pratique », certains individus auraient le pouvoir d'agir sur ces manifestations, l'avait toujours mis hors de lui. On en venait à la magie, ni plus ni moins. Et la magie était précisément le genre d'aberrations que les prophètes combattaient. Et voilà que lui, Fix, qui n'en pensait pas moins, était obligé de feindre... Feindre encore par une question, puis une autre... comme aux échecs l'avancée d'un pion ménage le coup d'après.

– Très intéressant... Croyez-vous, toutefois, qu'une démonstration par la hiérarchie suffise ? Il aurait fallu que les prophètes de la Bible bénéficient de conditions particulières pour accroître leur perception des mondes mystique et physique.

Elle n'évita pas le piège.

– Sous la voûte du ciel, exposés au désert, donc libérés de toutes les pollutions idéologiques de la société, les prophètes n'étaient-ils pas à bonne école pour percevoir les rapports de Dieu au monde ? Le « Livre de la Création » qui, vous en conviendrez, mon cher Théo, remonte, lui, à la très haute Antiquité, accole aux *sephiroth* le nom ou la qualification d'« abîme ». La Création, dont le récit est le premier sujet des mystiques, ne fut-elle pas d'abord abîme et désert, l'immensité immaculée qui a inspiré les prophètes ?

– Et vous pensez que cette immensité, l'abîme que vous évoquez, pourrait inspirer de nouveaux prophètes ? C'est pour cela que vous envoyez les meilleurs de vos élèves dans le désert ?

Fix avait planté sa banderille. Mais, comme la veille, Marie-Anne résista.

– J'ai toujours été frappée, reprit-elle, par la représentation graphique des *sephiroth* dans les livres spécialisés. Ne dirait-on pas un réseau qui gouverne le monde ? Qui mieux que des prophètes pourraient le contrôler ? Si nous avions la possibilité de former nos élèves, je veux parler des plus intelligents, des plus doués, ceux auxquels nous avons déjà rendu ou formé la voix, si nous pouvions les rendre sensibles à la vraie connaissance, celle qui passe par les *sephiroth*, de manière à ce que leur discours puisse rendre ce monde meilleur, vous rendez-vous compte du bien que nous pourrions faire ?

Ç'avait été au tour de Fix de mettre fin à l'entretien, afin de forcer cet après-midi-là encore la porte de Le Clec. Parce que Marie-Anne lui avait répété qu'elle allait quitter la France en « début de semaine ». Mardi, sans doute. N'avait-elle pas insisté pour qu'ils se voient lundi ? Or, s'il y avait la moindre chance de savoir où Ursule était séquestrée, c'était par elle. Et l'urgence de la réponse n'était plus à démontrer. Par ailleurs, ce qu'elle avait dit de l'opération « Désert et *sephiroth* » était inquiétant. Elle prétendait agir pour le bonheur des gens. Allez savoir... Le silence d'Ursule ne présageait rien de bon.

Par un juste retour des choses, ses élucubrations sur les *sephiroth* et le « réseau » pouvaient capter l'attention de Le Clec. D'autant que lui, Fix, malgré ses demandes répétées, avait refusé jusque-là de s'aventurer dans ce domaine en sa compagnie.

« Ma femme part à Strasbourg pour quelques jours. Je m'en vais, avait-il expliqué à Marie-Anne, parce

qu'il me reste une foule de choses à voir avec elle. »
Il aurait pu, aussi, ne rien dire du tout. Ou prétexter
tout simplement qu'il était pris. Cette manie qu'il avait
de faire « juste », d'argumenter sans nécessité... De
plus, c'était vrai ! Il avait rendez-vous. Un peu plus
tard, pour être exact. Avec son président, qui avait
demandé à le rencontrer, Fix l'aurait juré, parce que
le père du bar-mitsva était un petit cousin du directeur de cabinet d'un ancien préfet. « À moins qu'il ne
s'agisse – Fix grommelait – d'un petit cousin d'un ex-
directeur de cabinet d'un sous-préfet ! » Pour lui
« suggérer » – c'est le genre de formule que le président affectionnait – quelques salamalecs à rajouter.
Or les salamalecs et les sous-préfets, c'était vraiment
la dernière chose à laquelle Fix avait le cœur à penser, ce qu'il allait, lui, suggérer à son tour au président. Il trouva sans peine une cabine téléphonique.
– Vous êtes occupé cet après-midi ? Ce n'est pas bien
grave, monsieur le rabbin. Nous sommes tous les
deux des lève-tôt, n'est-ce pas ! Alors, demain matin
8 heures ? Oui... chez moi, si vous voulez bien. Il y
aura du café frais, ne vous inquiétez pas...
– Qu'il aille au diable ! grogna Fix en raccrochant
avec violence.
8 heures, c'était l'heure du train pour Strasbourg !
Tant pis, Elisabeth prendrait un taxi pour se rendre à
la gare.
Du côté Le Clec, heureusement, la chance lui sourit.
Le juge était dans son bureau, apparemment pas trop

occupé et d'humeur charmante. Fix lui parla d'une
« jeune femme de passage à Paris, intéressée par la
Kabbale qui pose problème »... La ligne était-elle mauvaise ? Avait-il mal prononcé ? Toujours est-il que Fix
s'entendit répondre :

– Une jeune femme qui fait de la Kabbale ? Et elle a
un problème qui m'intéresse ? Eh bien, venez tous
les deux... disons d'ici trois quarts d'heure. Je vous
attends.

Il ajouta :

– Elle est jolie au moins ?

– À tout de suite, répondit Fix.

Sur quoi, ignorant le godelureau en veste de cuir qui,
dehors, derrière la vitre de la cabine, manifestait son
impatience en lui exposant le cadran de sa montre, il
se résolut à appeler Elisabeth pour l'informer de son
retard. Il fut chagriné d'apprendre que la petite Isabelle avait de la fièvre et que sa femme ne lui demandait pas de la rejoindre rue Lhomond où elle allait
passer la nuit. Pourquoi prolongeait-elle la fâcherie ?
D'autant qu'il venait de lui dire qu'il ne pourrait l'amener à la gare ! Il lui répugnait d'insister, d'avoir l'air
de la supplier. Il était vrai aussi, pensa-t-il en s'asseyant au volant, qu'une soirée libre après ces trois
jours où l'IPP lui avait volé son temps lui permettrait
de rattraper son retard. En partie parce que, pendant
ces courtes journées d'automne, le chabat commençait en plein après-midi, le vendredi. D'ici là, il lui
faudrait préparer son sermon, ainsi que ses cours de

Talmud et de Bible – cette année-là, aux « jeunes ménages », il parlait du roi Salomon dans l'Écriture, les apocryphes et le Coran. Il n'avait garde d'oublier ses interventions en l'honneur du bar-mitsva.

« Qu'ils aillent tous au diable ! » Pêle-mêle, il y envoyait le président, le père du bar-mitsva, son cousin, le sous-préfet..., tous ceux qui repoussaient à dimanche, au retour d'Elisabeth, les premières bouffées du calumet de la paix. « Et les autres avec ! » Les « autres », pareillement voués aux gémonies, c'était la file de voitures qui klaxonnaient derrière lui, à l'entrée du parking, et qui l'empêchaient de faire marche arrière, alors qu'il avait arrêté sa Clio trop loin du distributeur de tickets et que la portière de sa voiture butait contre le trottoir, l'empêchant d'agripper le billet pour que cette fichue barrière consente à se lever.

– Tu es seul ?

Le Clec avait l'air déçu. Et ne le cachait pas.

– Bien sûr que je suis seul ! Je n'allais pas t'amener la donzelle, alors qu'elle pose problème...

– Ah, j'avais cru... Jamais encore je n'ai rencontré de femme kabbaliste. Alors, je peux allumer ma pipe ? Parle-moi d'elle... Il paraît que Madonna aussi étudie la Kabbale. Qu'elle a un gourou qui se fait beaucoup d'argent. Et elle s'est mise à écrire des livres pour enfants. Moi, je demande à voir. Je veux dire les livres... Tu vas bien à part ça, et ta femme aussi ? Et le petit à Jérusalem, totalement remis ?

Fix remarqua qu'il avait rangé son bureau. On n'y voyait pas, comme à l'accoutumée, des débris de tabac ni, autour du cendrier, des bouts carbonisés d'allumettes. Il faisait froid aussi. Le bougre avait dû aérer la carrée. Kabbale, que de frime commet-on en ton nom !

– Je t'explique. Je suis tombé sur une femme, très belle d'ailleurs, qui est une passionnée des *sephiroth*. Elle n'y comprend rien, mais elle s'est mis en tête qu'on pouvait agir sur les *sephiroth* pour changer le cours des choses.

– Tu n'as qu'à laisser faire ! De deux choses l'une, ou les choses changent et elle a raison, ou rien ne se passe. Cela dit, je n'ai jamais compris ce que représentent les dessins avec les dix petites sphères...

– Mais il n'y a pas de sphères ! coupa Fix. Pour figurer les *sephiroth*, on peut mettre des ronds, des carrés. Ou des arobases, si ça te chante ! Sur certains dessins, elles sont accrochées comme des fruits à un arbre, ou greffées dans le corps d'une sorte de pantin... Ces schémas tendent à montrer l'interaction des *sephiroth*, un mot qui signifie « nombres ». Rien de plus. C'est le « Livre de la Création », un recueil de quelques feuillets, écrits, croit-on, il y a dix-huit siècles, qui pour la première fois fait mention de « dix *sephiroth*-abîme ». Personne ne sait d'ailleurs ce que l'abîme vient faire là-dedans. Pour l'auteur de ce

« livre », ce sont les *sephiroth* qui, avec les vingt-deux lettres de l'alphabet hébraïque, ont permis de créer le monde. N'oublie pas que dans la Genèse « Dieu *dit*... et la lumière fut ». Dieu crée par sa parole. Le quatrième Évangile écrira à son tour qu'« au commencement fut le Logos... »

– Et ces *sephiroth* perpétuent la parole du Créateur ?

– Les *sephiroth* – auxquelles on peut croire ou ne pas croire – et qui ont nom Intelligence, Rigueur, Beauté, Politique (*le* Politique !), Science, Générosité, Endurance..., pour ne parler que de ces dénominations-là et ne pas trop compliquer les choses, sont autant de modalités par lesquelles Dieu est présent dans l'univers. À d'aucuns, cela rappelle plus ou moins les Idées de Platon. D'une certaine manière, les *sephiroth* sont les plus fidèles gardiennes de l'inaccessibilité de Dieu à la connaissance de l'homme, puisque seules les *sephiroth* nous seraient connues.

– Et ta Madonna à toi veut interchanger la ou le Politique avec l'Intelligence ! Mais c'est pas mal du tout...

Fix permit à ses lèvres de dessiner un sourire et, comme Le Clec avait ajouté : « Je te fais un café, bien sûr... », elles se firent gourmandes.

La machine donnait son jus. Ils parlèrent d'intelligence et de politique. De l'intifada, de Sharon, de l'antisémitisme dont on ne savait pas, mais qui pourtant, non... c'est sûr...

– Le politique ou le gouvernement du monde, reprit Fix en jetant dans la corbeille le dé en plastique vide, dépend des hommes qui habitent la cité comme des princes qui gouvernent ou des démocraties qui leur accordent le pouvoir. Pour le kabbaliste, les *sephiroth* représentent la part de Dieu dans le gouvernement de l'univers. La prière des hommes pourrait être canalisée par les *sephiroth* et, de ce point de vue – sinon à quoi bon demander l'aide de Dieu ? –, on pourrait espérer exercer une influence sur les *sephiroth*. Le danger apparaît quand un individu imagine qu'il peut modifier le comportement d'une *sephira* en agissant sur elle. S'il est persuadé, par exemple, qu'il peut neutraliser la *sephira* Rigueur, qui porte aussi le nom de Crainte (la crainte du gendarme ou celle de Dieu), tout devient permis. S'il pense trouver le moyen d'agir sur la *sephira* Sciences, s'il estime qu'il en est devenu le régisseur et qu'il dispose d'un certain pouvoir, tu devines où ça peut mener... En notre siècle, science sans conscience n'est que ruine de l'univers.

Pfuit..., fit la pipe, *pfuit*... Pendant de longs instants, on n'entendit plus qu'elle dans la pièce silencieuse.

– Et ta mousmé en est là ?

– Je crois qu'elle appartient à une sorte de secte qui veut redonner sa puissance à la parole. La parole qui devrait apprendre à éclore dans le désert. Je devine que l'auditoire serait conditionné à la fois par l'éloquence de l'orateur et par l'idée qu'une ou l'autre *sephira* pourrait lui obéir...

– Tu crois... tu devines... C'est comme pour cette fille

que tu t'étais mis en tête de rechercher, comment s'appelle-t-elle déjà ? Ursuline ?

– Ursule ! Justement, ce sont les gens de sa secte qui l'ont séquestrée...

– De quelle secte ?

– La secte de cette femme. De la kabbaliste en herbe. Je suis persuadé que c'est elle qui...

– Tu es persuadé ou tu as des preuves ?

– C'est comme si, répondit-il, embarrassé. Je suis sûr que...

– Tu sais que tu m'inquiètes ? Tu as besoin d'une sacrée cure de repos.

– Laisse-moi te raconter... Il faut que tu connaisses au moins l'enchaînement des choses...

– Mais je ne veux pas le connaître... En aucune manière. Je t'ai supplié de ne pas t'occuper de... j'allais dire « de cette affaire ». Mais il n'y a même pas d'affaire ! Pas la moindre affaire ! Simplement une fille qui a anticipé sa majorité, qui est partie et c'est tout. Voilà pour la dénommée Ursule. Quant à la kabbaliste qui a l'air de t'avoir tapé dans l'œil... Non, ne proteste pas, je sais bien qu'il n'y a qu'Elisabeth, mais pas moins qu'un autre tu n'es fait de chair et d'yeux... En admettant même que cette personne veuille enclencher une guerre des étoiles et des *sephiroth* réunies, tant qu'elle n'aura pas lancé sa première fusée, ou disons tant qu'elle n'aura pas acquis son premier lanceur, il n'y a rien à faire. Tu ne me demandes quand même pas que je la mette en examen parce que « tu crois... ». C'est ton métier de croire ! Le mien, c'est d'enquêter, preuves en main. Des preuves que la police est chargée de me fournir. Pas un rabbin. Ni même une kabbaliste. Cela dit, je suis sûr que les *sephiroth* ne se réduisent pas à ces fantasmagories. Il faudrait quand même un jour que tu m'en dises plus.

Fix freina, accéléra, freina... Ah ! Monsieur le juge ne voulait pas de « croyants » ! Et les amis, ça ne comptait pas. Il lui fallait l'uniforme... Eh bien, on allait lui en donner de la flicaille. Il appellerait Boulay, tout simplement. Fix maugréait, passait sa mauvaise humeur sur la voiture derrière lui, répondant à chaque appel des phares de l'impatient par un coup de freins. Il était rare qu'il sorte sa Clio en semaine. Il en avait eu besoin pour qu'Amélie y cherche le dossier cartonné... Et pour le sac avec les cuillères. Alors, il allait en profiter ! Il donna un nouveau coup de freins. Il n'aimait pas le commissaire principal Pierre Boulay, mais tant pis. Il ne l'aimait pas – Fix le reconnaissait quand il était de bonne foi – parce que l'autre n'avait pas été dupe et qu'il avait découvert son jeu, quand il avait cherché à le doubler[1]. Mais il ne mettait en cause ni sa compétence, ni sa capacité à prendre des initiatives.

Il arrivait rue de Rennes. Il se gara. Il se gara mal,

---

1. Voir *L'homme à la bauta (op. cit.)*.

mais se gara. Il serra le col de son manteau que le vent forçait, traversa sans le moindre regard pour Mme Chalifour et son kiosque, bouda l'ascenseur qui affichait « occupé ». Par la porte entrouverte du salon, les reflets venant de la rue passaient par à-coups sur l'imperméable que grandissait le portemanteau. Il lança : « Salut, camarade, noble compagnon de ma solitude », mais le cœur n'y était pas.

Trop vite dégluti, un whisky lui donna l'illusion de dissiper le froid, alors qu'il faisait le tour de l'appartement désert pour tourner les poignées des radiateurs. Il se sentait lâché, incompris. Sa table de travail était encombrée de lettres encore fermées. D'autres étaient à moitié glissées dans leurs enveloppes d'origine, attendant qu'il y réponde. Ou qu'il n'y réponde pas. Les journaux et les revues auxquels il était abonné, et plus encore les feuilles qu'il recevait sans les avoir demandées et la masse des publicités formaient un monticule qui s'écroula quand il tira sur le fil du téléphone pour dégager l'appareil. D'habitude, Elisabeth faisait le tri ; le désordre ajouta à son désarroi. Il fit pivoter son fauteuil et caressa dans le rayonnage derrière lui la reliure en cuir d'un traité du Talmud. Au moins ses livres, familièrement rangés – il savait la place exacte de chacun d'eux –, lui témoignaient leur fidélité.

– Il sera là lundi matin. Qui le demande ?

– Le commissaire principal me connaît. Est-il possible de le joindre et de le prier de me rappeler d'urgence ?

– C'est de la part de qui ?

Fix déclina nom, prénom, titre. Pour apprendre que Boulay était « en stage à l'étranger, mais je peux vous passer son adjoint, le capitaine Pavleski ».

Il n'hésita qu'un instant, baragouina un pseudo-merci, raccrocha. Pavleski, qu'on appelait « Pav », ne prendrait aucune initiative. Dans le meilleur des cas et après d'inutiles explications qu'il faudrait lui détailler longuement, il en référerait au parquet. Probablement à Le Clec, dont il connaissait les attaches avec le demandeur ! Il y avait bien ce jeune lieutenant qui était plus entreprenant, mais Fix avait oublié son nom... Et à la Crim, il devait y en avoir tout plein, des lieutenants de « 1,80 mètre environ, plutôt blond que brun, vous voyez ? Avec de grosses dents devant ». Il ne connaissait personne d'autre là-bas. Quant au commissaire du VIe avec lequel il avait sympathisé, il avait obtenu sa mutation sur la Côte. Restait le jeune M. Muscle, l'homme au chauffard... Lui, il demanderait à savoir si la ka-balle se jouait à onze ou à quinze ! La faim le ramena à la cuisine. Il avala un bout de pain avec une tranche de fromage. Du Saint-Paulin. Fade comme peut l'être un Saint-Paulin tout juste sorti du frigo. Il avait toujours faim. Ouvrit une boîte de conserve.

Rien n'exprime davantage la solitude de l'homme de ce siècle qu'une boîte vide de thon sur une table de cuisine en guise de vis-à-vis. Et plus encore, songeait Fix, le jeudi à la nuit commençante, à l'heure où, d'habitude, passant en catimini par la cuisine, ses bruits et ses odeurs, s'annonçait déjà le chabat, la reine Chabat, comme disent les kabbalistes, quand Elisabeth préparait les pains nattés qui, à peine enfournés, embaumaient l'appartement. Les chants de Patrick Bruel, les concertos de Bach ou de Chopin qu'elle écoutait à plein régime étaient recouverts par intermittence par le bruit des casseroles sur le marbre, mais aussi par le récit de sa journée qu'elle racontait depuis la cuisine dont la porte restait ouverte, et par les réponses que, depuis son bureau, il lui fallait donner. Ce soir-là, dans la cuisine inodore et silencieuse, derrière la boîte vide de thon sur la table, la vitre du four était noire et froide.

Et dire que la pépée de l'IPP (la formule le ragaillardit le temps d'un rictus) pensait découvrir par la Kabbale et les *sephiroth* le « rapport de l'univers au Créateur »... Mais le plus fruste des fidèles en saura toujours plus, lui qui cesse d'exploiter l'univers pendant les vingt-quatre heures que dure le chabat ! Il a de la relation du Créateur au monde créé une connaissance expérimentale, intime, profonde ! Tout comme la femme, la première qui, pour accueillir le chabat et lui donner plus d'éclat, bénit le Créateur en allumant les deux lumières, afin qu'à la maison, dans le foyer familial, s'installe la « paix du chabat ».

Le discours des kabbalistes n'est pas inintéressant.

Pour eux, les deux lumières du chabat dans les maisons figurent dans le monde créé les clartés de la lune recevant son influx de la *sephira* Rigueur et celles du soleil de la *sephira* Bonté... La rencontre de la Rigueur – ou du devoir de justice sans lequel la société périrait – et de la Bonté, favorise les pulsions et le désir sexuel, assure la stabilité de l'univers, la « Maison », comme l'appellent les kabbalistes qui la reconnaissent dans la neuvième *sephira*. S'il arrivait à la dame de l'IPP de lire cette idée dans l'une ou l'autre traduction des textes araméens, en comprendrait-elle la réciproque ? Qu'à son tour, l'amour partagé du mari et de la femme – que les kabbalistes appellent précisément la « paix du chabat » – figure la stabilité dans l'univers des hommes que Dieu bénit au premier chabat de la Création ?

Non ! Il n'allait pas laisser la folle de l'IPP, son désert et ses *sephiroth*, défaire l'amour qu'Elisabeth et lui se portaient ! Il composa le numéro de la rue Lhomond. La ligne était occupée Il laissa bien passer trente secondes, récidiva. Toujours occupée. Et quand son téléphone se mit à sonner, il pensa qu'Elisabeth... Mais ce n'était que son président qui le priait d'avancer leur rendez-vous d'un quart d'heure. Il avait à peine raccroché que, s'excusant de l'heure tardive (« J'ai essayé de vous joindre toute la journée »), le père du bar-mitsva lui reposait, par téléphone cette fois, les questions auxquelles il avait précédemment répondu.

– Au fait, monsieur le rabbin, vous ai-je dit que mon cousin, qui fut chef de cabinet adjoint du sous-préfet de Barbezieux, sera des nôtres ?

Barbezieux et sa sous-préfecture expliquaient le coup de fil. Sur quoi, Mme Blum l'informa de son état de santé :

– Toujours les rhumatismes dans les jambes, on ne rajeunit pas, mais le mal de tête va mieux, Dieu soit loué, et vous aussi monsieur le rabbin, je dis toujours la santé avant tout et votre dame va bien elle aussi.

Ce n'était pas une question. Plutôt une incantation, chaque semaine répétée.

Rue Lhomond, le téléphone ne cessait d'être occupé. Une tasse de café à la main, il réintégra son bureau. Le traité de Sanhédrin était posé à plat sur les volumes du Talmud. À son dernier cours, il avait étudié les limites autorisées de l'autodéfense. Si, conclut le Talmud, il s'avère de façon évidente qu'un intrus faisant effraction ne vient que pour voler, le propriétaire ne saurait être autorisé à protéger son bien en risquant de tuer l'intrus. Folio 72b.

Il tourna la page, prit une gorgée de café. Doucement, rompant sa solitude, la vieille mélodie de l'étude pénétra l'espace. « *Tanou rabanan.. Nos premiers maîtres ont enseigné : D'où sait-on qu'on peut sauver quelqu'un en prenant le risque de tuer qui le menace ? Par le cas du violeur qui lui est juxtaposé dans l'Écriture. De même que pour arracher une jeune fiancée à un violeur, il serait licite de tuer son agresseur, ainsi en va-t-il d'une personne menacée. Et d'où le savons-nous pour la jeune fiancée ? Par l'enseignement donné dans l'école de Rabbi Yichmael. Car Rabbi Yichmael a enseigné : La jeune fiancée ne saurait être reconnue coupable d'infidélité, pour la raison, dit l'Écriture, que "personne n'est venu à son secours". D'où il ressort qu'on lui portera secours par tous les moyens. »*

« Par tous les moyens... » Les yeux plongés dans le livre, Fix saisit la tasse de café, la vida sans y prendre goût. « Par tous les moyens » ! *« Et qui voit son compagnon se noyer, assailli par des bêtes féroces ou sur le point d'être pris par des bandits de grands chemins,* continue le Talmud, *d'où savons-nous qu'il doit le sauver ? Parce que l'Écriture dit : "Ne reste pas debout – sans rien faire – devant le sang de ton prochain." »*

Où pouvait être Ursule ? Prisonnière, en Israël ou ailleurs, d'une secte ? violée ? menacée par une maladie que ses geôliers refusaient de laisser soigner ? « Par tous les moyens », dit le Talmud. Comment en parler à Elisabeth ? Comment lui expliquer ? Il n'appellerait plus ce soir... Demain, seulement. Quand elle serait arrivée à Strasbourg.

8

L'homme de Barbezieux n'était pas venu. Ce fut, jusqu'au samedi soir, 23 heures le seul changement sur les prévisions. Pendant les quelques heures diurnes du vendredi, Fix ne rattrapa pas le quart du huitième de son retard. La petite Isabelle oublia d'être malade (« Non, elle n'a plus de fièvre, confirma Caro, mais tu pourrais quand même venir l'embrasser ») et, en téléphonant à Strasbourg dans l'après-midi, il manqua Elisabeth, sortie pour une course. Quant à la journée du samedi, une fois assumée l'absence barbezilienne, elle se passa, elle aussi, exactement comme Fix l'avait programmée. Y compris, à l'issue du chabat, le cours de Talmud que, d'habitude, il donnait chez lui et qui, en l'absence d'Elisabeth, eut lieu au domicile d'un de ses élèves. Après, Fix s'en était retourné à la synagogue pour sa réunion bimensuelle avec les jeunes ménages qui planchaient sur le roi Salomon. Le groupe s'était attardé sur un texte bizarre du Coran où il était question d'une fourmi appelant ses congénères à gagner leurs demeures, si elles ne voulaient pas être écrasées par les armées du monarque. Chacun y était allé de ses explications. La nuit était froide ; il était 23 heures passées quand il arriva chez lui. Le téléphone sonnait. Elisabeth, enfin ?

– Théo ? Comme je suis contente ! J'ai essayé plusieurs fois de vous atteindre... C'est Marie-Anne. Je ne réveille pas votre épouse, au moins ? Vous m'aviez dit qu'elle serait absente...

– Vous ne dérangez personne. Vous allez bien ?

– Vous devez vous demander pourquoi je vous appelle en pleine nuit. Eh bien voilà, j'ai mon président qui arrive demain, pour quelques heures. Il aimerait vous rencontrer. Il n'est pas impossible, d'ailleurs, que je reparte avec lui.

C'était fichu. Tout était fichu... Marie-Anne au loin, Fix n'aurait plus le moindre espoir de retrouver Ursule vivante. Au cas, hypothétique, où la jeune fille était encore en vie.

– Et vous partiriez déjà demain, ou lundi ?

– Rien n'est encore arrêté pour de bon. Cela dépend entre autres de notre réunion. Alors voilà, je serais très *heurrreuse* si vous veniez demain chez moi... disons vers 20 heures. Je ferai livrer quelque chose par un traiteur. Cacher, bien sûr ! Et nous pourrions travailler tous les trois. Ah, que je vous dise, le président apporte avec lui une cassette vidéo sur notre institut en Israël. Je lui ai dit que vous vous y intéressiez.

Fix se mordit les lèvres. Il avait pourtant dissimulé, tenté de ne pas montrer l'intérêt qu'il portait aux machinations de l'IPP. Il dit simplement qu'il serait content de faire la connaissance du président, nota l'adresse, avenue Franklin-Roosevelt, au 61. Un appartement de fonction à la disposition des administrateurs, qui permettait d'organiser des réceptions et des réunions, expliqua-t-elle. Elle lui indiqua le code extérieur. Ensuite, passé la loge de la gardienne, il n'aurait qu'à sonner aux initiales « I.P. », et à monter au troisième, gauche.

– Il y a un ascenseur, précisa-t-elle.

Et l'espoir revint à Fix. Il revint en trombe. Un film sur l'institut en Israël qu'il aurait visionné avant l'arrivée d'Elisabeth lui permettrait d'argumenter. S'il y trouvait des éléments déterminants, il saurait la convaincre. Sinon... sinon, il serait toujours temps d'aviser. Bref, pour l'heure, rien n'était perdu. Tout guilleret, malgré l'heure tardive, il appela Strasbourg.

– Il n'y a personne. C'est de la part de qui ?

Sans doute une baby-sitter. Une toute jeune baby-sitter.

– Je constate avec intérêt que « personne » me

répond... Je suis le grand-père des jeunes gens dont vous avez la garde.

– Vous êtes monsieur le rabbin ? Votre femme vous fait dire qu'elle a téléphoné mais que « ça » ne répondait pas. Elle est sortie au cinéma avec sa fille. Demain, ils partiront dans les Vosges avec les enfants et elle arrivera par le train comme prévu.

Fix avait un ami qui était toujours en retard. Ce qui, assurait-il, lui faisait gagner « un temps fou ». Même dans les aéroports. Il échappait ainsi à la cohue des voyageurs pressés. Embarquée en dernier, sa valise était toujours débarquée en premier, selon les lois de la nature et des soutes à bagages. Pour sa part, Fix n'avait jamais su se résoudre à ne pas être à l'heure. Ce dimanche soir encore moins, pour que la réunion et la projection finissent au plus vite. Le train de Strasbourg arrivait vers 23 h 30 ; il tenait à accueillir Elisabeth sur le quai.

– Quel bonheur, mon cher Théo, de vous recevoir chez moi.

Marie-Anne arborait le sourire des grandes marques de dentifrice. De longues boucles d'oreilles noires comme des larmes d'anthracite encadraient un visage radieux aux lèvres pâlies par ces bâtonnets qu'on appelle « rouge à lèvres ». Un chemisier de soie blanche, croisé dans le dos, laissait ses épaules nues, la moulait à la taille et, finissait en collerette au ras d'un pantalon noir. Les chaussures étaient assorties, de fines chaussures au bout losangé noir et blanc. Elle lui tendait les bras à l'horizontale dans l'attente, peut-être, d'un baisemain. Il pensa aux pingouins, les ailes en avant, avançant sur la banquise. Ce qui était d'autant plus malveillant que le vestibule garni de porcelaines chinoises et de reliures dorées était surchauffé. L'image du pingouin disparut pour de bon, une fois passé le double battant à petits carreaux, dans le grandissime espace qui tenait lieu de salon, où Fix vit et ne voyait qu'eux, deux couverts sur un guéridon avec des chandelles rouges en attente de briquet. Deux couverts seulement...

– Mettez-vous à l'aise, proposa l'hôtesse en désignant le canapé damassé ocre et vert qui coupait la pièce en deux.

Il chercha un fauteuil, mais les monoplaces étaient loin derrière le canapé, dans l'autre moitié du salon. Une fois de plus, un tableau – au-dessus de la desserte encombrée d'alcools et autres carafons – vint à son secours. Encore que les deux baigneuses au bord de mer n'étaient pas exactement le genre de dérivatif qu'il souhaitait.

– Vous avez là, se laissa-t-il aller à pontifier, un pointilliste intéressant. On dirait un Seurat. Je ne déchiffre pas la signature...

– Vous les trouvez belles, ces filles atteintes de petite vérole ? C'est d'un Anglais, mais ne me demandez pas son nom. Une trouvaille du président ! Il paraît que ça vaut un tas d'argent. À propos, il s'excuse. Son avion est parti avec quatre heures de retard, plus exactement il est revenu à terre après le décollage parce que le téléphone intérieur ne fonctionnait pas. Après, il a fallu attendre que le brouillard se lève, qu'il y ait une piste libre... Et comme il doit repartir au petit matin, il est resté à Roissy. Au Sofitel. Du coup, je n'ai pas déjeuné, j'ai une de ces faims ! Il m'a remis la cassette, mais on va manger d'abord. Je vous sers un bloody mary ? Ne restez pas comme ça debout... vous m'intimidez !

La chère était annoncée « cachère ». Reste que deux couverts sur une table avec des chandelles rouges, à proximité immédiate d'un sofa, éveillent chez les hommes que le bon Dieu fit chair des appétits équivoques. Jamais le rabbin Théodore Fix n'aurait accepté de rester seul avec une femme autre que la sienne dans un appartement fermé. Qui plus est – encore que le Talmud ne fasse pas la différence – avec quelqu'un d'aussi ravissant que Marie-Anne Vanglof. Mais, sans Marie-Anne, pas de cassette ! Le mot avait sur Fix les effets que « sans dot » inspirait à Valère. « Il n'y avait pas de réplique à cela ; cela ferme la bouche à tout. La cassette ! Le moyen de résister à une raison comme celle-là. »

Et voilà que Marie-Anne s'asseyait contre lui sur le sofa dont il avait cru bien faire, au souvenir de la faiblesse médiane du divan de la rue Goethe, d'occuper l'extrémité, mais d'où la retraite, barrée par un polochon, s'avérait impossible. Elle lui tendit une vodka rougissante, clamant « *Lehaïm* et à notre entente », avant de porter l'autre verre à ses lèvres.

Un carillon sonna la demie. Le son était clair, pur, étrangement discret dans ce hall au luxe tapageur. Il venait de la lourde horloge en bronze sur la commode Louis XV, près des fauteuils que Fix lorgnait à l'extrémité du salon.

– Oh, il faut que je vous montre ce livre..., dit-elle en se levant d'un bond pour courir vers la marqueterie.

L'imposant tiroir se laissa ouvrir avec une étonnante facilité.

– Nos ébénistes savaient travailler, remarqua Fix, qui se sentit obligé de dire quelque chose.

Marie-Anne sortit un grimoire en latin dont la reliure usée ne méritait pas sa place dans le vestibule. Elle l'ouvrit sur l'image d'un pantin nu, couronné, sur lequel des lettres hébraïques et latines désignaient l'emplacement des *sephiroth*.

Fix n'aimait pas ces dessins impudiques qu'on devait, croyait-il, aux kabbalistes chrétiens, à ceux qui depuis Pic de la Mirandole s'entichaient de Kabbale. Il le dit sèchement.

– J'imagine, continua-t-il, que la théorie de l'incarnation ne doit pas être étrangère à cette mode.

– Peut-être. Mais vous avez remarqué le coloriage ?

Fix prit le livre en main. Quelqu'un avait passé de l'encre noire, brunie par le temps, sur le sexe qui figurait la *sephira* correspondante, ainsi que sur la *sephira* Bonté, à la hauteur de la poitrine sur la droite de l'image.

Il chercha à éluder. Lui que le ziziment de Pierre Perret incommodait n'allait pas débattre du sexe des anges, des *sephiroth* ou de leur couleur avec Marie-Anne Vanglof, dans son appartement et sous la menace des chandelles ! Il ferma le livre, le posa sur le marbre, reprit son verre et, profitant de l'aubaine, s'assit dans un fauteuil.

– Aucun livre, conclut-il, n'échappe aux gribouilleurs.

Mais la jeune femme ne comptait pas en rester là. Elle reprit le livre, se plaça derrière son invité et, passant ses bras nus sur ses épaules, lui colla le bouquin rouvert sous le nez.

– Je pense qu'il ne s'agit pas de cela. Regardez... Il y a deux possibilités. Soit le « gribouilleur », comme vous le nommez, s'est servi de ce dessin comme d'une amulette en guise d'aphrodisiaque ; soit au contraire, il a voulu jeter un sort en coloriant de noir à la fois la source de l'influx, la Bonté, qui se confond avec la *sephira* Générosité, et le sexe, de manière à rendre son adversaire impuissant.

La porte ! Il aurait dû prendre la porte. Par pudeur, par prudence. Pour ne pas faire injure trop cruellement à l'intelligence. Mais la cassette ! « Il n'y a pas de réplique à cela. Qui diantre peut aller là contre. » À Fix qui, dans le groupe des « jeunes ménages », avait joué le rôle d'Harpagon, Molière auquel il vouait une admiration sans bornes, n'accordait guère d'apaisement. Il opta pour l'impolitesse, fit un pas en direction de la table.

– Je suis comme vous, je n'ai pas déjeuné et, comme vous avez eu la délicatesse de passer une commande cachère, je crois que nous ferions bien de manger un morceau avant de regarder la cassette.

C'était vrai, d'ailleurs, qu'il avait faim. Après les cours de Talmud-Tora de la matinée, il avait accueilli un groupe de touristes allemands qui voulaient voir une synagogue. Les questions et les réponses s'étaient prolongées bien au-delà de l'horaire prévu. Puis – qui dira jamais la diversité des charges d'un rabbin de communauté ? – il avait couru chez le vieux Portowicz. L'homme était veuf. Rescapé des FTP et des camps, il avait de la peine à se déplacer. Fix l'avait rencontré pour la première fois, un dimanche, à la sortie du Talmud-Tora justement, alors qu'il vendait *L'Huma*. Mêlant le yiddish au français, il avait entrepris « *méssié lé* rabbin » sur le capitalisme dans la Bible qu'il opposait à la générosité du marxisme. Plus d'une fois, par la suite, il avait guetté sa sortie du Talmud-Tora pour des joutes qu'il voulait toujours recommencer. Quelques mois après l'entrée des tanks soviétiques dans Prague, en 1968, il avait cessé de vendre le journal. Mais Portowicz était resté communiste dans l'âme. En signe de sympathie pour *méssié lé* rabbin, il venait à la synagogue le 1er mai ! Avec un œillet rouge à la boutonnière à la place du muguet. Et voilà qu'au dernier Yom Kippour, Fix l'avait aperçu à l'office. Pour la première fois, aussi, après avoir quasi rompu avec sa fille – sa seule enfant – parce qu'elle avait épousé un Américain, il allait lui rendre visite à Brooklyn. Il voulait confier à Fix les clés de son appartement. « On ne sait jamais, n'est-ce pas ? » lui avait-il dit au téléphone. Il habitait près de la synagogue et « ça ne vous dérangerait pas trop, *méssié lé* rabbin, de vider la boîte aux lettres après la prière du matin ? » Parce qu'il éprouvait pour Portowicz une tendresse amusée et que le vieil homme marchait de plus en plus difficilement, Fix avait proposé de passer chez lui avant son départ, prévu dans la soirée. Rentré chez lui, il avait avalé une tartine, juste une tartine avec un yaourt, puis rangé la cuisine, mis en marche la machine à laver la vaisselle et passé d'énergiques et amples coups de chiffon à poussière dans l'entrée. Elisabeth n'aurait rien à redire. Avant de se rendre avenue Franklin-Roosevelt, il avait eu le temps de sonner chez Victor, un de ses élèves du dimanche qui s'était cassé la jambe, auquel les médecins refusaient un plâtre de marche et à qui il apportait, commentaires à l'appui, l'enregistrement de son cours.

Et voilà que Marie-Anne lui prenait le bras comme s'il risquait à son tour de se casser le tibia, comme si pour traverser le hall, c'était la chose la plus naturelle du monde. Elle roucoulait :

– Avez-vous deviné, au moins, pourquoi je nous ai *prréparrré* un bloody mary ?

– Je vous ai vu mixer de la vodka avec du jus de

tomate, piler des glaçons... C'est une boisson plutôt honnête. Pourquoi pas ?

– Et vous ne vous êtes pas aperçu que nous sommes passés du noir et blanc au rouge ?

– Je ne vous suis pas très bien...

– Vous ne croyez pas à la théorie des couleurs chère à Cordovero ? Pour vous recevoir, je me suis habillée de blanc, la couleur de la *sephira* Bonté. Les choses blanches, dit Cordovero, émanent de cette *sephira*. Mais parce que je ne suis pas une sainte, j'ai ajouté du noir ! La partie noire de mon vêtement a pour objet de tempérer ou de relativiser la sainteté.

Fix était abasourdi que la dame connaisse Cordovero, l'un des kabbalistes les plus difficiles de l'école de Safed. Mais Cordovero, justement, s'élevait contre les hurluberlus qui prétendaient faire usage de la correspondance des couleurs. Et il n'était pas le seul à blâmer les scribouilleurs d'amulettes avec leurs couleurs...

– Puisque vous connaissez Moïse ben Jacob Cordovero, vous devez aussi savoir qu'il s'est élevé contre les coloriages. Il disait que les couleurs appliquées aux *sephiroth* n'étaient que des métaphores. Le rouge évoque le sang, qui évoque la guerre. Elle ne la déclenche pas ! Mais pour vous qui accordez aux couleurs une influence sur le comportement des gens, que vient faire ici le jus de tomate ? Pourquoi ce... *bloody* ? Serions-nous en guerre, ma chère Marie-Anne ?

Il faisait exprès de la provoquer. Avait-elle deviné son jeu, ou la fameuse intuition féminine la rendait-elle méfiante ? Il voulait en avoir le cœur net.

Elle éclata de rire, un rire de gorge, mélodieux, ondulant – qui le troubla.

– Vous êtes *adorrrable*... Comment pourrait-on vous faire la guerre, à vous, mon petit Théo ?

Il n'était pas son « petit Théo ». Il ne serait jamais son « petit Théo » ! C'étaient exactement les mots qu'elle n'aurait pas dû prononcer. Du fait de sa petite taille, il trouvait l'allusion de mauvais goût. Mais surtout, il détestait ce genre de familiarités qui, inconsciemment ou pas, visent à diminuer l'autre.

– Vous ne m'avez pas répondu..., répliqua-t-il sèchement.

– Il n'y a pas que Cordovero au monde, mon cher Théo ! Moi, aux amulettes, j'y crois. Il y a un certain Chalom ben Joseph Ashkenazi qui vivait à Barcelone au XIIIe siècle, vous connaissez ?

– Non, répondit-il d'un ton catégorique.

Fix connaissait, il connaissait mal, mais il connaissait. Il avait lu un extrait de lui dans une traduction française de morceaux choisis. Si la fille de l'IPP, qui n'avait certainement jamais étudié ses textes dans l'original hébreu ou araméen, avait les mêmes repères, il redoutait le pire.

– Eh bien, reprit « l'amuleuse », Chalom Ashkenazi affirme que la *sephira* Victoire, qui se confond avec la Rigueur, reçoit la blancheur par la *sephira* Bonté, mais aussi du rouge, par la *sephira* Beauté, c'est pourquoi elle est rouge tendant vers le blanc. Sa splendeur, affirme cet auteur, devient alors « femelle ». L'énergie qui s'en dégage est l'énergie femelle ! Il suffirait que je change de vêtements, pour que vous en soyez convaincu. Asseyez-vous là (elle appuya ses mains sur ses épaules, gracieusement il est vrai, le forçant à s'asseoir sur le sofa), j'en ai pour un instant.

Un instant ! Les idées s'entrechoquaient dans la tête de Fix. Il ne doutait plus, maintenant que les travaux d'approche touchaient à leur fin, des intentions amoureuses de Marie-Anne. Pour jouer au chat et à la souris ? Pour l'aliéner ? Ce dont il était certain, c'est qu'elle allait réapparaître dévêtue ou vêtue de manière provocante, en noir, blanc, rouge – et pourquoi pas en Mari-anne bleu-blanc-rouge ? Il ne pourrait pas continuer à faire comme si de rien n'était, comme s'il ne remarquait rien. Et jusqu'où pouvait-il aller ? ou ne pas aller ? Était-il sûr, absolument sûr, de résister à son jeu ?

Elle avait tout manigancé. Il n'aurait jamais dû lui dire qu'Elisabeth était absente. Peut-être même son « président » n'existait-il pas ! Ou n'était pas venu. Et la cassette ? Est-ce qu'elle existait, la cassette ?

Fix était désemparé. Si seulement il pouvait avoir un café. Juste un café. Assis sur le sofa, là où Marie-Anne l'avait forcé à s'installer, il se sentait vidé, incapable d'agir, les yeux baissés comme il les avait vus chez un de ses paroissiens atteint de dépression.

Il n'avait jamais été infidèle à sa femme et n'avait jamais imaginé qu'il pourrait l'être. Pourquoi, en ces instants, lui en voulait-il de leur fâcherie ? de son silence ? Comme si la trame si longtemps tissée de leur union se tendait, risquait l'accroc, la déchirure.

Marie-Anne le trouvait-elle vraiment « adorable » ? Réflexion faite, c'est sûr qu'elle existait, la cassette ! Elle ne pouvait pas se discréditer comme ça... Et Valère qui se faisait équivoque : « Voilà qui décide tout, cela s'entend. Il y a des gens qui pourraient vous dire qu'en de telles occasions l'inclination d'une fille est une chose, sans doute, où l'on doit avoir de l'égard... » Joseph, c'est vrai, refusa à la femme de Putiphar l'égard qu'elle lui réclamait. Mais, à bien lire ce qu'en dit la Bible, seulement par honnêteté, par fidélité envers son maître. L'Écriture n'évoque pas le scrupule à proprement religieux. C'est le Talmud qui, dans la scène, introduit le péché d'adultère. Joseph allait céder quand il vit apparaître le portrait de son père, l'image de Jacob l'Intègre. Cependant, d'autres références talmudiques se pressaient à la mémoire de Fix, ajoutant à son désarroi. Rabbi Méir, tellement sûr de sa femme, la valeureuse et savante Berouria, que la faiblesse n'épargna pas. Abbayé racontant qu'un jour il aurait succombé si... Bien plus, le Talmud parle des filles de Loth après la ruine de Sodome, de Tamar qui, pour demander justice de Juda – et un enfant –, se fit passer pour une prostituée, ou de Yael qui, par sept fois en une même nuit, sut égarer Sissera, généralissime de Hatsor... Donc le Talmud enseigne qu'un péché commis dans l'intention d'une bonne action peut être méritoire. Il s'égarait... Il ne pouvait être juge et partie, alors que le *yétser hara*, l'inclination au mauvais conseil, le fourvoyait.

Il en était là de ses réflexions, quand il entendit la porte s'ouvrir. Il gardait les yeux baissés. Pour conjurer le sort ? Pour refuser le temps au temps ? Elle avançait vers lui. Il fut surpris par la soie blanche qui descendait jusqu'à ses chevilles. Après seulement, il vit l'échancrure qui découvrait une jambe. Ce qu'il avait pris pour une jupe était une robe de chambre, blanche, toute blanche du col jusqu'à terre. Et à son oreille, seulement à une oreille, pendait, rouge, écarlate, un bijou en forme de serpent.

Il resta là, médusé, devant la femme qui souriait, avançant un genou. Il ne dit rien, fit volte-face soudain, traversa le salon, sortit. Dans le vestibule, il s'empara de son manteau et du béret jetés sur un fauteuil, et descendit l'escalier en courant. C'était elle ! Maïmon l'avait appelée Myriam ! C'était elle l'infirmière en blouse blanche avec l'espèce de caducée rouge à l'oreille. À une seule oreille ! Exactement comme maintenant. C'était elle qui avait assassiné Maïmon ! Ou informé les tueurs, ce qui était la même chose.

Il avançait dans l'avenue Franklin-Roosevelt, réprimant le spasme qui le secouait, sentant à peine la bourrasque. Le serpent rouge prenait une dimension fantasmagorique. Comme dans *La Femme aux anémones*, où Matisse grandit démesurément, colore avec force le bouquet de fleurs, pour réduire le visage de la femme à une insignifiance rosâtre, le serpent oblitérait, effaçait l'inconsistant minois de la Vanglof. Non, il n'aurait pas dû partir, mais il avait été incapable, absolument incapable de demeurer chez la tueuse. La cassette ne comptait plus, plus rien ne comptait, sinon partir...

Il savait tout, ruminait-il, alors qu'il approchait du rond-point pour récupérer sa voiture. Il savait surtout que son savoir ne servait à rien ! Qu'il n'avait aucun moyen de faire la seule chose qui comptait : sauver Ursule. Il aurait fallu que Marie-Anne Vanglof soit mise en demeure de parler, que Le Clec la fasse arrêter, qu'on lui propose sa liberté à elle contre celle d'Ursule ! Il imaginait la réaction du juge : « Parce qu'une jeune femme est vêtue d'une robe de chambre blanche et que blanche était la blouse d'une infirmière – ce qui sort de l'ordinaire, n'est-ce pas ? –, que l'une et l'autre portaient à une oreille un bijou qui pourrait figurer le serpent d'Epidaure – que tu n'as d'ailleurs aperçu que de loin chez la première et sous le coup d'une violente émotion chez la deuxième –, tu veux que je délivre un mandat d'arrêt ? Mais sors de tes livres, mon cher ! Ouvre les yeux ! Il y en a plein des jeunes filles, et des moins jeunes, qui se trimbalent avec des bouts de serpentin ou de n'importe quoi à une ou deux oreilles. Elles en ont même sur la lèvre, sur la joue ou dans le nez ! Tu me dis que "Marie" en français, c'est "Myriam" en hébreu. J'en conviens. Et tu crois que cela suffit pour une garde à vue ? Si tu pratiquais le Talmud comme tu fais de la criminologie, tu serais la honte de la synagogue. »

Fix était à bout de nerfs. Le froid qui l'avait épargné le pénétrait, maintenant qu'il était sur la place ouverte à tous les vents. Il n'avait plus qu'une seule hâte : retrouver Elisabeth, fuir les commodes en marqueterie, les livres que personne n'ouvrait et les bloody mary. Tant mieux s'il arrivait en avance à la gare de l'Est. Il irait à la buvette ! C'est exactement ce qu'il lui fallait, une buvette avec des gens simples, où il y aurait de la bière avec de la mousse, des bretzels, de la limonade. Et un percolateur. Même avec du mauvais café. Mais où avait-il pu fourrer son ticket de parking ? Il laissa passer les gens derrière lui qui brandissaient le leur et leur carte de crédit. Elisabeth ne voulait pas qu'il joue au flic, mais elle était plus nuancée que Le Clec. Saleté de ticket. C'est tellement petit que ça se glisse n'importe où. Si elle consentait à l'écouter jusqu'au bout, elle serait capable de le comprendre. De considérer avec sérieux l'accumulation des faits, des coïncidences. Il saurait lui expliquer sa soirée chez Marie-Anne ! Elle admettrait que la vie d'Ursule valait ce qu'il avait entrepris. Elle pourrait même l'approuver. La Tora, elle le savait, est explicite : « Tu ne resteras pas debout, à ne rien faire, devant le sang de ton frère. » Voilà ce que la Tora ordonne. La non-assistance à personne en danger est l'une des fautes les plus graves. Et puis...

Et puis Fix fut saisi de fureur. D'une fureur intense, superbe, transcendante. Contre le ticket qu'il ne retrouvait pas, contre la Dalida qui l'avait berné, contre le sofa avec ses ressorts usés, contre Le Clec qui ne bougerait que si l'on déversait une barrique de sang sur son bureau.

Et sa colère tomba, d'un coup, comme elle était venue. Théodore Fix arrêta de vider ses poches et lentement, bravant la pluie, se moquant du froid, il retourna sur ses pas...

9

Le sifflet n'en finissait pas. « Circulez, y a rien à voir... » Mais elle voyait le béret basque, par terre dans la nuit et la pluie, devant la forme allongée sur le trottoir. Elisabeth s'assit sur son lit, témoin incrédule du jour qui colorait sa fenêtre. À côté d'elle, la place était vide, le drap lisse. Et le sifflet du flic qui... C'était le téléphone !

– Allô ? Allô ?

– C'est madame Fix ? Bonjour, madame. Ici, c'est M. Khalifa. M. Khalifa Bernard de la boucherie. Je venais prendre des nouvelles de monsieur le rabbin. Il n'est pas malade, au moins ? Ce matin, comme on l'a pas vu à l'office, on s'est dit qu'il avait eu un empêchement..

Elle ressentit de nouveau ce léger pincement à la hauteur du cœur qui l'avait accompagnée jusqu'à ce que le sommeil la terrasse.

– Allô ? Allô ? faisait la voix dans l'écouteur.

Elle se reprit vite :

– Je vous remercie, monsieur Khalifa. Il a beaucoup de fièvre. On va appeler le médecin... Non, ne vous dérangez pas. Pour le moment, il me paraît très fatigué. Et puis, c'est peut-être contagieux. Oui, dites-le aux autres, pas de visites jusqu'à nouvel ordre. Bonne journée, monsieur Khalifa, et encore merci.

Elle n'allait pas dire à M. Khalifa que son mari avait disparu ! Pour qu'ils se mettent à raconter que leur rabbin découchait... ou n'importe quoi. L'école ! Elle devait prévenir le lycée.

– Je suis grippée, inventa-t-elle. Bien sûr je vous envoie le certificat médical.

Après seulement, titubant légèrement, elle se dirigea vers la salle de bain. Et dire qu'elle était si heureuse depuis que, dans le train qui l'amenait à Strasbourg, elle s'était résolue à le laisser faire. La chose s'était imposée au fur et à mesure qu'elle voyait filer les arbres, peupliers jaunes à moitié dénudés, hêtres rougis et pêchers dans les jardins. Ou des cerisiers ou des pommiers – elle n'en savait rien – en bordure des maisons toutes simples où il devait faire bon vivre. Des maisons heureuses avec, bien souvent, des balançoires pour les enfants. Ou les petits-enfants. Elle avait emporté le dernier Renaudot, mais les pages qu'elle tournait ne retenaient pas son attention. Ni les voitures dont, distraitement, elle suivait la course sur la route parallèle aux rails. Le temps d'un regard, elle gardait l'image de femmes tenant leurs bicyclettes aux passages à niveau, de campagnes vertes, mouillées, parcourues de lacets d'argent, de vaches qui broutaient. Le sommeil la visitait par à-coups. « Nancy, le train arrive à Nancy. Deux minutes d'arrêt. » Elle était bien réveillée maintenant, reposée, les idées claires. Elle ne se mêlerait plus de ça ! Elle en avait décidé et n'en démordrait pas. Après tout, Théo pouvait avoir raison de s'entêter. Et même s'il avait tort, elle ne permettrait pas au doute de ronger leur amour. Son séjour à Strasbourg avait été parfait, ses petits-enfants merveilleux et, malgré le froid, la journée passée dans les Vosges avait été épatante. Elle lui rapportait du quetsche, du vrai, de chez un bouilleur de cru, à côté de Schirmeck. Elle avait posé le sac, debout à ses pieds, pour ne pas coucher la bouteille, craignant que le bouchon ne cède. Impatiente, elle s'était habillée quand de grandes lettres avaient annoncé : « Pantin – Poste 1. » Elle avait été la première à la porte à scruter le quai pour repérer le béret basque. Théo devait avancer en sa direction, avait-elle pensé en descendant du wagon pour aller à sa rencontre le long du quai, lentement, attentive pour ne pas le manquer dans la foule. Elle voyait des gens s'embrasser, rire, heureux de se retrouver ; d'autres qui marchaient vite, sans un regard alentour. Arrivée dans le hall, elle s'était sentie désemparée. Pas vraiment inquiète... un peu perdue dans ses certitudes. Elle allait l'attendre. Il avait pu avoir une panne de voiture et, comme à tous les coups, il aurait laissé le portable à la maison...

Il était près d'1 heure du matin, quand un taxi l'avait déposée chez elle. Au premier regard, elle avait constaté que les clés de la voiture n'y étaient pas. Ce qui avait ajouté à l'angoisse qui la tenaillait. Il n'avait pas laissé de message, ni dans l'entrée, ni sur son bureau, ni dans la cuisine – impeccablement rangée. Aurait-il eu un accident ? Un accident si grave qu'il ne pouvait l'en informer ? Il n'avait jamais voulu de répondeur. À l'une de ses ouailles qui l'accusait d'être vieux jeu, il avait déclaré qu'elle devait « choisir entre un rabbin et un robot », qu'il avait trop de respect pour la parole, signe éminemment distinctif de l'homme, pour la confier à une machine ! Peut-être avait-il essayé d'appeler pendant qu'elle l'attendait, gare de l'Est ? Sa maudite enquête avait pu le conduire hors de Paris... Il avait peut-être fait halte sur une aire de stationnement pour se reposer et s'était endormi.

Elle avait déballé ses affaires, vérifié une fois de plus que le combiné était bien raccroché et s'en était assuré derechef en appelant son domicile avec son portable... Elle avait refermé le frigidaire un instant entrouvert, incapable de manger, puis elle avait bu un verre d'eau. Une heure de plus avait passé. Elle avait allumé la télé, comme ça, pour une présence, et zappé sans rien voir. L'écran montrait une banque d'où s'échappaient des bandits armés de mitraillettes ; un passant tombait, le visage en sang, victime d'une fusillade. Elle avait frissonné et éteint l'appareil.

Son attente n'avait pas de sens. Le lendemain, il lui faudrait être d'aplomb. Elle avait placé le portable à son chevet et posé sur le lit, près d'elle, le téléphone qui sur la table de nuit de Théo trônait par-dessus la pile de livres dont il avait commencé la lecture ou qu'il se promettait de lire. En de brefs passages, le sommeil l'avait submergée jusqu'à ce que, abusant de sa fatigue, il l'emporte. Avant que M. Khalifa Bernard, M. Khalifa de la boucherie, ne l'en arrache.

Elisabeth résolut de laisser ses enfants hors du drame. Caro aurait alerté le ban et l'arrière-ban, et son chercheur de mari, par l'influx des hyménoptères dont il étudiait les réactions au tabac et à mille autres choses, lui aurait donné le bourdon. Juliette commençait ce lundi un nouveau travail comme psychologue à la mairie de Strasbourg. Elle n'allait pas la déboussoler ! Quant à Louis, à Jérusalem, il devait s'occuper de sa femme qui n'était pas encore remise de ses blessures. Démultipliée par la distance, leur inquiétude aurait tout compliqué. Dès lors, il ne restait que Le Clec pour venir à son secours. Le juge pouvait être encore à la maison.

– Elisabeth ! Que me vaut le plaisir ? Justement, nous disions avec Thérèse qu'on pourrait se voir cette semaine, ou la semaine prochaine... Théo me paraît un peu fatigué ces temps-ci.

– Yves, j'ai besoin de vous. Théo a disparu.

– Comment disparu ? Il était chez moi jeudi... dans l'après-midi.

– J'ai passé le week-end chez les enfants, à Strasbourg. Il nous a téléphoné samedi soir ; il devait venir me chercher hier, à l'arrivée du train, un peu avant minuit. Il n'était pas là et n'a laissé aucun message. Il a dû prendre la voiture puisque les clés ne sont pas là. Je n'ose penser au pire.

Elle crut entendre le halètement de la pipe. Le Clec réagit vite :

– Bon, ne bougez pas. Je suis chez vous dans une demi-heure... Ne vous inquiétez pas outre mesure... J'ai un peu l'habitude de ce genre de situations. On verra tout ça ensemble.

Il hésita, mais ne dit rien à sa femme qui depuis la cuisine avait crié « Téléphone ! » et qui, habituée aux appels de la PJ au début du jour, ne le questionnerait pas. Il téléphona à la Crim.

– Vous avez eu quoi d'inhabituel hier et cette nuit ? Et d'habituel ? Un coup de couteau, rue Blanche ? Vous avez le nom de la victime ? Quel âge ? Quoi encore ?

Il écouta patiemment la liste – partielle encore à cette heure – des personnes hospitalisées sur intervention de la police. Enfin, il chargea l'officier de service de demander au commissaire principal Boulay de se tenir à sa disposition.

– Qu'il ne quitte pas le Quai avant d'avoir de mes nouvelles. En cas d'urgence, il a mon numéro de portable.

À peine avait-il sonné qu'elle ouvrait. Visiblement, Elisabeth guettait son arrivée. Son maintien légèrement altier, l'élégance naturelle avec laquelle elle portait sa robe bordeaux, un cardigan jeté sur les épaules, étaient habituels. Seuls ses yeux gris trop brillants – elle avait dû pleurer, se dit Le Clec – et la pâleur du sourire trahissaient son angoisse. Il se retint de l'embrasser. Il ne l'avait jamais fait et se borna, pour exprimer son amitié, à serrer sa main avec insistance.

– Vous l'avez vu jeudi ? le pressa-t-elle. À quelle heure ?

– En fin de journée, il a dû quitter mon bureau vers 19 heures.

– Donc, vous l'avez rencontré après moi... Parce que je devais garder ma petite-fille malade, et le lendemain, très tôt, je suis partie à Strasbourg sans passer par la maison. Je pense qu'il est venu vous voir pour cette fameuse Ursule qu'il croit séquestrée quelque part en Israël ?

Le Clec était embarrassé. Il ne pouvait pas dire à Elisabeth que son mari semblait davantage préoccupé – ou occupé – par une belle kabbaliste et qu'au niveau statistique, la disparition des époux s'explique surtout par des comportements naguère qualifiés de « dérèglements », bien qu'elle réponde à des règles aussi vieilles que l'humanité. Il est vrai qu'il avait de la peine à imaginer Théo s'abreuvant à d'autres sources, mais il ne faut pas dire, fontaine...

– Avant de partir, dit-il, j'ai appelé le central. Rien ne laisse supposer que Théo ait eu un accident. C'est l'essentiel. Quant à savoir où il a pu se fourrer avec cette histoire d'Ursule, c'est une autre affaire. On va tâcher de s'y mettre tous les deux pour commencer. Vous a-t-il dit où il en était ?

Elle raconta l'appel qu'elle avait intercepté du père d'Ursule.

– On s'est disputés à son propos. On n'en a plus causé. D'ailleurs, on ne s'est presque pas parlé de toute la semaine. Il était très pris, et moi j'avais un emploi du temps particulièrement chargé... J'ai essayé de lui téléphoner, jeudi dans la nuit, avant mon départ, mais son téléphone ne cessait d'être occupé.

Donc ils étaient fâchés. Et pour qui a soif, l'eau de la fontaine paraît si claire, si fraîche... Une réflexion inspirée par vingt années de métier. Il la garda pour lui.

– Voulez-vous qu'on aille ensemble dans son bureau ? Il a peut-être laissé son carnet.

Il la sentait hésiter, comme si le fait de laisser entrer quelqu'un dans le bureau de Théo hors de sa présence, de lui permettre de fouiller dans ses papiers, était sacrilège. Mais Le Clec fit semblant de n'avoir pas compris ; la précédant dans le couloir, il ouvrit la porte qu'il avait passée si souvent. À dire vrai, il se sentait mal à l'aise dans l'antre alors que le fauve n'y était pas. Pour la première fois aussi, il voyait un amoncellement de journaux et de courrier pas encore ouverts, jetés sur le parquet ciré, au bas de la table. Le plateau, lui, était ordonné. Visiblement, Théo avait consulté des livres ; il avait dû écrire aussi. Ils ne virent pas le petit carnet – il était bleu cette année-là – où, le soir, il inscrivait ses réflexions, des faits marquants, des bouts de citations et ses questionnements. Il avait dû, comme toujours, l'emporter. Mais le grand semainier était en place. Leurs yeux se portèrent d'abord sur son programme de la veille. L'inconvénient de ces agendas pour hommes d'affaires, c'est qu'ils allouent au dimanche la portion congrue. En rouge, en grand, en bas, on lisait : « 23 h 38 ». C'était l'heure d'arrivée du train de Strasbourg. Elisabeth essuya une larme, tenta de le cacher, et il éprouva pour elle un profond sentiment de pitié. Juste au-dessus, cerclé de noir, là encore sans autre précision, Fix avait écrit : « 20 heures. » Au-dessus encore, on pouvait lire : « Clés » et les initiales, en dessous, suggéraient « V D ». Mais ils n'étaient sûrs ni l'un ni l'autre de déchiffrer correctement.

– C'est quoi, les clés ?

– Vous savez combien il est distrait. Plus d'une fois,

quand il prend la voiture, il se retrouve en bas sans ses clés... Ça doit être ça.

– Mais comment remplit-il cet agenda ? Comment savait-il où se rendre à 20 heures ?

– Il suffit qu'il ait fixé une réunion alors qu'il n'était pas ici, ou qu'il ait pris un appel téléphonique dans l'entrée. Dans ce cas, il inscrit les coordonnées sur une feuille pliée en quatre dans sa poche. L'agenda ne lui sert que de pense-bête. Parfois, il ne sait plus à quoi correspondent ses hiéroglyphes.

Ils passèrent à la semaine précédente.

– Regardez, Elisabeth... Il a barré tous ses rendez-vous de l'après-midi du mardi, du mercredi et du jeudi. Et pas d'un seul coup ! Là, mercredi, c'est très net, il a utilisé un autre stylo. Le jeudi, il a noté « Voiture ». Il a peut-être quitté Paris ?

– Il m'avait parlé d'un rendez-vous le vendredi à 8 heures. Et il m'a téléphoné dans la nuit de samedi à Strasbourg. Il est sûrement allé à la synagogue, et il a dû donner ses cours du chabat, comme ceux du Talmud-Tora, hier matin, parce que c'est tout à l'heure, seulement, qu'on s'est inquiété de son absence.

– Il faut que nous sachions ce qu'il a fait pendant les trois après-midi de la semaine dernière. Et ce numéro de téléphone qui figure mardi à 14 heures, vous voyez qui ça peut être ?

Elle fit non. Le Clec composa le numéro.

– Institut de phoniatrie de Paris à votre service, répondit une voix féminine.

Il raccrocha, dit que c'était une erreur. Si elle avait moins pensé à Théo, si elle avait été plus attentive, Elisabeth aurait perçu la légère hésitation, la voix d'un quart de ton trop élevé pour sonner vrai.

– Bon, lâcha-t-il, on va se mettre au travail. Pas de panique surtout, je vous fais signe dans la journée.

– C'était qui ?

– Comment qui ? Ah ! au téléphone ? Rien, un bureau de poste... J'emporte avec moi l'agenda pour l'éplucher avec un de mes collaborateurs, vous voulez bien ?

Ce n'était pas une question. Le magistrat s'empara de l'agenda sans laisser le temps à Elisabeth de l'en dissuader.

– Je n'avais qu'une seule crainte, expliqua-t-il à Pierre Boulay, c'est que, prise d'un doute, elle téléphone au numéro qui est inscrit. Alors, je lui ai dit que nous aurions besoin du semainier...

– Et vous croyez qu'il s'agit de cette secte dont le rabbin vous a parlé, qui veut conditionner les gens en leur faisant entendre certaines paroles ? J'ai fait vérifier. L'institut en question fonctionne depuis cinq ans, jamais personne n'a porté plainte. Vous me direz qu'il faut un commencement à tout... Mais on ne peut pas faire une descente chez... – comment s'appellent-ils déjà ? – chez les phoniatres parce qu'une personne qui a noté leur numéro de téléphone sur son agenda a découché ! Ce sont des choses qui arrivent... Après tout, il y a moins de vingt-quatre heures que Théodore Fix a disparu ! Il y a de grandes chances pour qu'on le voie réapparaître...

– Dans le climat actuel où les rabbins se font caillasser dans nos banlieues, je ne veux pas prendre de risques. Est-ce que je sais où il a été se fourrer ? Pour le moins, il nous faut être en mesure de prouver que nous ne sommes pas restés les bras croisés. Alors on va commencer par chercher la voiture, vous savez, sa Clio B jaune...

– C'est fait. Le numéro a été communiqué aux patrouilles. On leur a demandé, aussi, de faire un tour dans les parkings. Du côté des fourrières, c'est négatif. Demain matin, on met dans le coup les contractuelles. Et puis, j'ai envoyé Pavleski planquer devant l'institut. Si le rabbin rapplique, il le reconnaîtra. S'il devait ne pas suffire à la tâche, on a Plissonnier qui se souvient de lui. On a aussi son béret basque ! Ce doit être le seul individu dans Paris à se balader avec un béret. S'il ne s'en sépare pas, on l'aura vite repéré. Reste la spécialiste en kabbale. Personne ne sait de quoi et comment elle est faite.

– Fix a dit qu'elle est très belle... ·

– Justement ! CQFD. Je ne vous fais pas de dessin, monsieur le juge, parce que vous dessinez aussi bien que moi.

– Ce matin, c'est la première pensée qui m'est venue. Je ne rejette pas les idées simples. C'est d'ailleurs l'une des petites choses du Talmud que Fix m'a apprise : privilégier la solution la plus simple. Mais en conclusion... pas a priori. L'a priori, souvent, nous égare.

– Comme vous voudrez. En attendant, je vais mettre Pav sur la fille, en espérant qu'elle se trouve en ce moment à l'institut et qu'elle n'est pas cachée par d'autres beautés...

– Qu'il prenne quelqu'un avec lui. Mais rappelez à vos hommes que leur mission est de filer Cléopâtre, pas de se laisser mener par le bout du nez. Je ne bouge pas. Vous m'appelez s'il y a du neuf.

– Il me faudrait une photo de Fix pour la diffuser.

Le Clec hésitait. Il s'en voulait d'avoir rembarré Théo, d'avoir systématiquement refusé de l'écouter. Mais c'était pour son bien, pour lui éviter de s'embarquer dans une aventure impossible... qui n'avait pas de sens. Il le regrettait, à présent. Au moins il aurait su de quoi il retournait. Fix avait disjoncté et c'était – aussi – sa faute. Il aurait dû faire semblant de s'intéresser à son souci. Cela dit, ce diable d'homme avait pu soulever un lièvre qui n'avait rien à voir avec l'affaire. Quoi qu'il en fût, diffuser sa photo, éveiller la curiosité des flics puis de la presse – un rabbin... quelle aubaine ! –, c'était, dans l'état actuel des choses, le plus mauvais service à lui rendre.

– J'en demanderai une à sa femme. Mais demain, seulement. Je ne veux pas la bousculer, l'inquiéter plus encore.

À 16 h 10, le même jour, une patrouille signalait au commissaire principal Pierre Boulay – qui en fit part, aussitôt, au juge Le Clec – le stationnement d'une Clio B, de couleur jaune citron, immatriculée 272 NZM 75 dans le parking du rond-point des Champs-Elysées. Deuxième sous-sol, rangée B.

À 17 h 28, le capitaine Yvan Pavleski informait Boulay qu'il avait apparemment repéré la personne recherchée et qu'il suivait son taxi.

– Elle est comment ?

– Joli châssis, patron. Je l'ai juste entr'aperçue, le temps qu'elle sorte et rentre dans la voiture. Si vous m'en donnez l'ordre, je fais une étude rapprochée.

– Dès que tu sais où elle crèche, tu m'appelles. J'ai une petite idée... Là, tu roules dans quelle direction ?

– Trocadéro, les quartiers chic...

– Si elle rentre chez elle, tu te débrouilles pour avoir son nom. Il doit y avoir une concierge. Tu envoies Plissonnier faire un tour dans le coin. Qu'il demande aux voisins s'ils n'ont pas aperçu, hier soir ou aujourd'hui, un type avec un béret basque et peut-être un nœud papillon.

Le bureau était surchauffé. Boulay avait envie d'une bière. La tartelette qu'il avait ajoutée au déjeuner (trop tard le déjeuner, à cause du juge, il avait eu la fringale) le serrait à la ceinture. Il avait repris du poids ces dernières semaines. Il devait se maîtriser. Mais allez savoir de quoi la nuit serait faite. Aurait-il seulement le temps de dîner ? D'ailleurs, il faisait presque nuit, déjà...

– Apportez-moi, cria-t-il dans l'interphone, une Kronenbourg et un sandwich... Ce qui reste. Mais pas de camembert. Pas de mayonnaise non plus.

Sacré Fix ! Dire qu'il avait l'air droit comme un fil à plomb. Il avait suffi d'une jolie kabbaliste pour faire sortir le loup du bois. Le téléphone sonna, il décrocha.

– Non, encore rien, monsieur le juge... Pav lui file le train. Je vous tiens informé dès qu'on aura localisé son point de chute. Et je vous parie que la droite qui relie la Clio B à ce point de chute A va s'avérer la distance la plus courte possible, compte tenu des conditions de stationnement qui prévalaient hier soir...

Il était 18 h 32, quand le capitaine Pavleski informa le commissaire principal Boulay que, selon la gardienne de l'immeuble sis au 61, avenue Franklin-Roosevelt, la personne suivie se nommait Vanglof Marie-Anne et qu'elle occupait au troisième un appartement de fonction appartenant à l'IPP.

– Ne bouge pas, j'arrive. Le temps de transmettre au fichier. Tu es sûr qu'il n'y a pas de sortie annexe ?

– Une porte de service. Je l'ai dans le collimateur.

C'est le grand genre, trop vieux pour un garage. Tout baigne. Juste deux gus qui sont entrés dans la maison. Boulay ne s'était pas trompé. En guise de toast porté à lui-même, il leva son verre de bière à la lumière du plafonnier avant de dévaler les escaliers. Il n'avait pas eu besoin du Talmud, lui, pour déduire que, la Clio B étant garée au rond-point des Champs-Elysées, la nana devait habiter dans un rayon de dix minutes à pied balayant l'avenue Franklin-Roosevelt ! N'empêche que si la voiture n'avait pas bougé depuis vingt-quatre heures, ça allait lui coûter un tas d'argent, à Fix ! Fallait que la dame en vaille le prix...

La circulation était assez fluide. Il fut vite sur place.

-- On y va ?

– Vous voulez monter, patron ? interrogea Pav. Vous avez un mandat ou quelque chose qui y ressemble ? Jamais elle ne va nous ouvrir...

– Qu'est-ce qu'on risque ? Si l'oiseau est dans le nid, c'est maintenant qu'on peut le cueillir. Avant le plumard. Après... Tu connais la chanson : « Il court, il court le rabbin ! » Et puis, si elle est aussi jolie qu'on le dit, autant ne pas lui laisser le temps de se démaquiller...

Le commissaire ne croyait pas que Fix en personne leur ouvrirait la porte. Il est vrai, ce qu'on lui avait dit de la beauté de la jeune femme éveillait sa curiosité. Mais, plus que tout, il voulait voir comment elle réagirait au nom de Fix, sentir l'atmosphère de la ruche.

Ils traversèrent la rue. Sonnèrent.

La concierge ne semblait pas follement ravie. De sa porte ouverte émanait une forte odeur de soupe aux poireaux. Grande et plate, elle avait, réflexion... aspirée, l'allure de la maigre liliacée. Jusqu'aux cheveux d'incertaine couleur dressés à l'ébouriffée et finissant en un tortillon fatigué qui en évoquait les racines.

– Vous êtes à deux, maintenant ? bougonna-t-elle.

– Et on en cherche un troisième ! Vous ne l'auriez pas vu, par hasard ? interrogea Pav. Un petit homme avec un grand béret ?

– Le béret, oui, j'ai vu ça...

– Et il montait chez qui ?

– Ben vous l'savez. Vous m'avez demandé le nom de Mme Vanglof.

– C'était quand ? Hier ? Aujourd'hui ?

– Aujourd'hui, j'ai rien vu.

– Allez, vous nous ouvrez la porte là-bas... Elle habite au troisième, avez-vous dit ?

– J'ai pas le droit. Il faut le code. Vous avez qu'à sonner. C'est marqué I.P.

– Et moi, je crois que vous allez nous ouvrir tout de suite, menaça Pav. Sinon, on va être beaucoup plus que deux et bien moins gentils...

Elle haussa les épaules – les problèmes de sa locataire avec les flics, elle s'en fichait – et marcha vers la porte vitrée qui conduisait aux étages.

– Il n'y a qu'un appartement au troisième ? interrogea Boulay.

– C'est à gauche, vous verrez bien.

Le capitaine appela l'ascenseur.

– On verra quoi ? fit-il, ébauchant le geste de l'anthro-
pologue apostrophé par un aborigène.

Boulay annonça qu'il prendrait les escaliers.

– Un peu d'exercice me fera du bien, dit-il.

Il aimait ces demeures somptueuses, l'escalier avec
le tapis rouge tendu par des barres de cuivre, à peine
diminué par l'ascenseur qu'on avait greffé. Arrivé au
deuxième, il respira un grand coup avant de poursui-
vre, pour ne pas apparaître essoufflé devant Pav. La
porte de gauche, celle de la Belle au Fix dormant,
avait gardé le petit judas d'origine en métal jaune
dont le clapet se souleva après le deuxième coup de
sonnette. Pav montra sa carte tricolore. Ils entendi-
rent le bruit du verrou qu'on tirait et la porte s'entrou-
vrit, retenue par une chaîne.

– J'aimerais, dit une voix, voir les cartes de l'un et de
l'autre.

Ils s'exécutèrent, le clapet se souleva encore. On
devait comparer les photos avec les originaux.

Elle ouvrit. C'est vrai qu'elle était belle. Très belle,
dans une longue robe de chambre en satin blanc.

– Je suis le commissaire principal Boulay...

Elle salua d'un demi-sourire, mêlant l'étonnement à
une touche de moquerie.

– Et monsieur est le capitaine Pavleski. Vos cartes de
visite avec photo, c'est une bonne idée... Je pense
qu'il est inutile de vous dire que je me nomme Vanglof
Marie-Anne. À moins que vous n'en cherchiez une

autre ? Non ? Entrez donc, nous serons plus à l'aise. Laissez votre parka ici.

Elle s'était adressé à Boulay, désignant une banquette de velours. Il était impressionné par le luxe qui s'annonçait. Par habitude, il chercha la carpette pour s'essuyer les pieds, n'osa pas vraiment le faire sur le riche tapis du vestibule. Il voyait bien que c'était un tapis d'origine, fin, soyeux, aux couleurs vives. Il passa devant les livres. Sur un signe de l'hôtesse, il se cala dans un fauteuil Louis XVI. Les coudes à l'aise sur le cuir à la belle patine brune, il examina l'immense salon, respira le parfum discret de la jeune femme. Un parfum qu'il n'identifiait pas, frais – il aurait dit joyeux, si un parfum pouvait l'être.

– Je vous remercie de nous recevoir, dit-il enfin. Nous avons besoin de votre aide.

– Elle vous est acquise... Jusqu'à demain 13 h 40, l'heure de mon vol pour Beyrouth !

Donc, pensa Boulay, le rabbin fera sa rentrée demain. Vers midi, au plus tard... Il comprit aussi que l'hôtesse prenait les devants. On ne saurait établir une relation de cause à effet entre leur visite et son départ.

– Vous partez en vacances ?

– Oh, j'aimerais bien. (Soupir.) Ma direction a son siège à Beyrouth et c'est là que j'habite. Vous vous doutez que, d'ici demain, j'ai quelques petites choses à terminer.

Sur ces mots, semblable à un coureur qui se met en position d'attente, elle croisa les jambes. Sans bigoterie. Ce qui amena Pavleski à examiner avec une attention soutenue, sur la commode, l'horloge de bronze qui sonnait la demie.

Boulay ne quittait pas la femme du regard.

– Connaissez-vous Théodore Fix ? demanda-t-il de but en blanc.

– Le rabbin Fix ? Bien sûr. Il est question qu'il suive les cours d'un institut supérieur dont je suis administratrice. Peut-être même y enseignera-t-il certains textes de la Bible. Quel est le problème ? Vous n'allez pas me dire qu'il fait dans la traite des Blanches ?

Elle eut un rire joli, le prolongea, comme si cette éventualité était prodigieusement cocasse.

Boulay la regardait intensément. Elle en valait la peine, gracieuse, les lèvres finement moulées s'ouvrant pour donner une réponse aimable. Mais la jeune femme lui paraissait un brin trop insouciante. À forcer le naturel, il part au galop. Alors, sans transition, il décocha sa deuxième flèche :

– Y avait-il une raison particulière pour que vous le receviez dans votre appartement ?

Elle regarda sa montre-bracelet. Pour signifier que son temps était compté. Sans doute aussi pour s'accorder un instant de réflexion. Elle changea de registre, persifla :

– Serions-nous chez les talibans ? En Arabie Saoudite où une femme ne peut recevoir de visiteur dans son appartement ? Allez-vous m'embastiller, messieurs ?

À moins que la vertu de M. Fix ne soit une cause d'inquiétude pour les pouvoirs publics ?

Pavleski prit le relais :

– Vous n'êtes pas tenue de répondre à nos questions, mais ce serait tellement plus simple pour tout le monde.

– J'avais l'impression, dit-elle en le remerciant de son sourire retrouvé, d'être soumise à interrogatoire. Je n'ai rien à cacher. Ce cher Fix insistait pour me rencontrer avant mon départ. Je savais que ce ne serait pas possible aujourd'hui. Alors, je lui ai proposé de venir chez moi dimanche. Je ne sais ce qu'il avait en tête. Je l'ai trouvé, disons... un peu trop entreprenant et je l'ai invité à décamper. Il devait être 21 heures largement passées, mais il est revenu à la charge...

– Comment cela, « revenu à la charge » ?

– Eh bien... une demi-heure plus tard, il a sonné comme un fou en me promettant à travers l'interphone de se montrer raisonnable. Je ne voulais pas de scandale. Je lui ai ouvert, mais il a dû changer d'avis.

– Il n'est pas monté ?

– Il n'est pas monté. Maintenant, pourriez-vous me dire pourquoi ces questions ?

– Parce que Théodore Fix a disparu.

Elle regarda les deux hommes, bouche bée, avant d'éclater d'un long rire.

– Mais laissez-le vivre, cet homme ! Cela fait combien de temps ? Un jour ? deux jours ? Mon mari aussi a...

disparu, comme vous dites, pendant presque une semaine, et puis il est revenu plein d'usage et raison ! Sans que je lui envoie la police aux trousses. Maintenant, si vous le permettez, messieurs...

Elle s'était levée. Les deux policiers n'avaient d'autre issue que de l'imiter.

– Juste une question, madame... Vous êtes de nationalité libanaise ?

– Je suis française, née à Cahors, canadienne par ma mère et libanaise par mon mari... Enfin, mon ex-mari. Voilà, je ne vous aurai caché aucun détail.

La porte était ouverte.

– Vous croyez, patron, qu'elle a inventé son histoire de sonnette ? demanda Pav, dans l'escalier. Quel luxe ! Regardez là, les vitraux aux fenêtres...

Ils étaient arrivés au premier, descendaient ensemble à pied.

– Si l'ami Fix a fait le boucan qu'elle prétend, le Poireau aura dû l'entendre. On va lui demander. C'est bizarre... Remarque, ce n'est qu'une impression : elle avait l'air soulagé quand on lui a dit que Fix avait disparu. Comme si elle avait attendu qu'on vienne la voir pour autre chose.

Boulay n'ajouta pas qu'il y avait... autre chose. Une chose qui lui échappait... Et qu'il était sûr, pourtant, d'avoir vue. Là, à l'instant ! C'était quoi cette chose ?

10

Il avait bien fait de manger un sandwich. Deux heures ! Voilà deux heures – et le moment du dîner était largement passé – que Boulay faisait le guet dans l'espoir qu'alerté par leur visite, Fix sortirait de chez sa dulcinée. Ce n'est pas que la 306 manquait de confort, mais la soufflerie du chauffage l'incommodait et les sujets de conversation avec Pav s'épuisaient. Même à propos de la concierge qui, il en convenait, était impayable. « Je vous l'avais bien dit que j'avais vu le monsieur au béret », avait-elle grogné. Et quand Pavleski avait insisté : « A-t-il vraiment sonné longtemps en parlant fort dans l'interphone ? », elle avait approuvé : « Je vous l'avais bien dit ! » Boulay lui avait fait observer que le « monsieur au béret » était déjà venu à 20 heures et qu'elle ne l'avait ni « bien » ni mal dit. Qu'elle ne l'avait pas dit du tout. « Et mon dimanche ? J'y ai pas droit à mon dimanche ? J'y peux voir ce que je veux le dimanche... », s'était-elle mise à hurler en soufflant des vapeurs de vinasse. Ils avaient battu en retraite.

– Tu appelles Plissonnier ? Ça commence à bien faire...

– On aurait dû lui confier le Poireau, rigola Pavleski. Il est très bien avec les dames. Tiens, s'étonna-t-il, il s'est mis sur « vibreur ».

Les passants se faisaient rares et les amoureux qu'ils avaient zieutés avaient dû se mettre au chaud. Boulay avait hâte de les imiter. Ou de faire n'importe quoi d'autre plutôt que de rester dans la caisse.

– Essaie encore !

– Toujours le ronfleur...

– C'est l'appareil qui vibre ou c'est lui qui ronfle ?

À la troisième tentative, Plissonnier répondit. La voix était joyeuse :

– Vous êtes planqués devant la maison ? J'arrive. J'ai un truc marrant. Non... Je suis tout près. D'ailleurs, j'aperçois la voiture !

Eux aussi le voyaient dans le rétroviseur, qui approchait en grandes enjambées.

– Bienvenue au bunker ! dit Boulay en ouvrant la portière arrière.

Ils changèrent de position, se tournant d'un quart de tour tout en gardant un œil sur les entrées de l'immeuble. Plissonnier avait l'air d'excellente humeur. Ses grandes dents, qui un court instant captaient le reflet des réverbères, riaient.

– J'ai un témoin ! Je n'ai pas son nom, seulement son domicile. Un domicile à peu près fixe : la bouche d'aération sous les marronniers à Saint-Pierre du Roule, au bout de l'avenue. Dites, vous pouvez augmenter le chauffage ? Je caille...

– Tout ce que tu veux, mais parle !

– Eh bien, il m'a juré sur la tête de son chien – un horrible clebs qui répond au nom de Dodor –, qu'hier dans la nuit, il avait vu un type avec un béret entrer dans la pharmacie. Vous voyez la croix verte là-bas, au coin de la rue du Commandant-Rivière ?

– C'est toi qui lui as parlé du béret ?

– Il fallait bien. Mais c'est lui qui a dit que l'homme était petit qu'il était venu de ce côté-là – c'est-à-dire d'ici – et qu'il était reparti dans la même direction.

– Et il a acheté quoi ?

– Il faudra interroger le vendeur ou la vendeuse qui était de garde. Mon témoin affirme qu'il ne l'avait jamais vu dans le quartier. Que le petit homme avait fait les cent pas avant d'entrer dans la pharmacie mais qu'en sortant, il semblait pressé. Il a ajouté qu'il était idiot, parce que, je cite : « Les capotes, c'est moins cher dans les distributeurs du métro. »

– Et il était quelle heure ?

– Difficile à savoir. J'ai essayé. Mais il prétend qu'il s'est endormi après. Sur quoi, il a dit, carrément cette fois, que je ferais bien de décamper, car c'était l'heure pour Dodor, le bien nommé, de « roupiller ». Si les clebs ont une horloge physiologique et dans l'hypothèse probable où par affinité celle du clodo est la même, on peut supposer qu'on était hier entre 22 et 23 heures.

– Bon, conclut Boulay, on fait un premier bilan. Selon l'ensemble des témoignages recueillis, celui de Dodor compris, Fix dont la Clio B est garée à sept minutes à pied de l'immeuble en face, s'est rendu hier dimanche en début de soirée, pour en repartir vers 22 heures dans l'appartement qu'habite une madame plutôt bien roulée, qu'il avait rencontrée plusieurs fois la semaine dernière dans un institut de phoniatrie dont elle est administratrice. Nous savons aussi qu'un individu, dont la taille et le béret évoquent la silhouette de Fix, est entré dans une pharmacie de service de nuit, venant du côté de notre immeuble, vers lequel il est retourné aussitôt. Et qu'à cette même heure, précisément, la dame a rouvert la porte à Fix. Du fait que le véhicule de ce dernier est toujours au même parking, à proximité de l'appartement d'icelle, comme dirait notre cher juge, nous avons tout lieu de supposer que, malgré ses dénégations, l'homme se trouve bien chez elle. On est d'accord ?

Les deux hommes acquiescèrent.

– Alors, conclut le commissaire principal, vous vous relayez tous les deux. Je vous envoie quelqu'un vers 7 heures pour assurer la relève.

– Mais, patron, pourquoi on reste là ? Si Fix sort, il s'en retourne chez sa bourgeoise ou ailleurs, c'est pas nos oignons... Et s'il est pas là...

Plissonnier laissait souvent ses phrases en suspens. Pas tellement par paresse, moins encore par timidité – une notion qui lui était inconnue –, mais parce qu'il attendait de l'autre qu'il suive son raisonnement et qu'à titre de preuve il le termine à sa place.

– Fix s'est mis en tête, répondit le commissaire, qu'une secte à laquelle serait liée la nana du troisième retient une fille contre son gré. Rien n'indique qu'il ait raison, mais, comme c'est un copain du juge et que les rabbins ne sont pas bien vus en période d'intifada, il vaut mieux faire un rapport. D'ailleurs, je dois téléphoner à Le Clec cette nuit encore... J'ajoute qu'il ne me déplairait pas de prendre Fix en flagrant délit de coucherie. Comme ça, à sa prochaine lubie, il nous fichera la paix ! Les enfants, je vous laisse, vous avez mon numéro. Vous me joignez au moindre béret à l'horizon, n'importe quand. Ou s'il y a... autre chose.

Autre chose... Boulay ne savait absolument pas quelle était la « chose » qui lui échappait mais il aurait juré de l'avoir vue, de l'avoir perçue...

Alors que la voiture s'engageait sur les quais, le commissaire appela Le Clec sur son portable. Celui-ci l'écouta sans faire de commentaires ni lui poser de questions, avant de le « prier » de le rejoindre rue de Rennes.

– Vous vous rappelez où habite le rabbin... Je vous le demande comme un service personnel..., soupira-t-il.
– Il y a du neuf ? demanda Boulay, inquiet.
– Justement non ! Venez, ce ne sera pas long.
Pas long ! Il en avait de bonnes ! Il était 23 heures bien tassées et il avait commencé sa journée avant l'aube. Bien sûr qu'il se rappelait... Il n'oublierait jamais le jour où Le Clec l'avait envoyé chez son « ami Théo » pour voir si le Talmud était plus fort que Maigret ! Il sortit le gyrophare et, se plaçant dans la troisième file, rappela à sa mémoire et à son pied sur l'accélérateur, les images télé des 24 heures du Mans.

Parce qu'elle était l'épouse de Fix, sûr de lui et enquiquineur, (« c'est bien ça... Exactement le mot qui convient, quand on veut rester poli »), Boulay ne s'attendait pas à trouver une femme élégante, et à l'allure sportive malgré ses cheveux grisonnants. Il l'avait imaginée soumise, effacée, « mère juive », alors qu'elle était entreprenante et révoltée et c'est Le Clec, la moustache tombante, qui avait l'air abattu, nerveux. Il lui avait ouvert la porte sans l'accueillir comme à l'accoutumée par une citation, s'empressant de le faire entrer au salon, dont l'autre porte, Boulay s'en souvenait, donnait sur le bureau avec ses murs de livres, où le rabbin l'avait reçu.
– Vous ne connaissez pas Mme Fix, dit le juge, mais vous savez qu'elle et son mari sont des amis, des amis

très chers. Nous devions faire demain le point de la situation, mais elle a insisté pour que nous nous rencontrions encore ce soir. Je lui ai fait part des derniers éléments de l'enquête, y compris ceux que vous m'avez communiqués à l'instant. Mais je pense qu'il vaut mieux qu'elle les entende de votre bouche.

Boulay comprenait vite. Il n'est pas facile, moins encore pour un ami, d'annoncer à une épouse aimante, que son mari, avec lequel elle vit en parfaite harmonie ou supposée telle, la trompe. Boulay n'y tenait pas non plus. Et le Clec ne souhaitait pas davantage que la vérité soit assénée brutalement. « Ce que l'on conçoit bien s'énonce clairement », aurait-il plastronné en d'autres circonstances. Justement, il est des conjonctures où les mots pour le dire n'arrivent pas aisément. Il n'allait pas raconter à cette femme qu'il sentait lutter pour ne pas sombrer, qu'un clochard avait surpris son époux, en pleine nuit, sortir de chez le pharmacien... avant de s'en retourner chez sa maîtresse.

– Monsieur le juge vous a tenue informée, madame, commença-t-il prudemment. Nous ne savons pas très bien quelles relations votre mari peut entretenir avec une certaine personne qu'il a connue lors d'un cours d'élocution. Celle-ci, cependant, quitte Paris demain matin et nous espérons que votre époux pourra alors donner signe de vie.

– Bref, vous pensez que jusqu'à demain matin, pour le moins, mon mari me trompe, qu'il a disparu pour un jupon. M. Le Clec le pense aussi, il me l'a dit dans des termes approximatifs.

Elle changea de ton et sourit au policier, comme s'il n'était question que de la pluie et du mauvais temps.

— Il est tard, il fait froid dehors, prendriez-vous une assiette de soupe ? À moins que vous ne teniez compagnie à Yves. Un whisky ?

— Elisabeth, vous exagérez...

Les doigts de la main élevés en corolle, auxquels il imprimait un rapide mouvement de rotation de droite à gauche et retour, Yves Le Clec esquissait un geste de protestation, alors que du regard il appelait Boulay à son secours. Mais le commissaire avait perdu de son assurance. Il regrettait d'avoir sorti le gyrophare et d'être arrivé dix minutes trop tôt, sans avoir eu le temps de réfléchir à ce qu'il dirait. Et puis cette porte ouverte le gênait, comme si Fix écoutait derrière, allait en sortir. À moins que ce ne fût la « chose » qui le tracassait. Ou cette femme qui lui en imposait par son maintien. Assise la tête haute, agrippant les accoudoirs de ses mains fines et blanches, elle tentait de paraître forte, alors qu'elle devait s'efforcer de retenir ses larmes et les mots qui dans ce genre de situation viennent trop aisément.

— Ne vous dérangez pas, prononça Boulay, héroïque, j'ai pris un sandwich tout à l'heure. Un whisky fera l'affaire... Vous semblez me reprocher mon propos, madame. Cependant, permettez-moi de le remarquer, c'est vous qui nous avez informés de la disparition de votre mari et qui nous avez demandé d'enquêter sur-le-champ. Sinon, à ce stade en tout cas, nous ne l'aurions pas fait et nous n'aurions pas été amenés à élaborer des hypothèses peut-être trop... classiques. Ce ne sont que des hypothèses. Ce dont nous sommes certains, c'est que votre mari s'est rendu au domicile de la personne dont nous avons parlé.

– Et vous en déduisez, monsieur le commissaire principal ?

– Je n'en déduis rien. Sinon que je n'ai pas la preuve absolue qu'il ait quitté son domicile.

– Et cette femme, vous l'avez rencontrée ? Est-elle... est-elle très belle ? et jeune ?

Cette fois, c'est Boulay qui, du regard, implorait le secours du juge. Mais celui-ci baissait les yeux sur sa pipe, occupé à la bourrer, puis à en fixer l'embout avec un soin saisissant.

– Les apparences peuvent être trompeuses, consentit le policier.

– Vous parlez comme le roi Salomon, ironisa la femme. « Trompeuse est la beauté », affirmait cet expert qui, selon l'Écriture, céda au charme de ses sept cents épouses et de trois cents concubines. Non, monsieur le commissaire principal n'essayez pas, comme mon ami Yves, de dire les choses à moitié et sans les dire. J'ai très bien compris ce que vous pensez tous les deux : le démon de midi n'a pas épargné mon mari. Et vous aimeriez que j'arrive à cette

conclusion de moi-même. Mais je vais vous dire pourquoi vous vous trompez...

On la voyait qui luttait, étouffant le sanglot qui mon
tait. Elle but une gorgée d'eau.

Le Clec ne pouvait plus louvoyer. Ni l'amitié ni le sens
qu'il avait du devoir ne le lui permettaient.

– Croyez, ma chère Elisabeth, que le commissaire
principal et moi-même ne demandons pas mieux que
de nous laisser convaincre, mais vous êtes juge et
partie. Vous savez toute l'affection que je vous porte,
que je porte à Théo. Il faut parfois accepter le coup
du sort, le coup du hasard. Parce que c'est par hasard
qu'il a rencontré la personne en question. Et, d'après
ce que me dit le commissaire, elle est exceptionnelle-
ment belle. Elle s'en va demain. Ça n'aura été qu'une
passade sans importance.

Elisabeth ne baissa pas les yeux, ne protesta pas non
plus. Lentement, en détachant chaque mot, sans élever la voix, elle répondit :

– Je ne prétends pas que, dans l'absolu, la chose eût
été impossible. J'enseigne la littérature française, je
lis les journaux, y compris la presse féminine. Je
regarde même les feuilletons de série B. Je n'ai pas
raté un seul épisode de *Dynasty*. Une étincelle, je le
sais bien, peut provoquer une déflagration. Un grand
bang, le terrible bang qui détruit votre univers. Mais
ce n'est pas pour « ça » qu'il a disparu !

– Allons Elisabeth, vous n'allez pas me dire, (*pfuit...*,

faisait la pipe) que vous croyez vous aussi à son histoire de secte et d'enlèvement.

– Je fais comme monsieur le commissaire, je ne crois rien. Mais je suis sûre d'une chose, c'est que, si cela dépendait de lui, Théo ne m'aurait pas laissée sans nouvelles depuis dimanche soir. Je suis sûr qu'il serait venu me prendre à la gare. Même dans l'hypothèse qui, je le répète, ne me paraît pas vraisemblable, où Théo aurait fauté, il ne m'aurait pas abandonnée depuis, sans un signe de vie. De cela je suis certaine. Ni de la chair, ni de la fidélité, ni même de l'obéissance à la Loi, mais de son amour profond pour moi. Et si cela vous laisse sceptiques, je dirais que je suis sûre de son honnêteté envers moi. Voilà ce que je voulais vous dire, pourquoi je voulais vous voir ce soir. Théo est en danger. Excusez-moi...

Le hoquet la vainquit, elle sortit en courant.

À son tour, Le Clec se leva, alla vers la fenêtre. Pour observer les étoiles que les nuages cachaient ? Boulay était resté assis. Il pensait qu'en ce moment même Fix était gardé, protégé par deux officiers de police qui avaient froid, qui auraient mérité d'être dans leur lit et qui, de toute façon, avaient mieux à faire ! Mais c'était quoi la « chose » qui le tourmentait ?

Jusqu'à ce matin, l'idée que Fix pût être en danger lui aurait paru parfaitement fantaisiste. Une éventualité qui, il est vrai, ne saurait jamais être écartée en cas de disparition. Mais là, dans ce magma d'hypothèses brouillonnes auxquelles le rabbin avait été mêlé, ou plutôt auxquelles il s'était mêlé, la pensée que cet insupportable petit homme pût être exposé à un autre péril que celui des galipettes ne l'avait pas même effleuré. Et voilà que... Fixette s'en mêlait ! En vertu de la science infuse ou de celle que diffusent les feuilletons télé, elle avait convoqué flic et parquet en pleine nuit, et à son domicile, pour dicter à la police ce qu'elle devait faire ou ne pas faire. Sacrés Fix ! L'envers valait l'endroit. Que ce fût lui, que ce fût elle, ils avaient l'art de vous tarabuster, et finalement de vous mettre martel en tête.

À cause d'elle, il avait mal dormi. La douche le tira à peine du sommeil et, quand il glissa sur le tapis de bain, se rattrapant de justesse au marbre, il lâcha un chapelet de jurons parmi lesquels le vocable « Fix » dominait. Et la « chose », ce quelque chose qui ne le laissait pas en paix, s'effaça. Non... il n'avait pas assez dormi et son esprit sommeillait encore. Comme sa femme à laquelle, le matin, il avait donné le même et chaste baiser que la veille. Quand il s'était couché et qu'elle dormait. Tout ça à cause de cette « chère Elisabeth », cette « amie très chère », à laquelle le juge ne pouvait rien refuser...

Au moins voulait-il être sûr que rien n'avait échappé à Pavleski et à Plissonnier, les entendre avant que Hoffmann ne les remplace. Hoffmann aimait se lever tôt. Il était même capable d'arriver à l'avance. Alors, il n'avait ni le temps ni la patience de se préparer le petit déjeuner. Heureusement que Quasimodo ouvrait son bistroquet à 6 heures. Quasimodo, rabougri et rabrouant – qui devait son nom à sa façon de rentrer la tête dans les épaules et de garder l'œil gauche plissé –, était insomniaque comme Hoffmann. De plus, il avait des croissants qu'il allait cueillir au fournil. Pas mauvais, ses croissants, dommage que le cholestérol... Voilà des mois que Boulay avait réduit sa consommation de croissants au beurre. Il ferma la porte doucement parce que la chambre à coucher était attenante aux escaliers.

Le voisin du dessus avait déménagé et là, sur les murs, les traces des meubles qu'on y avait cognés venaient s'ajouter à d'anciennes éraflures. Au deuxième, la lampe était grillée depuis trois jours. Depuis trois nuits ! Il allait l'entendre, le régisseur... Il payait cher de location, ce n'était pas pour traverser un purgatoire chaque fois qu'il rentrait ou sortait de chez lui, à son coucher et à son lever.

Rien à voir avec les escaliers qu'il avait montés la veille ! Des murs impeccables, avec des appliques sur le stuc. Et des lustres aux étages... Le tapis rouge, les barres qui étincellent. Des paillassons devant chaque appartement avec les initiales des locataires. Les initiales des locataires... Voyons, elle s'appelle Marie-Anne Vanglof. Y avait-il « AMV » ou « IPP » ? Non... Il n'y avait rien. Il n'y avait pas de carpette ; il se rappelait bien... Il avait été gêné d'entrer de plain-pied dans l'appartement, sur le beau tapis du vestibule aux losanges noirs. Sûr qu'il s'en souvenait !

Adieu café, adieu croissants... Retour au gyrophare. En sept minutes, il fut avenue Franklin-Roosevelt.

– Qu'est-ce qui se passe, patron ?

Pav était sorti de la voiture. Plissonnier, lui, sortait de chez Morphée.

– Je t'explique... Tu viens avec moi. Toi, Plissonnier, tu te plantes dehors. Si quelqu'un sort, tu prends son identité. Si c'est une femme jeune et jolie, tu la retiens.

– Avec plaisir, patron...

Il aurait bien ajouté quelques mots sur sa compétence en ce domaine, mais, à voir la mine du patron, il comprit que ce n'était pas le moment.

La concierge pensait comme lui, que ce n'était pas le moment. Elle l'exprima d'une voix criarde :

– Encore vous ! Ça va pas de cogner comme ça ? Vous allez finir par me « le » réveiller. Vous m'avez dit que vous ne reviendrez pas.

Il s'en fichait, Fix, de « le » réveiller ; il se fichait de savoir qui il allait réveiller ; il se fichait de ce qu'il avait pu dire à l'acariâtre pipelette dont la tignasse, au matin, s'était éclose en de filandreuses démêlures. À peine remarqua-t-il que la robe de chambre avait la couleur du légume auquel il l'identifiait.

– Hier, chez la femme de l'IPP, il n'y avait pas de carpette, gronda-t-il.

– Je vous l'avais bien dit.

– Vous vous foutez de moi ! Que dalle vous avez dit !
– Même qu'il m'a demandé (elle désignait Pav) à quel étage c'était. Je lui ai dit qu'il verrait bien...
– Il verrait quoi ?
– Qu'il y a pas de carpette.
– Et pourquoi il n'y avait pas de carpette ?
– Je suis responsable de la propreté de toute la maison, moi ! J'allais pas la laisser, dégueulasse comme elle était. Même sur le tapis rouge qu'il y en avait. J'ai frotté comme une bête. Mais la carpette, je l'ai enlevée pour l'envoyer au nettoyage. Vous voulez quand même pas...
– Je veux rien. Mais pourquoi elle était sale ?
– Ben... comme le gosse, quand il saigne du nez.
Quand elle ajouta : « Ça va durer longtemps ? Parce que moi, j'ai pas que ça à faire... », Pavleski se dit que tout devenait possible. Il ne laissa pas le temps au patron de réagir.
– Vous l'avez donnée à nettoyer dans un pressing ? Ici, dans le coin ?
– J'en sais rien, moi. Je téléphone et ils viennent. Je crois qu'ils sont à Saint-Denis. Il faut que je la remette en place aujourd'hui, sinon le syndic va me faire des histoires.

11

La course contre la montre commença aussitôt. Le numéro de téléphone correspondait à une entreprise de nettoyage sise rue du Petit-Père à Saint-Denis, nommée « Blanche-Neige ». Grimm contre la Crim ? Impeccablement nettoyée, la carpette marquée des initiales IPP était déjà sous plastique. Un motard du commissariat de Saint-Denis fonça la déposer au laboratoire de la brigade criminelle, dans l'espoir insensé que la réputation de Blanche-Neige – « première société de nettoiement pour collectivités », comme le précisait le sac plastique – pût être surfaite. Mais déjà le « labo » avait envoyé avenue Franklin-Roosevelt une équipe munie d'éprouvettes, de sérums et de lampes diverses qui, sur le tapis rouge du palier, n'allait pas tarder à isoler, tout près de l'auréole imprimée par la concierge en le nettoyant, la minuscule trace sombre d'une goutte de sang séché. Elle suffirait à détecter si le sang était humain. Et à déterminer son groupe.

À la même heure, alerté par Boulay et perclus de remords pour n'avoir pas écouté son ami Théo, le juge Le Clec entrait dans son bureau. Il rédigea un mandat de perquisition qu'il confia au jeune inspecteur filiforme que le commissaire lui avait envoyé. Sur l'enveloppe, en grandes lettres, il écrivit : « Vous attendrez d'être sûr, pour le sang. » Il souligna « sûr » d'un fort trait de son stylo. Le policier lui paraissait bien jeune. Il insista :

– Vous y allez tout de suite...

Et maintenant, il lui fallait appeler Elisabeth, lui demander le groupe sanguin de son mari. Elle imaginerait le pire. Le pire... c'est ce qu'il imaginait, justement. Pour la première fois. Comment le dire à Elisabeth – sans le lui dire ? Pauvre Théo.

Théo qui lui fit penser qu'il n'avait pas bu son café. Dans la cuisine, la cafetière peinait à cracher ses premières gouttes (« et dire qu'hier j'ai encore répété à Thérèse qu'il fallait détartrer le percolateur ! »), quand Boulay l'avait mis au courant de la situation.

– Vous croyez vous aussi que c'est du sang ? demanda-t-il.

Boulay répondit que les avis de la concierge et du labo avaient l'air de coïncider, qu'il confirmerait, mais que de toute façon il était urgent de signer un mandat de perquisition » : « car la Libanaise peut sortir à chaque instant »...

Alors il était parti sans boire son café. Dans son bureau trop sombre, il étudiait la morphologie de la nouvelle machine. Irène en connaissait les secrets, mais Irène n'arrivait qu'à 9 heures. Le plus souvent d'ailleurs, elle arrivait en retard, soufflant comme une baudruche percée pour avoir monté les quelques marches qui séparaient l'entresol de l'ascenseur. Comment elle s'allumait, cette machine ? Pauvre Théo... Sans qu'il sache pourquoi, le bouton rouge s'éclaira. Il attendit que l'eau chauffe. Il attendit encore un peu.

Pas plus que Fix, il n'aimait ces godets qui lui brûlaient les doigts. Alors il attendit encore. Et le café était presque froid. C'est infect, le café froid. Il ne pouvait attendre davantage. Il composa le numéro d'Elisabeth.

– Vous avez bien dormi, très chère amie ? Thérèse vous a déjà appelée ? Elle projetait de vous rendre visite ce matin... Non, il n'y a rien de vraiment nouveau. Je venais prendre de vos nouvelles. Il est toutefois possible que Boulay retourne chez la personne dont nous avons parlé hier soir. Ah ! j'allais oublier ! En cas de recherche, il nous faut remplir des paperasses... Ne vous inquiétez pas, tout cela reste entre nous, mais une bonne administration exige un minimum. Et je vois qu'il me manque la date de naissance de Théo... Ah ! et puis aussi son groupe sanguin. Le connaîtriez-vous, par hasard ?... B+ ? Vous en êtes sûre ? Très bien... C'est purement administratif... Mais non, il n'y a rien de spécial... Ça m'arrive d'être tôt au bureau. Bon, je vous laisse. Je vous rappelle. Ou je passe vous dire bonjour, c'est promis...

Il faisait chaud dans cette pièce. Le Clec s'essuya le front avec le mouchoir encore plié qu'il sortit de sa poche. Il bourra sa pipe, gratta une allumette. Elisabeth n'avait pas été dupe. Il en était sûr. Il l'avait senti à sa petite voix. Palsambleu, ce qu'il faisait chaud !

Il répondit par un signe de la main au salut d'Irène qui paraissait confuse de le voir déjà installé à son bureau, la bouffarde activée et le stylo à la main. Elle avait à peine intégré son cagibi quand le téléphone grésilla.

– Vous avez le commissaire principal Boulay en ligne, monsieur le juge.

– Ça donne quoi ? soupira-t-il.

– C'est bien du sang humain. Pour le groupe, on le saura d'ici pas longtemps. Vous avez celui du rabbin ?

– Pas encore... Sa femme est en train de chercher. Dès que vous avez le résultat, vous m'appelez. Directement sur mon portable.

Il avait menti spontanément. Pour préserver le court instant qui restait jusqu'au verdict final ? De manière à confronter le résultat de l'analyse avec ce qu'il serait le seul à savoir ? Malheureux Théo, mais aussi, qu'allait-il faire dans cette galère ?

Cette fois, au lieu de soupirer, Yves Le Clec frappa son bureau d'un fort coup de poing qui fit trembler le pâle godet. D'un geste rageur, il le flanqua dans la corbeille.

À la même heure – il était 8 h 50 –, Jeanne Vernon arrivait devant l'immeuble de l'avenue Franklin-Roosevelt. Ainsi faisait-elle tous les matins, sauf le dimanche, après avoir déposé son môme dans une crèche du XIXᵉ. À vingt-six ans, elle se trouvait belle, appétissante dans le jean serré qui coulait dans ses bottes de cow-boy jaunes et sa nouvelle veste léopard. Que la fourrure, fût-elle acrylique, éveille chez l'homme l'instinct de la chasse, elle en trouva la preuve renouvelée dans l'attention appuyée des deux hommes en faction devant la loge de la concierge, qui la suivirent du regard jusqu'à ce que la porte de l'ascenseur se referme sur elle. Elle en sortit au troisième où, surprise par le spectacle d'un personnage en blouse blanche à quatre pattes sur la moquette, elle ébaucha un mouvement de recul. Deux gaillards surgirent alors de l'escalier au-dessus, le premier était trapu et sévère, le second, aux longues jambes gainées de velours côtelé, avait l'air plus gentil. Il lui colla une carte tricolore sous le nez en demandant ce qu'elle faisait là.
– Ben, le ménage.
– Le ménage pour qui ?

– Ben pour Madame, répondit cette innocente créature, désignant d'un mouvement du menton la porte de gauche, alors que, de la main, elle rangeait une mèche de cheveux clairs.

– Et Madame est seule ?

– Je sais pas puisque j'ai pas été.

– Hier vous y étiez. Elle était seule ?

– J'ai vu personne.

– Et avant-hier ?

– Avant-hier, c'était dimanche. J'étais dans mon lit.

– Vous n'avez pas vu chez elle un monsieur avec un papillon ?

– Un papillon ? Pourquoi un papillon ?

Boulay s'en mêla, haussa le ton :

– On vous demande si vous n'avez pas vu un petit monsieur avec un nœud papillon...

Elle pouffa.

– Vendredi si... mais il était pas petit et il avait pas de cravate. Bon, il faut que j'y aille parce qu'ils n'aiment pas quand je suis en retard.

– Eh bien, ils n'aimeront pas. Un de ces messieurs va vous accompagner en bas. Vous resterez avec lui jusqu'à ce qu'on vous appelle.

Elle protesta, dit que Madame allait être furieuse, qu'elle devait lui faire ses valises parce que Madame partait en voyage. Déjà un troisième homme – il y en avait partout, maintenant, qui s'affairaient avec des éprouvettes et des boîtes – la prenait par le coude, ouvrait la porte de l'ascenseur qui était resté à l'étage et l'emportait vers les profondeurs.

– Voici ! Patron, c'est du B+. Groupe B+.

Boulay ne demanda pas au Grand Robert s'il était sûr. Quand le Grand Robert – 1,85 mètre, nez de Cyrano, susceptible comme deux Cyrano, tignasse rousse et débardeur bleu marine sous sa blouse blanche – annonçait : « Voici ! », l'erreur n'était pas concevable. Le Clec répondit à la première sonnerie.

– Alors ?

– Alors, déclina Boulay, je vous confirme que c'est bien du sang humain. Groupe B+. Et vous...

– Ça concorde. Allez-y, Boulay... Fouillez tout. Mais faites attention. Avenue Franklin-Roosevelt plus Beyrouth chez une citoyenne qui a trois passeports, ça sent le roussi, emmerdes et compagnie. Alors, du velours, Boulay, du velours ! La main de fer dans un gant de velours... Et vous nous retrouvez Fix ! Faites vite... Il est peut-être temps, encore. C'est Beyrouth qui m'inquiète. Je ne sais pas trop où nous mettons les pieds. Je vais aviser les Renseignements généraux. Des barbouzes dans l'arène... La perspective n'enchantait pas le commissaire. Après n'avoir cessé de banaliser l'absence du rabbin, le juge, cette fois, en faisait trop. Et lui qui ne l'avait pas moins minorée jugea prudent de laisser faire. De toute manière, il avait une longueur d'avance sur ses chers collègues, ce dont il allait profiter sur-le-champ.

– Bon, les gars, vous montez dans les escaliers. Je ne

veux pas qu'elle vous voie. Juste Pav et moi. Pour commencer.

Il sonna.

– Et la bobinette cherra, plaisanta Pav. La bobine qu'elle va faire...

L'hôtesse apparut, démaquillée, furieuse, stupéfaite. Absolument stupéfaite.

– C'est vous ! Je vous avais dit que je partais ce matin. Je n'ai pas une minute à vous consacrer. Ma femme de ménage m'a laissée en plan...

– Je crains, madame, que vous ne soyez obligée de différer votre départ. Quant à la femme de ménage, nous l'avons retenue en attendant de l'interroger. Voici, continua Boulay en présentant le mandat signé par le juge Le Clec. C'est un ordre de perquisition. Si vous voulez bien nous laisser entrer...

Il fit un pas en avant, poussant la porte, suivi du capitaine Pavleski, alors que sous le coup de la surprise la jeune femme reculait. Elle se ressaisit vite.

– Vous vous fichez de moi, commissaire ! Vous cherchez quoi ? Ah ! Toujours votre rabbin. Vous n'imaginez quand même pas qu'il s'est réfugié ici ? Les oubliettes ! J'oubliais, vous voulez que je vous montre les oubliettes du château...

Boulay resta imperturbable. Main de fer, gant de velours.

– Nous devons en effet nous assurer que M. Fix ne se trouve pas en ces lieux. Vous voudrez bien nous accompagner.

– Mais enfin, c'est ridicule ! Comment pouvez-vous croire une chose pareille ?

– La gardienne d'immeuble a bien confirmé votre propos, madame. À savoir que dimanche, entre 22 et 23 heures, un individu qui répond à la description du rabbin Fix vous a parlé dans l'interphone et que vous l'avez laissé monter. Depuis, personne ne l'a revu...

– Mais il n'est pas entré chez moi ! Je ne l'ai pas vu. J'ai attendu, je vous l'ai dit ! J'avais ouvert la porte mais il a dû changer d'avis.

– La gardienne ne l'a pas vu ressortir.

– Et alors ? Elle n'est pas chargée de monter la garde. Elle doit veiller à l'entrée des gens, pas à leur sortie ! Moi, j'ai attendu quelques minutes et, comme il n'est pas arrivé, je suis rentrée chez moi. Je n'allais pas le chercher dans les escaliers pour le prendre par la main ! Tenez, je peux même vous dire qu'à la télévision, j'ai alors regardé...

– Voulez-vous, je vous prie, nous accompagner.

Fer et velours.

Elle haussa les épaules et, pour afficher son dédain, n'ouvrit plus la bouche. Sauf pour boire une tasse de thé qu'elle se versa lentement en arrivant dans la cuisine. La main en équerre sur le front comme pour mieux voir, elle se moqua de Pav qui ouvrait le réfrigérateur.

– Ça, commenta-t-elle, c'est un rôti. Du porc. Ce n'est pas du rabbin découpé à la tronçonneuse.

Ils avaient déjà traversé le salon et s'étaient arrêtés

dans la salle à manger attenante pour soulever les riches tapisseries dont étaient couverts les murs ; là, une vingtaine de chaises emmitouflées, à l'abri de la poussière, étaient disposées autour d'une grande table couverte d'une housse sous laquelle Pav ne trouva que le vide. Ni la salle de bain – où Boulay, envieux, s'attarda – ni le cabinet de toilette ne cachaient qui que ce soit. Dans le cagibi attenant au salon, il y avait tout juste la place pour les deux aspirateurs, une échelle, des balais et, sur un rayonnage des produits de nettoyage. Et quand, dans la chambre à coucher en désordre, Pav s'agenouilla pour regarder sous le lit, l'hôtesse remarqua :

– Vous êtes bien le premier à vous intéresser à ce qui se passe *sous* mon lit.

Au salon, où ils étaient de retour, elle reprit l'assurance hautaine de la veille et se dirigea vers le vestibule pour les pousser à sortir.

– Vous êtes satisfaits ? demanda-t-elle, glaciale. Il me reste juste le temps de m'habiller et de filer à l'aéroport. Si vous deviez retarder mon départ, sachez que j'en informerais des amis à Beyrouth qui ne manqueraient pas d'exprimer leur insatisfaction auprès de qui vous devinez. Ou que vous ne devinez pas. Mais vous l'apprendriez bien assez vite.

Boulay fit un signe à Pav qui, lentement, s'assit dans un fauteuil et étendit ses longues jambes. La main qu'il passa sur sa bouche ne cacha pas le bâillement. Ostensiblement, il regarda le bout de ses Nike. Puis, levant son regard vers la jeune femme qui interrogeait sa montre-bracelet, il questionna :

– Et d'où viennent les traces de sang devant la porte ?

– Quelles traces de sang ? Quelle porte ?

Elle scrutait toujours sa montre, comme si la question posée et la réponse étaient sans importance ; seul comptait l'avion qu'elle devait prendre.

– Devant la porte d'entrée de cet appartement, continua Pav, du sang a coulé dans la nuit de dimanche à lundi. La concierge s'en est aperçue au matin, et elle a envoyé la carpette au nettoyage. Bien sûr, ironisa le policier, vous n'avez pas remarqué qu'elle avait disparu...

– Mais je me fous de cette carpette comme de l'an 40 ! Je ne sais pas, moi. Ce n'était peut-être pas du sang. Ou bien c'était du sang et je m'en contrefiche aussi. Le type en dessous nous a déjà causé des ennuis parce qu'une réception l'empêchait de dormir. Il a pu y mettre n'importe quoi ! Vous n'allez quand même pas croire une concierge débile !

– Il reste des gouttes de sang sur le tapis, reprit Boulay. Nos services l'ont analysé. Ce sang est du groupe B+, comme celui du rabbin, or ce n'est pas un groupe extrêmement fréquent. Vous me direz que le hasard fait mal les choses. Seulement le hasard, je n'y crois jamais pendant une enquête. Jusqu'à preuve du contraire, je considère que le sang du rabbin Fix a été répandu devant votre porte.

Elle se laissa tomber dans un fauteuil, regarda une dernière fois sa montre. Le fait de savoir qu'elle n'arriverait pas à temps à l'aéroport changeait-il la donne ? Pour commencer, sa voix était changée, moins haute, plutôt lasse qu'offensive :

– Je ne comprends pas. Tout cela est totalement surréaliste. Je demande à parler à mon avocat.

– Il ne sera d'aucune utilité pendant la fouille. Restez assise, ordonna Boulay, et ne bougez pas sans mon autorisation. En cas de besoin, le lieutenant Bella Roy, que je vais appeler, vous accompagnera.

Il fit signe à Pavleski de veiller au grain, sortit. Sur le palier, il donna ses instructions d'une voix cassée.

– Vous y allez à fond, mais avec douceur. Vous ne jetez rien par terre, je ne veux pas de bordel. Empreintes digitales dans la chambre à coucher, les toilettes et la salle de bain. Voyez s'il y a des taches de sang et regardez le linge sale. On y va, finit-il en ouvrant la porte.

Tour à tour, entrèrent le Grand Robert et sa mallette, Plissonnier qui se leva de l'escalier où il se reposait de sa nuit de veille, Hoffmann, gouailleur, mâchant un chewing-gum, Bella Roy qui exhibait une veste de cuir noire, un laborantin que Boulay voyait pour la première fois et l'officier stagiaire qui lui avait apporté le mandat de perquisition. Avant de rejoindre la troupe, il approcha de sa bouche le micro épinglé sur le revers intérieur de sa veste qui le reliait aux deux hommes en faction devant la loge de la concierge.

– Vincent ? Qui est avec toi ? Bon, qu'il monte avec le Léopard, on peut avoir besoin d'elle. Tu ne bouges pas. Tu restes en liaison avec le capitaine Pavleski et tu nous préviens toujours si quelqu'un vient par là.

Et le travail commença. Le Grand Robert et son laborantin filèrent dans la chambre à coucher, Bella Roy palpa l'un après l'autre les lourds coussins du canapé damassé, Pav se mit à vider la commode du salon, à la recherche de ces tiroirs cachés qui faisaient la gloire des anciens ébénistes. Ils ne révélèrent, banalement, que des paquets de dollars et des pièces d'or dont la découverte allait éveiller l'étonnement de Jeanne Vernon et comme l'expression d'un regret. Dépouillée de sa fourrure, elle suivait la fouille d'un air consterné, rassérénée quand les policiers remettaient les objets en place.

Dans le vestibule, ni les rangées de La Pléiade, ni la *Grande encyclopédie de la chasse* ne révélèrent, sorties des rayonnages, la double cloison que Hoffmann espérait.

– On a beau chercher, c'est du temps perdu, dit-il un peu trop fort en reposant Proust derrière la porte grillagée de la bibliothèque.

Finalement, c'est le cagibi – et là encore, à la surprise de Jeanne qui avait dit aux policiers : « Là-dedans, il n'y a qu'un escabeau, des aspirateurs et des trucs pour nettoyer » – qui désavoua le jeu de mots du capitaine Hoffmann. Grâce à l'inspecteur stagiaire, Roger Bertin. Réflexe conditionné ? Bertin, qui emménageait dans un grenier du Marais dont il tentait de tirer le maximum de surface et de volume, remarqua la légère dénivellation entre le haut du cagibi et le plafond du salon. Il eut vite fait en grimpant sur l'échelle de découvrir, camouflées par un casier en bois, deux caméras montées sur des pivots.

En descendant de son perchoir, il rata le dernier échelon sous le coup de l'émotion.

– Pouvez-vous venir, monsieur le commissaire principal ? cria-t-il à Boulay, qui aurait aimé plus de discrétion. Si vous pouviez monter, vous verriez tout de suite.

Justement, bien que privé de croissant, Boulay ne pouvait pas monter dans l'étroit habitacle encombré de la panoplie de la femme de ménage. Il fallut tout sortir, déployer l'escabeau sur ses quatre pieds de manière à ce qu'il arrive au sommet. Placé au bout du corridor intérieur, le cagibi faisait un angle avec la chambre à coucher et le salon. L'objectif de la première caméra couvrait le canapé du salon, le viseur du deuxième appareil montrait le Grand Robert qui, la lanterne sur le front, examinait le drap du lit.

– Allez me chercher le commandant Robert, dit-il à Bertin. Et vous, ordonna-t-il à la femme de ménage qui faisait « Y a quoi y a quoi », filez à la cuisine et n'en bougez pas avant qu'on vous sonne.

Le Grand Robert monta sur l'escabeau. On l'entendit

manipuler la mécanique avant de redescendre, la lanterne éteinte, les quinquets allumés.

– Dommage, les films sont vierges, lança-t-il d'un ton égrillard. Avec ça, on ne fait pas dans l'impressionnisme. Ce sont des caméras japonaises ultra-sensibles d'une précision au quart de poil – si je peux me permettre. Trop chères, même pour une poule de luxe. C'est quoi, la mousmé ? Chantage ? Espionnage ?

– Ça se déclenche comment ? demanda Boulay.

– Je parie pour un relais dans la commande à distance. Il suffit de la diriger vers la télé ou le lecteur DVD pour l'allumer ou l'éteindre et d'appuyer sur la bonne touche.

Le commissaire retourna au salon où, les genoux croisés, assise près de la commode, Marie-Anne Vanglof faisait mine de se désintéresser des va-et-vient des policiers. Japonaises ou pas, Boulay le savait bien, la présence de caméras dans un lieu privé n'était pas un délit. Elle le lui aurait fait remarquer sur le ton canaille dont elle avait usé quand Pavleski s'était penché sous son lit. Peut-être même sa remarque obscène sur le dessous et le dessus du lit ne visait-elle qu'à désamorcer la découverte de ces caméras. Se faire passer pour une nymphomane plutôt que pour Mata Hari ? Boulay n'allait pas se laisser piéger.

Après les criailleries de Bertin, elle devait se dire qu'on avait trouvé, mais elle n'en était pas sûre. Il la fixa de son regard de sphinx mort. Entretenir l'incertitude du suspect, quand on ne peut le violenter, reste une bonne mise en condition, l'étape incontournable d'un premier interrogatoire.

Il s'assit, le dos contre la commode, évitant de lui faire face, immobile, l'observant de sous ses paupières baissées. Il la vit soudain de sa main droite serrer plus fort l'accoudoir, détournant la tête comme indifférente à Plissonnier qui ouvrait une mallette en croco posée contre un pied du guéridon, et dissimulée par une lourde nappe ouvragée. Il en examina le dessus, le tâta en faisant glisser ses mains simultanément sur l'envers et l'endroit, la referma et l'ouvrit plusieurs fois de suite. Il en sortit un exemplaire de *Cosmopolitain*, un numéro de *Vogue*, une reliure de cuir, sans doute un semainier, quelques dossiers dont il parcourut les feuilles. Il rangea dans un sac en plastique le semainier pour l'emporter au Quai. Là, on éplucherait chaque nom, chaque date, on examinerait chaque écriture. Il allait reposer la mallette quand Boulay s'approcha.

– Fais voir...

– Rien de spécial, commenta le lieutenant. Des feuilles d'inscription remplies par des étudiants de l'institut où on a planqué.

C'était bien des dossiers de l'IPP. Les premiers contenaient les fiches d'inscription de deux jeunes gens, ce qu'en disait une enquête de proximité et leurs photos d'identité. Il ne connaissait pas davantage la jeune fille dont le portrait était agrafé dans le troisième dossier. Ni son nom de famille. Mais quand il lut qu'elle se prénommait Ursule, « Ursule-Véronique », précisait la fiche, il se prit à penser que, peut-être, Fix avait raison. Alors il emporta la mallette pour la soustraire aux regards furtifs de Marie-Anne Vanglof. Arrivé dans la cuisine, d'où il chassa la femme de ménage – « Allez où vous voulez... Dans la salle de bain ce sera parfait... » –, il ressortit un à un, pour les étaler sur la table, tous les objets de la mallette. Comme Plissonnier, il tâta le dessus puis le dessous de l'attaché-case, passant sa main sur l'endroit et sur l'envers. Mais lui n'était pas fatigué. Il n'avait pas veillé toute une nuit, assis dans une voiture surchauffée, ou debout dans le froid de novembre, à faire le pied de grue. Il ne ressentait pas le besoin d'aller vite se coucher et d'en finir avec la fouille. Trois, quatre fois sur la mallette remettant son ouvrage, il passa l'index sur le bord intérieur. Dont il tira un passeport libanais. Un « passeport de service » établi au nom de KHOURI Arlette. La photo était celle de Marie-Anne Vanglof... Alors, il rouvrit chacun des dossiers, examina chaque feuille à la lumière de la fenêtre, puis feuilleta les magazines. Lentement. Comme s'il était le lecteur le plus assidu de la presse féminine. Il y avait deux pages collées. Il n'eut pas de peine à détacher les feuillets. Ils contenaient un fax. « Traits caractéristiques de T.F. (suite 2) », annonçait le document qui notait entre autres : « Entêté », « Excessif quand on heurte son intelligence », « Irrespectueux des institutions », « Peut devenir irascible »... Au verso, quelqu'un avait jeté d'une écriture hâtive : « Pas intéressé par la Kabbale. Exagérément rationnel... Rend la chose plus difficile. »

Tour à tour sceptique, dubitatif, soucieux, il lut les annotations qui, sur l'autre page dissimulée dans le deuxième magazine, avaient l'air d'y avoir été portées au jour le jour. En prévision d'un rapport que l'auteur devait rédiger ? En regard de chacune des dates, il releva des indications du genre : « File doux... » « Je le tiens... » « Semble très intéressé par notre branche en Palestine... » « A accepté de venir à l'appartement »... Boulay ne put s'empêcher de sourire à l'avant-dernière indication : « Plus coriace que prévu. Attiré par le café plutôt que par... » D'un trait apparemment furibard, on avait souligné l'ordre des préférences de Théodore Fix, pas très flatteur, voire désobligeant, pour Mata Hari.

Il cessa de sourire à la dernière note : « Passer à la vitesse supérieure ? »

12

– Je suis désolé de vous faire venir jusqu'à mon bureau, s'excusa Le Clec, mais notre affaire m'y retient.
Il ne voulait pas, dit-il, la laisser sans nouvelles, alors qu'on avait placé en garde à vue « la personne en question, une certaine Marie-Anne Vanglof, alias Arlette Khouri ». Le magistrat tenait à se montrer rassurant, retraçait pour Elisabeth un aperçu des événements depuis la fouille, aux premières heures de la matinée. Un aperçu plutôt vague, pour ne pas la choquer, ni l'alarmer davantage. Alors, il omettait, déformait. Il ne lui parla pas de la pharmacie et ne fit qu'une brève allusion aux traces de sang.
– Cette femme vous semble-t-elle sincère ? demanda-t-elle. Elle n'a aucune idée de qui retient Théo ?

– D'abord, elle a fait comme tout le monde. Elle a tout nié. Elle ignorait l'existence des caméras dans un appartement qui n'était pas le sien ; ses contacts avec Théo étaient strictement professionnels. Elle lui a proposé d'enseigner dans son institut et l'a reçu chez elle, parce que les bureaux de l'institut étaient fermés le dimanche. Quand le commissaire l'a interrogée à propos d'un fax venu de Beyrouth où il était question de Théo, elle a donné des explications embrouillées sur les enquêtes de routine avant d'engager un enseignant. Et si le document venait de Beyrouth, c'est parce que leur PDG voyage beaucoup, etc. Ce que je vous dis, Elisabeth, est bien sûr strictement entre nous. Vous n'en avez jamais entendu parler si Boulay ou un autre en faisaient mention.

– Cela va de soi. Croyez bien que je suis très sensible à votre amitié.

Elisabeth savait gré à Le Clec d'entrouvrir les secrets de l'instruction et craignait qu'il ne lui dise plus rien du tout si elle le pressait. Quant à Le Clec, son amitié pour Fix l'amenait à soutenir sa femme dans cette épreuve. Cependant, il ne pouvait franchir certaines limites. En particulier, il ne pouvait lui révéler qu'à la « Piscine » le nom de « KHOURI Arlette » – qui ne figurait ni sur le fichier de la PJ ni sur celui d'Interpol – avait provoqué quelques remous. Les ordinateurs avaient retenu que, deux ans avant le 11 septembre, elle avait eu un contact avec l'un des auteurs de l'attentat. Les services de contre-espionnage souhaitaient lui poser quelques questions. Dès lors, l'interrogatoire prit une autre tournure.

Dans le gant de velours quelque peu retroussé, la main de Boulay se révéla d'acier trempé. Rejoint par un collègue des RG, il menaça de la faire inculper pour meurtre ou complicité d'enlèvement au profit d'une organisation terroriste. Il lui signifia qu'en vertu de la nouvelle législation sur le terrorisme, elle ne pourrait voir son avocat qu'à l'issue de quatre jours de garde à vue. Et, mi-figue mi-poivron, il conseilla à ce propos : « Vous devriez faire appel à Me Vergès... c'est de sa compétence. » Il n'en fallut pas plus pour qu'Arlette Khouri se mette à table. Sans doute minimisait-elle son rôle, mais on admettait aux Renseignements généraux qu'il n'avait jamais dû dépasser celui d'un exécutant de second ordre. Ce qui amena Le Clec au résumé que voici :

– Boulay a bluffé. Il a... prétendu qu'on avait trouvé des traces de sang dans la maison de cette femme, qu'il allait l'inculper pour complicité d'enlèvement ou d'homicide volontaire. Elle a cédé presque aussitôt. Elle a reconnu qu'elle était chargée de séduire Théo afin qu'il se mette au service d'une secte, dont le siège est au Liban, pour y enseigner la Kabbale et le parler des prophètes. Là se limitait sa mission. Elle a juré ses grands et ses petits dieux qu'elle n'était pas mêlée à l'enlèvement de Théo, que ses commanditaires avaient pu agir à son insu. Actuellement nous tentons de les situer. Dès demain matin, il faut vous y résoudre, Elisabeth, nous diffuserons la photo de Théo. Nous ne pourrons plus cacher sa disparition.

Sur le bureau, le portable se mit à jouer les premières notes de la *Cinquième*.

– Pardonnez-moi..., fit le magistrat.

L'écoute fut brève, la réponse aussi :

– Je ne bouge pas... Je vous attends. Oui, tout de suite...

À Elisabeth :

– C'est un ponte d'un autre service. J'aimerais autant qu'il ne vous trouve pas ici. Je vous appelle dès qu'il y a le moindre élément nouveau. Courage, ma chère ! Il la raccompagna jusqu'à la porte.

– Irène ! Ayez l'obligeance de reconduire Mme Fix.

« Ça ne tient pas debout », se disait Elisabeth. La foule la pressait dans le métro. C'était l'heure de pointe, elle sortait à la prochaine et se tenait à la barre, refusant de se laisser pousser au fond du wagon. Dans sa tête aussi les idées se pressaient, dans sa tête aussi elle ne voulait pas céder. Ni au désespoir, ni à Le Clec. Elle n'allait pas gober ses histoires ! Elle ne croyait pas qu'une secte avait enlevé son mari. Pour quoi faire ? Pour le droguer et l'obliger à enseigner ? « Ça ne tient pas debout », répéta-t-elle une énième fois alors qu'elle grimpait les escaliers à Saint-Germain. Et que vient faire le Liban dans le tableau ?

« Et le policier qui aurait bluffé ! Des traces de sang dans une maison, ça ne s'invente pas ! » Elle avait oublié son cache-nez, le col de son manteau fermait mal ; elle frissonnait au vent humide, dans la rue de Rennes. « Reste que, s'il y avait vraiment du sang, ça expliquerait pourquoi il m'a demandé son groupe sanguin. » Jusqu'alors, elle avait rejeté l'idée que Théo pouvait être blessé. Elle frissonna.

L'ascenseur était occupé. Elle monta les escaliers en courant, dans l'espoir fou que Théo était de retour, mais l'ascenseur redescendait quand elle atteignit son étage. L'appartement était désert, sans trace de vie. Même les fleurs qu'il avait achetées pour chabat se fanaient. Elle n'avait pas le courage de les jeter. Elle redoutait le lendemain, quand il lui faudrait informer le président de la communauté, les gens du Consistoire, les fidèles de la synagogue. Au moins serait-elle entourée de ses enfants – qu'il lui faudra bien prévenir. Et le lycée...

Le téléphone sonna. Il sonnait souvent. Des amis, des élèves qui avaient entendu que le rabbin était grippé, et qui venaient aux nouvelles. « Il va mieux, je vous remercie. Non, pas de visite encore », disait-elle.

C'était Caro. La nouvelle n'avait pas dû atteindre la rue Lhomond, mais Elisabeth n'avait pas la force de feinter. Fuir. Seulement fuir :

– Je dois sortir, ma chérie. Non... j'en ai pour toute la soirée. Une réunion qui n'en finira pas. Les petites vont bien ? Tu les embrasses. Je te rappelle demain.

Elle raccrocha, la privant de parlote.

Elle entra dans le bureau de Théo, alluma la lampe derrière le fauteuil en osier. Elle s'en voulait de l'avoir éconduit, d'avoir refusé de le croire. Mais c'était pour son bien ! Pour qu'il ne se lance pas dans une aventure insensée, ou qui le mettrait en danger. Le Clec, lui, aurait dû l'écouter. C'était son métier, à Le Clec ! Il aurait dû se rendre compte que l'affaire était sérieuse. Théo savait-il seulement, là où on le retenait prisonnier, que la police s'occupait maintenant de cette histoire ? Qu'on allait porter secours à cette Ursule dont le père lui avait téléphoné ?

Pourquoi pensa-t-elle soudain à Rabbi Yehouda ben Beteira ? Parce qu'elle était assise dans ce fauteuil-là au dernier cours de Talmud et que Théo avait parlé de ce rabbi, retenu au nord de la Syrie (à Netsivin ?) qui avait su mettre dans la bouche d'un imposteur le propos qui allait le confondre lorsqu'il se présenterait au Temple de Jérusalem. Théo avait longuement parlé de la communication à distance, souvent plus exacte, parce que la personne à l'écoute cherchait à comprendre au lieu de s'impliquer dans l'exposé, de le charger de ses propres réactions, ce qui l'amenait à « entendre » autre chose et finissait par un... mal entendu. Comme il avait raison ! Il avait fallu que lui aussi soit retenu, quelque part au loin, sans avoir la possibilité de s'adresser face à face à Le Clec, pour que celui-ci le prenne au sérieux et que la police, enfin, se mette au travail.

13

Théo pensait à Elisabeth. Il ne cessait de penser à Elisabeth. Quand il avait fui l'appartement de l'avenue Franklin-Roosevelt, aveuglé par le serpent de sang à l'oreille de la femme, il avait agi contre toute logique. Marie-Anne jetait le filet dans lequel elle s'empêtrait. Il aurait dû serrer ! Au lieu de quoi, il avait abandonné la place, parce qu'il était incapable alors de rester auprès du monstre qui avait envoyé Maïmon à la mort. La pluie qui commençait à tomber l'avait ramené à la raison, au *chakla ve-taria* talmudique, au « prendre et à laisser », qui fait de l'homme un être hésitant plutôt qu'un roseau pensant.

Sa colère tombée, Fix avait hésité à solliciter la machine grise et clignotante du parking. Il hésitait toujours quand, depuis le rond-point des Champs-Élysées, il était retourné avenue Franklin-Roosevelt, avant de rebrousser chemin en direction du garage, pour, finalement, s'engager derechef dans l'avenue. Il marchait à petits pas, peaufinant son plan, ralentissant encore pour se donner le temps de changer d'avis, de changer de chemin... Enfin, il dépassa le 61, avança en direction de la placette devant l'église Saint-Philippe du Roule, où brillait l'étoile verte d'une pharmacie de service. Il savait l'immense peine qu'il ferait à sa femme, mais le devoir ne lui laissait pas le choix. Ni la mémoire de Maïmon, ni surtout le sort d'Ursule ne lui permettaient de tergiverser davantage. Le temps fuyait. Il ne restait que peu de minutes pour le rattraper.

Il ne remarqua pas la chaleur dans l'officine, ni ne sentit les effluves d'alcool, de drogues et lotions qui s'alliaient aux parfums des savons jetés dans une corbeille contre laquelle il buta. Les sentiments de crainte, de malaise et d'audace se bousculaient en lui, se propageaient en ondes successives, le privaient de parole. Il tendit l'argent à la blouse blanche, haute, filiforme, qui le servait. Elle prononça : « Bonne soirée, monsieur. »

Après une ultime mais courte réticence, Théodore Fix marcha d'un pas résolu, vers l'immeuble. La lumière perçait derrière le rideau mal fermé de la loge. La concierge ne dormait pas. C'était un premier succès. Il se mit à crier : « Ouvrez-moi, mais ouvrez-

moi donc. » Après seulement, il appuya sur la sonnette au nom de l'IPP. Il entendit la porte de la loge
s'entrouvrir au moment même où la voix du troisième
résonnait dans l'interphone. « Ouvrez-moi, répéta-t-il
sur un ton toujours trop haut, j'ai eu tort de m'en
aller. Je me suis comporté comme un âne. Ouvrez-
moi, je vous prie. » La porte céda. Il dédaigna l'ascenseur, monta sans bruit jusqu'au premier étage et là se
fit tout petit, encore plus petit qu'il n'était, se blottit
dans un coin et attendit.

Jamais il n'aurait cru qu'une minuterie était si longue
à s'éteindre. Elle s'éteignit enfin... pour se rallumer.
Sans doute Marie-Anne qui l'attendait. Interminable,
cette minuterie ! Chez lui, elle était toujours trop
courte, l'obligeant dans le noir à fourrer successive-
ment trois clés dans la serrure avant de trouver la
bonne. Il retint son souffle, veillant à ne pas bouger.
Il entendit une porte qui s'ouvrait. Elle devait se pen-
cher par-dessus la rampe, regarder ce qu'il pouvait
bien faire à traînasser. Il l'imaginait dans son peignoir
blanc, le sang à l'oreille, haussant les épaules. La
porte claqua. Trop fort. Elle devait être en colère. Il
resta dans son coin, blotti, recroquevillé, à l'écoute
des bruits.

L'alerte sonna quand, en bas cette fois, s'ouvrit la
porte d'entrée. Re-lumière ! Il entendit une voix de
femme et celle d'un homme qui répondait. L'incident
qu'il redoutait. Il commença à descendre l'escalier
comme si, le plus banalement du monde, il sortait de

la maison. Mais l'ascenseur se mit en marche. À travers la vitre, il vit deux silhouettes.

Il retourna dans son coin, resta là une heure entière, se hasarda à faire un petit pas à gauche, un pas à droite, veillant à ne pas apparaître dans le champ de vision de la lucarne de l'appartement à droite ou de l'œil incrusté dans la porte gauche. Il pensait à Elisabeth, étonnée, déçue puis inquiète de ne pas le voir sur le quai. Combien de temps attendrait-elle avant de rentrer à la maison ? Appellerait-elle Caro ? Sans doute pas. Elisabeth était forte, indépendante, trop indépendante, et Caro trop impulsive et craintive. Elle ne serait d'aucun secours. Dans l'appartement, elle chercherait un mot d'explication, elle attendrait son appel. Pauvre Elisabeth.

Il attendit 23 h 38, l'heure à laquelle le train allait entrer en gare pour monter au troisième. C'était, bien sûr, totalement irrationnel, mais si la télépathie, sous une forme ou une autre, pouvait exister, c'était le seul message qu'il pouvait adresser à Elisabeth.

Arrivé à l'étage, il se planqua dans le coin droit, le temps de reprendre son souffle, d'examiner les lieux que le vitrail sur la cour colorait d'un clair-obscur suffisant pour lui permettre de réaliser son dessein. Afin d'être tout à fait sûr d'échapper à un hasard malveillant, à un regard fortuitement jeté à travers une lucarne ou une lunette, il avança à quatre pattes et, toujours accroupi, colla son oreille contre l'une et l'autre porte du palier. Il n'entendait aucun bruit.

Alors, il s'assit par terre, sortit de la poche de son manteau la petite trousse de secours achetée dans la pharmacie, déchira le papier des pansements qu'il fourra dans sa poche et, comme il l'avait vu faire lors d'une prise de sang, sangla un garrot sur son bras gauche. Après quoi, avec l'une des épingles de sécurité, il se piqua deux fois l'extrémité de l'index, libéra le garrot et laissa le sang couler sur la carpette. Quelques gouttelettes arrosèrent la moquette rouge alors qu'il levait son bras pour arrêter l'hémorragie. Ensuite, il appliqua les pansements, serra fort.

Il était sûr que sa disparition ferait bouger Le Clec, qu'on partirait à sa recherche. C'est vrai qu'ils ne savaient rien de l'IPP ni de Marie-Anne Vanglof, il n'avait pas dû laisser d'indications dans le semainier, mais il en avait assez dit à Le Clec. Elisabeth se rappellerait le coup de fil de Rousseau. Ils chercheraient dans les « instituts » (il se rappelait avoir parlé explicitement d'un « institut ») une ancienne élève répondant au nom d'Ursule Rousseau, et ils finiraient par arriver jusqu'ici. On remarquerait le sang sur la moquette. Du coup, Le Clec se souviendrait des soupçons qu'il lui avait exposés. On interrogerait la Vanglof sur la mort du docteur et sur le sort d'Ursule. Avec un peu de chance, elle se trahirait. Avec un peu de chance... Il en faudrait beaucoup, il en faudrait énormément, pour que ça marche, mais que pouvait-il faire d'autre ?

Il descendit en catimini, retint l'une après l'autre les

deux portes d'entrée pour les empêcher de claquer et se mit en marche. Pas question qu'il prenne sa voiture qu'on aurait vite repérée le lendemain, focalisant les recherches là où il ne fallait pas. Moins encore un taxi qui se souviendrait d'avoir embarqué, passé minuit, un homme avec un béret basque du côté du rond-point. Il en avait bien pour trois quarts d'heure de marche jusqu'à la synagogue où il voulait récupérer ses *tephiline*, ces boîtiers noirs dont chaque jour et de préférence pendant la prière du matin, il fallait nouer les phylactères sur le bras et sur le front. Par chance, il gardait dans son trousseau les clés de la synagogue où, bien souvent, il arrivait le premier, ouvrait la porte aux autres ! Une fois ses *tephiline* récupérées, il trouverait un petit hôtel, suffisamment louche pour qu'on l'y laisse tranquille sans poser de questions. Le reste, il verrait bien.

Encore que, sans linge de rechange, sans nourriture cachère, les choses n'iraient pas d'elles-mêmes. Mais pour l'heure, c'était le moindre de ses soucis. Le plus immédiat étant le vent qui soufflait en tempête, la pluie qui lui fouettait le visage et ses chaussures qui allaient prendre l'eau. Il avait pensé les faire ressemeler le lendemain. Le lendemain ! Il lui manquait toujours une journée. Quand, avant de se coucher, il consultait son planning, qu'il voyait la pile de livres en attente sur le guéridon, ses dossiers étiquetés ; « Urgent », « À faire », « Aujourd'hui »..., il se disait que si seulement il avait une journée de plus... Et voilà que ses chaussures se mettaient de la partie, réclamaient elles aussi un sursis de vingt-quatre heures. Aux Tuileries, il trouva refuge sous les arcades. Il pensa à Elisabeth. Où était-elle maintenant ? À la maison, sans doute, à se faire du mauvais sang. Que pouvait-il faire ? Il ne pouvait la prévenir, c'était impossible. Jamais elle ne saurait jouer la comédie devant Le Clec ou un autre ! Et la Vanglof quitterait Paris le surlendemain ! Dieu seul savait si la jeune Ursule était encore en vie. Est-ce que le policier verrait le sang sur la carpette ? Il en aurait fallu davantage mais alors la Vanglof s'en serait aperçue et l'aurait fait nettoyer.

La pluie redoublait. Le vent sifflait, soufflait, levait par-dessus les lampadaires de la rue des trombes tourbillonnantes. Il n'allait pas traverser la cour du Louvre sous ce déluge ! Il était suffisamment loin maintenant pour qu'on ne puisse établir de rapport entre le piéton sous les arcades et un individu qui aurait cherché à embarquer du côté de l'avenue Franklin-Roosevelt. Pour brouiller les pistes, il enleva son béret et, quand un taxi en maraude s'arrêta, il prit l'accent anglais et demanda à être déposé, ultime précaution, devant le cinéma de la Pagode, bien avant la synagogue !

– Sale temps, hein ? dit l'homme au volant, soucieux de se montrer aimable au moment du pourboire.

– Oâ ! C'est comme *at home, isn'it ?... Good night*, fit-il en claquant la portière.

Un parapluie, si seulement il avait son parapluie ! Depuis que le taxi l'avait largué, il sentait davantage le froid qui le pénétrait. Il tenta de repérer un petit hôtel où il pourrait se mettre au sec. Et au chaud. Pas la moindre enseigne n'éclairait les parages.

Quand, plus tard, il aperçut les barrières de sécurité devant la synagogue, il eut le réflexe de chercher ses clés et fut étonné de ne pas reconnaître son trousseau. « Bien sûr... les clés du vieux Portowicz. » Portowicz qui lui avait demandé de prendre son courrier et de garder les clés de son appartement « parce qu'on ne sait jamais » ! Il ralentit son pas. « À l'heure qu'il est, Portowicz est à l'aéroport. Ou dans l'avion... Alors, alors... pourquoi pas ? »

Bref, jugeant que le camarade Portowicz était enfin en mesure d'appliquer son idéal collectiviste, le rabbin Théodore Fix, muni de ses *tephiline* et d'un commentaire biblique raflé sur un banc de la synagogue, squattérisa le domicile de Charles Portowicz, dans la rue Mathurin-Régnier, Paris XVe.

Là, il vécut les jours, les nuits, les heures les plus angoissantes de son existence. Au moins avait-il résolu le problème habilement. Il trouva même un pyjama. Il manquait un bouton à la veste, l'élastique du pantalon – bien trop long – était distendu, mais le vêtement en coton peigné était chaud. Côté nourriture, il restait quelques conserves dans le placard. Des conserves pas cachères. Sauf deux boîtes de petits pois à l'étuvée dont il avala la première en guise de dîner, dans une cuisine composée d'un réchaud à hauteur de l'évier et d'une table en bois blanc recouverte d'une toile cirée, sous laquelle il fallait glisser le tabouret pour ouvrir le placard.

Après une nuit courte et agitée, il mangea l'autre boîte pour son petit déjeuner, arrosée d'eau du robinet. L'appartement aux plafonds devenus gris, tapissé de rouleaux fleuris d'un autre âge et dûment défraîchis, sentait le renfermé, ajoutait à sa déprime. Le chauffage central marchait à plein tube. Ce dont il fut aise... avant que la chaleur sèche, excessive, le pique à la gorge. Il se déplaçait en chaussettes sur la moquette usée pour que le voisin du dessous n'entende pas ses pas, évitait d'allumer la lumière pour que celui d'en face ne le remarque pas. La bibliothèque de M. Portowicz était surtout composée de livres en yiddish et en polonais. Fix ne lisait ni l'un ni l'autre et, submergé par le remords quand il pensait à sa femme et aux rumeurs que son absence allait susciter dans sa communauté, il était incapable de fixer son attention sur le commentaire biblique qu'il avait emporté.

La télé marchait et les piles du transistor n'étaient pas usées. Il écouta les informations, mais son affaire, il le savait bien, n'y serait pas évoquée. Il n'avait aucune nouvelle et ne pouvait en avoir. Il ne cessait de se morfondre à l'idée qu'Elisabeth était malheureuse, tout en se répétant en un perpétuel aller-retour que sûrement non... oui, elle l'approuverait ; qu'assurément elle ne pourrait pardonner ; qu'elle lui en voudrait toujours et pas non plus. Il imaginait les formules dont il userait quand tout cela serait fini, pour expliquer, demander pardon.

À 17 heures, la radio annonça un attentat suicide à Jérusalem. L'image de petit David dans son grand lit d'hôpital lui revint aussitôt. Il se sentait malheureux, infiniment malheureux, de ne pouvoir téléphoner. Il tenta de se raisonner, quand l'autre image, celle du Dr Maïmon dans le journal, se superposa à la première, l'oblitérant pour le blesser comme au premier jour et le conforter dans son dessein.

La nuit était tombée depuis de longues heures. La faim le tenaillait et la solitude, à laquelle il aspirait d'habitude alors qu'on l'assaillait de toutes parts, lui devenait insupportable dans cet environnement fait d'incertitude, de peurs, de silence et de vétusté. Alors, presque vingt-quatre heures après son irruption dans l'appartement de M. Portowicz, il sortit à la recherche de l'une de ces petites épiceries ouvertes tard dans la nuit. Il avait abandonné son béret et relevé le col de son manteau pour éviter qu'on le reconnaisse au cas, très improbable, où quelqu'un serait en mesure de le faire. La pluie avait cessé ; l'air sec et froid le ragaillardirent. Il marcha en direction de la synagogue, là où, passé une première ruelle, il avait remarqué un étalage de fruits. Il entra, toussa pour justifier le col relevé jusqu'aux oreilles. Il y avait tout ce qu'il désirait ! Des yaourts, des sardines à l'huile... Il restait même un bâtard dans son panier. Il s'acheta une boîte de Nescafé – la plus chère, en espérant qu'elle méritait son prix –, du beurre, de la confiture aux myrtilles, celle qu'il préférait. Il pensa à son petit déjeuner-petits-pois et la perspective du lendemain lui sourit. L'homme à la caisse, aussi, lui sourit. Il lisait le Coran à son arrivée et l'avait refermé, non sans y avoir placé un marque-page. Il avait le visage émacié, les joues piquées de gris, gris comme la blouse qu'il portait sur une chemise d'un blanc douteux. Un homme enfin ! Un homme à qui parler.

– Vous n'avez pas froid, comme ça, avec la porte ouverte et le temps qu'il fait ?

– Je viens de la montagne (l'homme prononçait « moutagne »). Il y a de la neige en hiver et il fait bien plus froid qu'à Paris. Il y a aussi le soleil. Pas comme ici...

Fix pensa aux monts de Kabylie. Sur l'Aurès aussi, il devait neiger... Et puis, ça pouvait être un Turc. D'ailleurs, ça ne le regardait pas.

– Je vous dois combien ?

– Ce sera tout ?

– Vous savez... c'est beaucoup pour un homme qui a faim.

Pourquoi, lui qui fuyait les bavards, se laissait-il aller à papoter ? Parce qu'il se sentait seul ? Parce que, depuis tant de jours, il se sentait incompris ? Par Elisabeth, par Le Clec, son ami ! par les autres qui ne devinaient rien de son tracas ? Par cette femme au serpent de sang qui le trompait ? Jusqu'aux livres en polonais de Portowicz qui ne lui disaient rien. Le marchand, lui, vendait ce qu'il avait et Fix achetait ce qu'il cherchait. L'entente était parfaite. Tous deux se comprenaient, personne ne cherchait à berner l'autre.

– Dans mon pays, reprit le Kabyle (ou le Turc) de sa voix rocailleuse, il suffit d'un bout de pain et de quelques olives. On dit aussi... (le timbre baissa d'un registre), on dit aussi, dans mon pays, que la petite fourmi ne souffre jamais de la faim mais que le lion malgré ses grandes dents et ses griffes n'a pas toujours à manger.

– La petite fourmi de la vallée des fourmis ? Celle qui dit aux autres fourmis d'entrer dans leurs demeures pour que le roi Salomon et son armée ne les écrasent pas sans s'en apercevoir ?

Fix était tout heureux de se rappeler son dernier cours aux « jeunes ménages » devant cet homme qui lui parlait de son pays, de la sourate aux fourmis.

– Vous lisez le Coran ? s'étonna le liseur.

– Je lis davantage la Bible, répondit Fix en lui tendant la main.

L'autre la serra. Avant de reprendre d'une voix tout juste audible :

– La petite fourmi qui dit aux autres de s'abriter, voilà bien longtemps qu'elle n'est pas venue.

Puis il ajouta :

– Le Coran dit qu'« un gardien se tient auprès de chaque âme ». Qu'il veuille vous protéger des ombres de la nuit.

On ne saurait affirmer que pour Théodore Fix la journée du mardi fut moins angoissante que la veille. Il ne pourrait prolonger longtemps sa disparition, c'était évident. Il se sentait reclus, embastillé. Plus d'une fois, il fut tenté de descendre acheter un journal. Mais à quoi bon, puisqu'ils ne parleraient ni d'Ursule, ni de Marie-Anne Vanglof. Ni d'Elisabeth, surtout ! Le sentiment d'oppression ne le quittait pas, chaque heure ses appréhensions devenaient plus vives. Il désespérait maintenant de l'indulgence de quiconque, craignait l'indignation de sa femme, la réprobation de ses enfants, le sourire moqueur, condescendant, de Le Clec. Par-dessus tout, il redoutait le triomphe de la Vanglof qui allait partir pour Beyrouth ou ailleurs, et les nouveaux crimes que ses complices ou ses chefs pourraient comploter.

Étrangement, l'approche de la nuit qui éveille l'homme à ses angoisses cachées avait sur Fix un effet apaisant. Il ne manquait pas de nourriture depuis les achats de la veille et, l'accoutumance étant la chose la mieux partagée, l'appartement de M. Portowicz ne lui inspirait plus la même répulsion. Il lui aurait fallu l'absolue certitude d'être reconnu pour l'empêcher de retourner chez l'épicier. Il s'y rendit bien plus tôt que la veille. Le Kabyle, cette fois, pouvait ne pas être seul. Eh bien, il ferait le tour des rayonnages en attendant ! Depuis leurs vacances d'été, quand il accompagnait Elisabeth, il n'avait pas mis les pieds dans une épicerie. Maintenant, il lui semblait éprouver pour les boîtes colorées (il avait remarqué des tisanes d'herbes, de fruits et de fleurs les plus inattendus), les bouteilles de tous acabits, les conserves joliment alignées, les fruits et les biscuits, l'émerveillement qu'enfant, avant Noël, il éprouvait pour l'univers des jouets. Était-il attiré par l'homme au Coran, comme il l'avait été par le Père Noël, sa robe rouge et son capuchon frangé de blanc ?

– Il fait toujours aussi froid, dit Fix en entrant.

Comme la veille, l'homme en gris lui sourit. Cette fois, il laissa ouvert le livre du Coran.

14

À l'heure où Fix pénétrait dans l'épicerie, Le Clec sortait de chez Elisabeth. Il était brave, Le Clec ! Il aurait pu, simplement, lui téléphoner pour la mettre au courant, lui rapporter les tout derniers développements de l'affaire, mais il avait tenu à venir chez elle, alors que sa journée de travail avait été longue. Pour la tenir informée, avait-il dit. Mais sur le fond, elle n'en savait pas beaucoup plus. Sinon que la femme qu'ils avaient arrêtée avait été la maîtresse de ce médecin assassiné, qui avait soigné David. Elle avait été aussi sa secrétaire ou son assistante pendant une courte période. Cependant, elle continuait à jurer qu'elle n'était pour rien dans la disparition du rabbin.
Elisabeth avait tenté d'en savoir plus, en particulier

sur les traces de sang dans l'appartement. Le Clec avait nié, puis il avait dit que les traces n'étaient pas dans l'appartement et qu'enfin rien ne prouvait que c'était le sang de Théo. Tout cela était accessoire, l'essentiel était de savoir comment Théo avait été enlevé, et où, pourquoi et en attendant quoi on le séquestrait. Bizarrement, Elisabeth se sentait moins inquiète que la veille ou l'avant-veille, parce que la police s'en mêlait et qu'on avait arrêté un suspect... Puisque les événements donnaient raison à Fix, sa disparition répondait à la logique. Théo aurait raisonné de cette manière. Jusqu'à inverser les termes de l'équation. Référence talmudique à l'appui ! Elle sourit. Pour la première fois depuis trois jours. Depuis trois nuits. Il aurait démontré que son enlèvement ou sa séquestration étaient nécessaires dès lors qu'ils permettaient de mettre en marche la machine policière !

Le téléphone sonna. Il ne cessait de sonner. Elle laissait sonner. Tout à l'heure, on avait même frappé à la porte. Elle n'avait pas ouvert. Bien sûr, on devait commencer à se poser des questions, à imaginer tout et n'importe quoi, à jaser. Tant pis. Rien ne serait pire que les réponses qu'il lui faudrait inventer : « Il a beaucoup de fièvre, mais ne le répétez pas », « Non, il ne peut pas vous parler », « Il est absent pour quarante-huit heures », « Merci, mais il ne veut pas de visite », « Il est en rendez-vous », « Il a repris... oui, il donne un cours en ce moment ». Alors elle laissait sonner, même son portable.

Elle frissonna, jeta un cardigan sur ses épaules, grignota un cracker avec un bout de fromage. Elle qui, le soir, ne savait où donner de la tête, corrigeant les copies, revoyant ses cours, préparant le dîner, ou la lessive et le repassage, était là, désœuvrée, incapable du moindre effort intellectuel. La disparition de Théo et l'enquête de la police la ramenaient invariablement à son souci, comme si en elle un ressort se tendait, se détendait, se tendait de nouveau. Elle avait congédié la femme de ménage « jusqu'à jeudi en tout cas, je vous préviendrai », parce qu'elle n'aurait pas supporté sa présence. Et moins encore ses questions. Elle passait ses journées à faire tourner la machine à laver, à nettoyer l'appartement. Le ménage, ça l'occupait.

Elle alluma la télé. La première chaîne passait *Le bonheur est dans le pré*. Théo avait aimé ce film. Michel Serrault y jouait le rôle d'un mari disparu ! Elle éteignit, prit un livre. Elle s'efforça, comme elle l'avait tenté la veille, de dépasser la page 216 d'*Impératrice* de Shan Sa. Au moins l'intelligence, la volonté de la souveraine pouvaient-elles l'inspirer ? Elle parcourait les lignes, recommençait, sans saisir vraiment ce qu'elle lisait.

Elle se réveilla, saisie de panique, dans le fauteuil où elle s'était assoupie. Minuit vingt, déjà ! Et si Théo avait essayé de l'appeler ? Non... elle rêvait. La sonnerie l'aurait réveillée. Elle passa à la salle de bain, puis se coucha, trop fatiguée pour se rendormir. Zappa, éteignit, zappa, se posa mille questions, élabora autant de scénarios. Sans doute s'endormait-elle par à-coups. Puis elle s'endormit vraiment.

Et le téléphone sonna.

Elle se dressa sur son lit, alluma. Elle tremblait de tous ses membres. Le réveil indiquait 2 h 10.

— Bonjour ! Est-ce que *jè* pourrais parler à *mèssié* le rabbin ?

Elle n'en croyait pas ses oreilles, son cœur battait la chamade. Les ravisseurs ? Mais à quoi rimait leur jeu ? À la rendre folle ?

— Allô... allô..., continuait la voix.

C'était une voix faible, hésitante. Suprême raffinement ? Comme les Chinois dans Shan Sa ? Elle s'attendait au pire.

— Que voulez-vous ? Que voulez-vous ? cria-t-elle.

Elle s'entendait trembler, tenta de se maîtriser.

— *Jè* voudrais parler à *mèssié* le rabbin. Il n'est pas là ?

Elle regarda le réveil, elle regarda sa montre. Il était bien 2 h 10 et pas une lueur ne perçait le volet.

— Et vous... vous êtes qui ?

— *Jè* suis *mèssié* Portowicz. Charles Portowicz. *Mèssié* le rabbin n'est pas là ?

Elle inspira, fit l'effort de se calmer.

— Allô, allô..., faisait le téléphone.

— Vous savez l'heure qu'il est, monsieur Portowicz ?

— Chez nous, il est 9 heures et quart bientôt. 21 h 12 exactement... Je vous appelle de chez ma fille à New

York ! Voilà pourquoi *jé* vous téléphone : j'ai donné les clés de mon appartement à *mèssié* Fix et *jè* voulais *lè* prier...

– À Paris, monsieur Portowicz, il est maintenant 2 h 12. Exactement 2 h 12 du matin ! Vous entendez : du matin. Du matin !

Elle était hors d'elle. Si un jour elle le rencontrait, ce Portowicz...

– Comment le matin ? Mais à Paris c'est sept heures plus tôt... Oh, vous avez raison, c'est sept heures plus tard ! Oh, *jè* m'excuse beaucoup, madame, *jè* m'excuse... *Jè* rappellerai demain. Excusez-moi...

Elle raccrocha. D'un coup sec, violent. Elle était hors d'elle, mais ne tremblait plus. D'avoir crié, d'avoir laissé éclater sa fureur l'avait libérée, apaisée. Et dire qu'elle s'était enfin endormie et que cet imbécile la ramenait à son tourment. Assise sur le lit, les jambes pendantes dans son pyjama, un joli pyjama de soie bleue mais trop léger, elle grelottait, de froid cette fois, sans savoir quoi faire. Si seulement elle pouvait échapper à sa peine, à la détresse qui lui montait à la gorge. Se rendormir ? Elle n'avait jamais pris de somnifères, l'idée de se droguer lui répugnait. Peut-être un whisky pur sans eau ? « Allons-y pour un double whisky ! » Le chauffage marchait au ralenti. Elle allait prendre sa robe d'intérieur, la grise, celle qui lui tenait bien chaud, mais elle se ravisa à l'idée que Théo ne l'aimait pas et enfila le peignoir blanc qu'il lui avait offert.

Parce qu'elle n'avait allumé qu'un des lampadaires, le salon la fit penser à la chambre mortuaire où ses activités de femme de rabbin la conduisaient trop souvent. Ses pieds étaient glacés ; elle les ramena contre sa poitrine dans le fauteuil où elle s'était blottie. Le silence avait cette épaisseur particulière que lui imprime la solitude. Pas le moindre bruit ne venait du dehors ni de l'appartement du dessus, d'où les pleurs du bébé, la veille encore, perçaient la nuit. Tout ça parce que Portowicz, *mèssié Charles Portowicz*, confondait le soir et le matin ! Il en aurait fait quoi, Théo, des clés de Portowicz ! Mais où et quand avait-elle entendu parler de clés ? Elle l'avait vu écrit, le mot « clés », elle l'avait vu écrit quelque part de l'écriture de Théo. « Bien sûr, dans le semainier qu'ils ont emporté. » L'alcool dont elle se versait une nouvelle lampée roucoulait dans son verre, apaisait son angoisse. « Et d'abord, c'est qui Portowicz ? Jamais vu de Portowicz ! Jamais entendu parler de lui ! » Elle posa son verre par terre et se redressa soudain, le regard hagard. « Et si Théo... ? Ce n'est pas possible. Si, pourtant... S'il était allé jusqu'au bout du raisonnement, jusqu'au bout de ses convictions, s'il avait disparu pour forcer Le Clec à bouger ? Non, il m'aurait laissé un signe, un message... »

Elle courut dans le bureau chercher le répertoire téléphonique. « Portowicz » n'y était pas. Alors elle ouvrit le Minitel, se trompa, recommença. Il y avait trois Portowicz. Dont un Charles Portowicz, rue Mathurin-

Régnier. « Et si quelqu'un d'autre dormait dans l'appartement ? » Le scrupule ne l'arrêta pas.

Son doigt tremblait. Lentement, prenant soin d'appuyer à fond sur chaque touche, elle composa 0 1 4 3 2 7... Elle laissa sonner cinq fois, raccrocha. « S'il est là-bas, il aura pu croire à une erreur. » Elle appuya sur bis, la première sonnerie n'était pas finie qu'on décrocha.

Le silence s'établit sur la ligne, il se faisait espoir, devenait prière. L'homme et la femme l'écoutaient, l'entendaient se sublimer en une merveilleuse angoisse. Elle dit :

– Théo ?

– Ma chérie...

Elle pleura. La colère, le bonheur la submergeaient, étouffaient sa voix qui criait « Salaud ! Salaud ! »

– Ma chérie... Tu avais compris. Il le fallait, n'est-ce pas ? Tu le sais. Je te demande si profondément pardon. J'arrive !

15

de vous confirmer (mon télégr. V.D. 2005/7) que le commandement israélien nous accorde un délai de 48 h. En attendant, le Shin Bet a lancé une opération de diversion sur Bethléem, de manière à ce que le survol du Hérodion par un hélicoptère d'observation paraisse normal. Selon les trois hommes du commando qui se sont introduits cette nuit, l'essentiel des activités du groupe (ci-après : « l'adversaire ») semble se dérouler à proximité de la tour centrale, dite le « palais fortifié », ou « palais d'Hérode ». Il s'agit des restes d'une tour cylindrique de 63 mètres de diamètre, où les recherches archéologiques ont cessé depuis le début de l'intifada et qui, à l'origine, aurait comporté sept étages. L'adversaire semble y avoir aménagé trois des salles souterraines jouxtant les immenses citernes. Le commando a pu prendre des photos de certains documents, dont un Manuel du nouveau prophète en français.

S'agissant d'un lieu archéologique (il servait de résidence d'été fortifiée au roi Hérode), le Hérodion, qui s'étend sur une vingtaine d'hectares, est à l'abri d'éventuelles actions israéliennes. Parce que situé dans les territoires palestiniens (il est le seul parmi les parcs nationaux d'Israël à y former une enclave), il ne recevait plus que de rares visiteurs depuis deux ans. En conséquence, il présentait les conditions favorables pour une présence discrète de l'adversaire.

Dans le lieu dit la « montagne basse », 100 mètres plus bas, au nord, l'accès se faisant par les restes d'une ancienne église byzantine (toujours selon l'archéologue ayant pris part au briefing), l'adversaire a creusé un passage vers un lazaret, souterrain lui aussi. Il est gardé par un homme armé, dont la vigilance, la nuit dernière, était relâchée. Trois lits paraissent occupés. L'un des malades semble relié à un monitoring.

Le Shin Beth n'écarte pas l'idée qu'un Français infiltre l'adversaire, mais il exige une coordination étroite. J'insiste sur le fait que nous disposons seulement de 48 h. Passé ce délai, le commando interviendra. En tout état de cause, le général Bendov considère que les malades du...

– Oui ? interrogea le colonel Roger Dunoyer.

Il avait appuyé sur la touche de l'interphone qui, placé sur la ligne des trois téléphones de couleur sur la tablette à sa gauche, à la hauteur de l'écran bleu d'un ordinateur, s'était mis à bourdonner. Venue de quelque part, une voix mâle répondit :

– M. Le Clec est arrivé, mon colonel.

Le colonel consulta la pendule centrale (il y en avait cinq autres sur le mur). Avant d'appliquer le doigt sur un bouton dissimulé sous la tablette, il glissa dans un tiroir le dossier dont il venait de relire les derniers feuillets que lui avait adressés, le matin même, son agent de Tel-Aviv. La manie du colonel Dunoyer (sa « coquetterie », disaient certains) de ne rien laisser sur son bureau, absolument rien, devait signifier aux gens de son service que si les murs ont des oreilles, un bureau a des yeux. « Faire table rase », comme il disait, devait aussi (surtout ?) témoigner de l'invincibilité de sa mémoire. La réalité est qu'on n'avait jamais vu le commandant des services psychologiques de la DGSE, la Direction générale de la sécurité extérieure, prendre des notes. Plusieurs semaines après l'avoir entendue, il était capable de répéter mot pour mot, dates et chiffres compris, une conversation saisie au vol. Mais les mauvaises langues prétendaient qu'il trompait son monde et qu'à l'aide de l'un de ces merveilleux petits appareils servant à truffer certaines résidences, il enregistrait chaque propos pour les reporter sur son ordinateur avant de les apprendre par cœur. Calomnie ! Et d'abord, qui oserait soupçonner la DGSE, chargée du dossier « Prophètes » communiqué par les Renseignements généraux, de posséder ce genre d'appareil ?

Quand la porte s'ouvrit, le colonel se déplia. Il était étonnamment grand. Le bras qu'il leva pour tendre la main, aussi vivement qu'un joueur de basket s'apprêtant à marquer, donna l'impression de s'abattre sur Le Clec. Puis il l'invita d'un moulinet de sa main gauche à s'asseoir dans l'un des fauteuils bandés de cuir autour du plateau dégarni et impeccablement ciré. Les deux hommes s'étaient rencontrés l'avant-veille pour la première fois.

– Vous souhaitiez m'entretenir, monsieur le juge, avant notre réunion avec le rabbin Fix ? dit le colonel d'une voix qui cherchait ses intonations dans les conférences de presse du Général.

– J'ai bien réfléchi, colonel. Voilà des années que je pratique notre homme. Je crois que ce n'est pas une bonne idée...

– Pourtant, ni son patriotisme ni son esprit d'aventure ne sauraient être mis en doute.

– Justement, prononça Le Clec. Il n'est pas sûr que son patriotisme réponde à l'idée que nous en avons. Quant à son esprit d'aventure, il m'inquiète bien plus qu'il ne me rassure. C'est un esprit indépendant qui n'en fait qu'à sa tête, et qui n'a pas toujours bon caractère.

– Mais c'est un homme de devoir ! Vous ne pouvez le nier. Il a le mérite d'avoir découvert ces malfaisants ! Au vu des notes que vous m'avez transmises, j'imagine qu'il devrait se plaire à circonvenir ce quarteron d'activistes, de manière à ce que « du rugueux sorte le doux ». C'est une citation biblique, monsieur le juge : Samson révélant son énigme aux Philistins.

Un léger sourire soulignait son esprit d'à-propos. Le Clec jugea Dunoyer trop imbu de lui-même pour le faire changer d'avis. Tout juste pourrait-il limiter les dégâts. Encore qu'il n'était plus sûr de rien. N'avait-il pas fait fausse route dans toute cette affaire ? Se pouvait-il qu'il se trompe une fois de plus ? Que Théo accepte de coopérer ? Il l'avait rencontré la veille, quelques heures à peine après son retour, l'air triomphant, mais se gardant de lui adresser des reproches. Son souci allait à Ursule et sa fulmination à « la meurtrière au serpent rouge », même si son indignation visait moins les tentatives de séduction de la belle que la « prétention de cette femme à faire des coloriages avec la Kabbale ».

– En tout cas, colonel, je vous déconseille de lui parler de Kabbale. Les prophètes ou le Talmud, si vous y tenez, mais pas la Kabbale. Vous risquez de le fermer à toute autre tentative.

– C'est dommage. Je m'intéresse depuis longtemps aux *sephiroth* qui, dans les schémas de nos livres, forment un réseau assez semblable à nos organigrammes, aux dispositifs que nous mettons en place ici et là. Dont il convient d'affiner les relations de manière à savoir qui peut exercer une influence sur qui, qui doit être en liaison avec qui, pour éviter un cloisonnement, sans aucun doute nécessaire, mais préjudiciable quand il est invariablement étanche. Certaines tensions entre les *sephiroth* permettent de mieux comprendre pourquoi une cellule X ne doit jamais être mise en contact avec une cellule Y – pas plus que deux points à potentiels différents –, sinon le réseau dans son ensemble risque de sauter. Je suis sûr qu'il y a là une leçon à tirer pour nos réseaux et peut-être aussi pour la relation interactive des différents services de renseignements. Cependant, je vous donne raison : ne jamais attaquer deux fronts à la fois. Il devrait être là, non ?

Le colonel leva les yeux vers le cadran horaire. Ce qui eut l'air de déclencher le vrombissement de l'interphone.

– Oui ?

– Votre visiteur est arrivé, mon colonel.

Le spectacle du grand homme, les cheveux taillés en brosse, costume gris et cravate rouge, aux gestes amples et précieux, allant accueillir le petit homme au nœud papillon bleu, suggérait une pièce de Feydeau.

– Vous voilà, enfin, articula le colonel.

Napoléon devait user de ce ton-là, quand il pinçait l'oreille de ses grenadiers pour leur dire qu'il était content d'eux.

– Vous connaissez monsieur le juge, bien sûr..., continua Dunoyer, ce qui eut pour effet de déclencher un grognement du visiteur, signifiant à Le Clec qu'il aurait pu le prévenir de sa présence. Je me félicite de votre coopération, déclama encore le colonel, avant d'en venir au fait.

» J'en viens au fait, monsieur le rabbin, il ressort des premiers éléments de l'enquête ouverte grâce à votre perspicacité, que nous sommes en présence d'une entreprise fomentant le crime, qui dénature l'action psychologique. Très grossièrement (le colonel ouvrit les mains, qu'il avait jointes doigt contre doigt, comme un pigeon ses ailes pour prendre son envol), l'action psychologique consiste à déguiser les mots, à en relativiser la portée, à travestir les faits. En revanche, celle à laquelle nous sommes confrontés, que nous qualifierons de « pseudo-prophétique », ne cherche pas à travestir. Elle invente ! Elle ne s'adresse pas à la raison, fût-elle pervertie, elle... parle à l'imaginaire, usant de la fascination, de la mystique, des lendemains qu'elle fait chanter. Le parler des prophètes bibliques est mis au service du crime, uni au mensonge, à la menace et aux récompenses de l'au-delà.

– Pourquoi ont-ils besoin des prophètes ? demanda Fix. Les prophètes avaient le don de la parole, c'est vrai, mais l'éloquence habite toute une flopée de gens. Elle s'apprend, aussi. Voyez Démosthène.

– D'après Mme Khouri, alias Vanglof – je vous vois bondir, monsieur le rabbin... Je vous parlerai d'elle dans un instant –, donc, d'après cette personne, l'idée aurait germé dans l'esprit du Dr Maïmon que vous avez connu. Le médecin était persuadé qu'il existe une corrélation entre le désert de Judée où ont vécu les prophètes, ceux de l'Ancien et ceux du Nouveau Testament, sa densité acoustique, la sonorité de l'air, la qualité des ondes sonores, l'environnement montagneux et d'autres éléments qu'il a étudiés. Il cherchait à obtenir le concours d'une école développant la phonétique, la prononciation et la rhétorique. Le malheur veut que son projet d'un prophétisme laïc et politique ait été récupéré.

– Par qui ?

– Par l'Institut de phoniatrie de Paris, discrètement racheté – et ça, nous le savions – par un groupe activiste du Proche-Orient.

– Un groupe terroriste ?

– Des gens qui forment les prédicateurs des mosquées. Ils ont compris que les diatribes des mollahs étaient incapables d'influencer l'Occident, d'où l'idée de s'inspirer des discours fondateurs judéo-chrétiens tels qu'ils sont consignés dans les deux Bibles.

– Et Maïmon a marché dans la combine ?

– Bien sûr que non ! Il savait que l'argent venait de Beyrouth, mais, au lieu de se méfier, il voyait dans la participation libanaise une promesse d'entente judéo-arabe, un retour à l'âge d'or du judaïsme de l'Espagne mauresque avant l'invasion chrétienne. C'était un rêveur, persuadé que la puissance de la parole pouvait conduire à la paix au Proche-Orient et à la fraternité dans le monde. Selon Arlette Khouri, c'est lui qui a eu l'idée, après les premières semaines d'intifada, de transférer les élèves installés dans un bâtiment en zone palestinienne, entre Bethléem et Tekoa – vous connaissez Tekoa, bien sûr, la patrie d'Amos... –, donc de les transférer tout à côté, au Hérodion.

– Au Hérodion ! Pourquoi le Hérodion ?

Fix avait eu la même réaction indignée qu'au nom de Vanglof.

– C'est un lieu archéologique qui devait échapper aux turbulences de l'intifada. Comme les touristes ont à peu près cessé de s'y rendre – on n'y accède que par Bethléem ou les « territoires » –, ces trublions pouvaient disposer du Hérodion sans y être dérangés. Notamment des salles souterraines qui n'étaient pas ouvertes au public et qu'ils ont fait communiquer avec l'extérieur en creusant un souterrain. En journée, ils s'exerçaient surtout dans le désert où ils s'adonnaient – où ils s'adonnent ! – à des exercices vocaux et à une sorte de yoga.

– Et le Dr Maïmon s'est aperçu du manège ?

– Pas vraiment. Il a eu une aventure à Paris avec cette Ursule dont le sort vous a préoccupé. Or cette jeune fille, dont il était épris, a refusé l'enseignement des pseudo-prophètes. On a voulu l'y obliger, on l'a droguée et, comme Maïmon allait découvrir le pot aux roses, on a chargé un groupe des *Guedoudé Hallalé El Aqsa* d'Arafat d'abattre le médecin. Son meurtre a passé pour un banal attentat.

Fix jeta un regard vers Le Clec, mais Le Clec, à cet instant, s'était mis à fixer le plafond.

– Et tout cela, vous le savez par cette Marie-Anne Vanglof, alias quelque chose ?

– Khouri, Khouri Arlette. C'est son vrai nom. Je comprends que vous lui en vouliez. Mais disons que... ce n'est pas une mauvaise fille.

– C'était gentil d'avoir envoyé Maïmon se faire assassiner.

– Elle affirme qu'elle n'y est pour rien et nous avons quelque raison de la croire. Voyez-vous, nos collègues américains nous avaient signalé sa participation à un stage de formation linguistique auquel avait participé l'un des pilotes du 11 septembre. C'est pourquoi son nom figurait dans notre ordinateur. Sans plus.

Fix n'avait plus son air bougon. Le passage à l'ironie le rendait serein, comme étranger aux événements. Le Clec, qui redoutait ces symptômes précédant les grandes éruptions, était mal à l'aise, il cherchait, en vain, le moyen de mettre fin à un dialogue stérile, ou de le reporter. Fix ne lui en laissa pas le temps.

– C'était charmant de sa part de fomenter le malheur de ma femme, des miens. Et mon déshonneur, pour faire bonne mesure.

– Certes, soupira le colonel, ces turbulences ne plaident pas en sa faveur. Je dois vous dire, mais cela relève du secret d'État, que ses chefs avaient résolu d'intensifier leurs activités en France en raison de l'importance de sa population islamique et de la proximité de nos ports méditerranéens avec le monde arabe. Du coup, la formation au Hérodion est passée au français. Le Dr Maïmon fut envoyé à Paris pour donner une série de cours – en anglais, puisqu'il ne maîtrisait pas notre langue –, mais surtout pour trouver un professeur de Bible qui aurait accepté d'enseigner dans le désert de Judée. Il dut constater que l'intifada n'encourage guère à se rendre sur le site des anciennes grandeurs prophétiques. Votre demande d'inscription à l'IPP, qui les a surpris, les a amenés à procéder à une rapide enquête. Ils ont trouvé mention sur Internet de vos conférences sur les prophètes. Sur quoi, ils ont chargé un agent stationné en Autriche de recueillir à Paris d'autres éléments vous concernant. Ils ont vite réalisé que votre enseignement ne suffisait pas à faire de votre candidature une rose sans épines. Ils ont hésité en raison de votre caractère, jugé rugueux et ombrageux.

– Les prophètes ne l'étaient pas moins.

Le colonel continua sur le même ton, tempéré par des pointes d'humour qui surprirent Théodore Fix.

– Votre accoutumance au café, soigneusement notée par l'agent, ne suffisait pas davantage à faire... pression. Bref, il fallut créer d'autres désirs, de nouvelles attirances qui vous auraient amené à enseigner les prophètes, à Paris et surtout au Hérodion, selon la lecture qu'en font les maîtres de l'IPP. Au besoin, des documents filmés compromettants vous auraient contraint à la docilité. Votre identité française leur était précieuse, car les Israéliens ne sont pas autorisés à se rendre en zone palestinienne. C'est alors qu'Arlette Khouri a été chargée d'intervenir. Depuis la mort de Maïmon, elle avait repris à plein temps ses activités à l'Institut et se rendait régulièrement à Paris. Comme elle a des connaissances basiques de la Bible et surtout de la Kabbale pour laquelle elle se passionne, et des prédispositions naturelles pour jouer les séductrices, elle fut chargée de vous faire entendre raison. Selon l'axiome que le cœur a ses raisons que la raison ne connaît point.

– Et elle n'est pour rien évidemment dans la séquestration d'Ursule Rousseau.

– Précisément ! Au lieu de détruire son dossier comme elle en avait eu l'ordre, elle l'emportait avec elle à Beyrouth où elle ne devait rester que vingt-quatre heures, pour le mettre en sûreté au Canada. En vue de dénoncer, affirme-t-elle, l'ensemble du réseau de l'IPP dont, à l'origine, elle n'aurait pas soupçonné le caractère criminel. C'est à ce stade, monsieur le rabbin, que je fais appel à vos sentiments patriotiques pour vous demander de coopérer avec elle...

– Vous souhaitez, interrogea Fix, que je la présente à ma femme ? Que j'ouvre chez moi un petit harem ? Au nom de la République ?

– Je vous en prie, s'offusqua le colonel. Comme Mme Khouri est passée aux aveux très rapidement - dès qu'elle fut informée, je le souligne, de la présence de sang devant son appartement –, nous avons pu agir avec célérité. La concierge de l'immeuble fut avisée que « Mme Vanglof » avait eu un accident dans le taxi qui l'amenait à Roissy et avait été transportée, sans connaissance, à l'hôpital Lariboisière. Peu après l'atterrissage de son avion, le téléphone n'a cessé de sonner dans son appartement. Puis on l'a demandée à l'IPP. On y ignorait son arrestation et l'Institut – que nous avons mis sur écoute – a tout naturellement répondu qu'elle avait quitté Paris. Comme nous nous y attendions, Beyrouth a pris contact avec la concierge qui a répété ce que nous lui avons dit. À la suite de quoi, le « frère » de Mme Khouri – il s'agit en vérité de l'agent de Vienne que nous avons aussitôt repéré – s'est présenté hier soir à l'hôpital. Il n'a pas été autorisé à la voir car, ayant « oublié » ses papiers, et dans l'incapacité de prouver son lien de parenté, on ne l'a pas autorisé à entrer dans le service des soins intensifs où les visites sont limitées aux proches parents ! Tout cela, monsieur le rabbin, est bien sûr rigoureusement confidentiel, mais explique pourquoi il fallait que je vous voie au plus vite. Car, avec votre accord, notre « malade » recouvrera la santé tout à l'heure. Elle téléphonera aussitôt à Beyrouth pour informer ses chefs qu'elle a repris connaissance, mais aussi qu'elle a réussi sa mission !

– Que j'ai cédé à son charme ?

– Laissez-la dire ! L'essentiel est que vous acceptiez d'enseigner les prophètes à Paris, comme en Israël.

– Vous voulez que sur le modèle de la chèvre de Monsieur Seguin racontée à Bab-el-oued par je ne sais plus quel comédien, je fasse une adaptation d'Amos pour mollahs prêchant en terre républicaine ?

Il y eut un instant de silence. Le regard du colonel alla à Le Clec. Mais Le Clec ne dit rien. Alors le colonel tint à Théodore Fix ce langage :

— Mon cher ami, si vous voulez bien autoriser cette familiarité, il nous faut discerner dans toute son ampleur l'occasion unique qui s'offre à nous de noyauter un réseau criminel dont nous redoutons la nocivité. Bien plus, de nous approprier, au-delà des visées de ces jean-foutre, l'idée que le parler des prophètes pourrait servir la France et le monde libre !

— Je ne vous suis pas très bien.

— Je veux dire, monsieur le rabbin, que vous seriez chargé non seulement d'infiltrer le réseau, mais d'armer de la parole prophétique certains de nos agents. L'idée de cet IPP, ou plutôt de ceux qui l'ont financièrement infiltré, n'est pas dénuée de bon sens. À nous de la reprendre, de l'affiner pour la mettre au service de nos idéaux. Voyez l'éloquence d'un Jérémie, son influence sur les ministres de la Cour, celle de Michée sur le roi Ezéchias, de Nathan sur David, de Jean le Baptiste sur...

— Et pour Ursule ?

Les coudes sur la table, dans un mouvement qui devait lui être familier, le colonel appliqua l'une sur l'autre ses mains ouvertes, doigt contre doigt, pour les écarter aussitôt et les réunir à nouveau.

— Hélas, mon cher ami, on ne fait pas d'omelette sans

casser d'œufs. Je suis désolé pour cette jeune fille. On peut... vous devez, bien sûr, prier pour elle. Mais, pour atteindre notre objectif, implanter notre réseau tout en récupérant celui des « pseudo », nous ne pouvons tenir compte du sort d'un individu. C'est la triste loi des services de renseignements.

Le silence suivit, s'appesantit... Fix, enfin, se décida à le rompre :

– Vous voulez vraiment me confier la mission de former vos agents ? de leur enseigner le parler des prophètes ?

– J'en ai la ferme intention, monsieur le rabbin.

Le regard triomphant, le colonel fit un bref mouvement du menton en direction du juge, qui, ayant détecté dans le coin de l'œil de son ami la petite flamme qu'il connaissait bien, celle que la colère allumait et que les prismes du sarcasme, de la malice ou de la raison décomposaient en de surprenants scintillements, cessa d'observer le plafond pour étudier avec concentration les sinuosités que l'aspirateur avait tracées dans la moquette grise.

Quand, hochant la tête, Fix prononça : « Très très intéressant... », Le Clec baissa la sienne un peu plus.

– Et s'il m'était difficile d'accepter immédiatement votre proposition – qui me flatte beaucoup, croyez-le bien –, il arriverait quoi ? demanda le petit homme.

– Les Israéliens ne nous attendraient pas ! Notre agent à Tel-Aviv nous l'a bien dit : ils nous ont accordé quarante-huit heures, pas une de plus.

– Vous voulez dire qu'ils attaqueraient ?

– Vous connaissez leur démesure. Ils ont toujours dépassé les bornes de la modération nécessaire. Et le montage que nous nous efforçons de mettre au point s'écroulerait.

– Donc, au cas où cette jeune Ursule serait encore en vie, ils la délivreraient ? sur-le-champ ?

Le colonel avait l'air atterré.

– Je ne vous comprends pas, monsieur le rabbin. Votre souci vous honore, mais nous nous sommes expliqués à ce sujet. Il faut considérer notre combat dans une perspective à long terme...

– C'est très juste, mon colonel ! Nous nous sommes expliqués et pourtant nous ne nous comprenons pas. Les uns et les autres, nous usons des mêmes mots, mais le quiproquo et les malentendus règnent en maître. On entend l'autre, on ne l'écoute pas. Vous êtes-vous jamais demandé pourquoi les vociférations du « Dictateur » faisaient se plier de rire une partie de l'univers, alors que celles du Führer faisaient se pâmer de ferveur ou d'horreur l'autre partie du monde ?

– Ils ne prononçaient pas les mêmes mots.

– Les mots sont accessoires, mon colonel ! Charlot le savait bien. Ce n'est pas ce qu'on dit qui est déterminant, mais le cadre culturel, politique, spirituel dans lequel le discours est perçu, reçu. Comme la pièce d'un puzzle qui ne s'insère que là où sa place est tracée. Vous ne pouvez pas davantage, comme on le ferait d'une oie, gaver un être humain de mots étrangers à son tempérament, à son comportement, à sa culture. Tenez...

Fix s'était levé sans laisser le temps au colonel de lui répondre. Dans la pose héroïque de Rouget de l'Isle chantant *La Marseillaise*, il se mit à déclamer :

– « Malheur à ceux qui appellent le mal bien et le bien mal, qui font des ténèbres la lumière et de la lumière les ténèbres, qui font de l'amer le doux et du doux l'amer. » Vous voudriez que je fasse entrer ces paroles d'Isaïe dans la bouche de vos barbouzes ? Malheur, s'écrie le prophète, « à qui tire la faute avec les liens de la tromperie », vous voulez que je l'apprenne à Mme Khouri ? Ou encore – non, ne m'interrompez pas, je vous prie –, vous imaginez que je puisse dire à vos agents du service psychologique, ceux qui « se font des sentiers tortueux », c'est toujours dans Isaïe, vous voulez que j'en prenne un de derrière son stand de tir, comme l'Éternel, disait Amos, l'avait « pris de derrière son troupeau », et lui déclare : « Si tu écartes de chez toi le geste qui menace et les paroles méchantes, si tu donnes à l'affamé ton âme et satisfais celle de l'opprimée, alors ta lumière brillera dans les ténèbres ! » ? Croyez-moi, vos hommes jamais ne parleront en prophètes. Le feraient-ils, qu'on ne les écouterait pas. Au demeurant, on n'a jamais écouté les prophètes... ni dans leur pays, ni ailleurs

Fix s'était tu. Le colonel le regardait, bouche bée,

incrédule. Le Clec avait fini d'examiner la moquette, s'efforçait de paraître indifférent. Fix s'avança vers la porte, se retourna vers les deux hommes et dit :
– « *Chalom, chalom-larahok velakarov* » : « Que la paix et le salut, disait Isaïe, aillent à qui est proche, aillent à qui est loin. »
Sur ces mots, il fit un signe de la tête au colonel, un geste de la main au juge, sortit. Et partit. Loin.

Remerciements

Professeur émérite, ami immérité, Roland Goetschel a débroussaillé devant mes pas hésitants les sentiers de la Kabbale.

Et l'amitié toujours sut appeler Léa Marcou, lectrice exigeante, à sonner les alarmes.

DU MÊME AUTEUR

Composition Nord Compo
Impression : Bussière, mars 2005
Éditions Albin Michel
22, rue Huyghens, 75014 Paris
www.albin-michel.fr
ISBN : 2-226-15957-6
N° d'édition : 23289 - N° d'impression : 051213/1
Dépôt légal : avril 2005
Imprimé en France